The Silence
Of Rilke

릴케의 침묵

The Silence
Of Rilke

불가능한 고백, 불면의 글쓰기

릴케의 침묵

김운하 지음

한권의책

시간의 풍경,
그 속절없는 것들의 아름다움

밤을 잃어버린 불면 속에서 나는 서성인다. 생의 인연들은 맺어졌다 끊어지고, 기억은 망각 속에 흩어져가고, 시간은 먼 곳으로 사라진다.

지나가는 모든 것들에는 불면으로 뒤척인 밤들의 수척함이 있다. 아득한 모든 것들에는 망실된 중력의 연대기가 적혀 있다. 아직 가 닿지 못한 모든 것들엔 너무 앞당겨진 관능의 권태로움이 있다.

나는 밤과 진정으로 관계 맺는 것이 불면이라고 믿는다. 불면의 밤이 되어서야 우리는 비로소 분망한 낮과는 다른 자신을 만난다.

우리가 붙박여 있는 생의 문법, 그 발화에는 어딘가 가차 없는 데가 있다. 생은 그 자체가 이미 시간의 유형지이며 언어와 글쓰기의 공간 역시 침묵의 유형지다. 불면의 글쓰기가 직면하는 것이 바로 그런 시간과 침묵의 공간이다.

그러나 우리는 어떻게 침묵에 다가가는가? 간절한 사랑 앞에서조차 우리는 얼마나 자주 입술을 열기도 전에 아연한 침묵 속으로 뒷걸음치고 마는가? 침묵이 스스로 말을 걸어오기까지 우리는 얼마나 많은 기다림을, 그 유예된 시간을 인내하곤 하는가? 말을 잃어버린 시인의 불가능한 고백의 기다림처럼. 시인 릴케Rainer Maria Rilke가 두이노 성의 찬바람 몰아치는 아찔한 절벽 위에 섰을 때, 마침내 뮤즈의 여신이 입을 열어 천둥 같은 시구를 내려보낸 순간까지 10여 년의 세월을 인내하며 침묵 속에 은둔해야 했던 것처럼.

나는 백지 앞에서 두려움에 자주 글 쓰는 손을 멈추고, 사랑의 기묘함과 드러나지 않는 존재와 삶의 이면들에 당혹해 하며, 까닭 없는 불안에 흔들리면서 힘겹게 사고를 더듬는다. 캄캄한 밤바다에서 기나긴 항해에 지친 배들을 이끌어주는 등대처럼 우리가 길을 잃지 않도록 이끌어주는 것은 무엇일까?

우리가 잃어버린 말들 속에는 가늠할 수 없는 비밀들이 봉인되어 있다. 이름 없는 이름들, 시의 형태로 굳어버린 시간들이 있다.

그러나 내가 이 책에서 궁극적으로 추구하는 것은 시간의 풍경 속에서 명멸하는 덧없고 속절없는 것들의 아름다움이다. 존재하기, 그것은 사라지는 방황이며 사랑은 가혹한 고독의 내면성이다. 글쓰기는 무한히 길게 잡아 늘여진 침묵하는 불면의 밤이다.

불면의 글쓰기, 그것은 불가능한 고백의 언어가 비끄러매어진 침묵이다.

이 책은 그런 불가능한 고백들과 침묵하는 불면의 글쓰기로 구축되어 있다. 사유하는 존재인 우리는 모두 부재하는 기원을 찾아 방황하고, 그러한 방황 속에서 사라져가는 누군가들이지만, 시간은 오로지 우리가 빚어내는 삶의 이야기 속에, 사유하는 언어의 화폭 속에 닻을 내린다. 그것이 바로 시간이 자신을 열어젖히는 방식이며, 또한 우리들 이야기하는 존재의 운명이라고 생각한다.

여기서 나는 다만 질문을 던지고, 처음 말을 배우는 갓난아기가 세상의 경이로움이 주는 낯선 놀라움으로 힘들게 고작 몇 개의 단어를 발음하듯, 불면의 밤들에서 길어 올린 시간과 삶의 이야기, 언어와 침묵, 사랑의 이미지를 더듬거리며 탐색할 뿐이다.

나를 이루고 있는 모든 것이 전적으로 내게 속한 것이 아니듯이, 이 책 또한 많은 것을 빚지고 있다. 제법 오랜 침묵의 시간을 지나 펴낸 『카프카의 서재』에 보내준 독자들의 사랑은 결코 망각할 수 없을 것이다. 그 사랑은 사유와 글쓰기에 대한 책임과 두려움을 더욱 무겁게 느끼게 해주었다.

　이 책 속에 조금이라도 빛나는 것들이 있다면 그 기원은 모두 그 사랑으로부터 시작되었을 것이다. 이 책이 탄생하기까지 조언을 아끼지 않은 모든 벗들, 그리고 한권의책 출판사에 진심으로 감사드린다.

김운하

| 차 례 |

3_부 삶, 내가 존재하는 순간들

The Silence
Of Rilke

1부

불면의 글쓰기 : 시간과 이야기

내가 이렇게 소리친들, 천사의 대열들 가운데 어느 누가
내 목소리를 들어줄까? 한 천사가 느닷없이
나를 끌어안으면, 나보다 강한 그의
존재로 인하여 나 스러지고 말텐데. 아름다움이란
우리가 간신히 견디어내는 무서움의 시작일 뿐이므로.

– 릴케, 「두이노의 비가」 제1가

므네모시네, 기억의 여신

그리스 신화에 나오는 므네모시네는 기억의 여신이다. 이야기를 하는 모든 입술, 글을 쓰는 모든 손은 그녀의 젖가슴에 매달린다. 그러나 여신의 대지로 들어가기 위해서는 죽은 자들의 영혼처럼 망각의 강을 산 채로 건너야 한다. 그 어떤 정신의 그물로도 시간의 강물을 모두 담아낼 수 없고, 그럴 필요도 없다.

므네모시네는 아홉 날 밤 동안 제우스와 사랑을 나누고, 아홉 명의 뮤즈 여신들을 낳는다. 헤시오도스는 뮤즈 여신들의 임무가 고통의 망각이라고 말한다. 그러나 뮤즈 여신들은 그와 동시에 시와 음악의 여신, 춤과 예술의 여신이기도 하다.

앞을 보지 못하는 고대 그리스의 시인 호메로스Homeros는 노래하기 전에 먼저 뮤즈 여신들에게 도움을 호소한다. 호메로스 자신도 결코 보지 못했던 사건과 장면들에 대한 기억을 떠올리기 위해. 아니, 뮤즈 여신들이 호메로스 자신의 입술을 빌어 스스로 노래하도록 여신들을 불러들인다. '고통의 망각'과 '기억의 환기', '망각'과 '기억의 일치'. 이러한 모순을 어떻게 설명할 수 있을까?

호메로스는 10여 년에 걸친 트로이전쟁을 묘사하지만 모든 사건을 일일이 노래하지도, 사건들이 일어난 순서대로 노래하지도 않는다. 전쟁을 두 눈으로 직접 보고 겪었던 사람들조차 알아차리지 못하는 본질적인 의미를 불러내기 위해 뮤즈 여신들은 시인의 시력을 빼앗는다. 생생한 본질의 기억을 불러내기 위해서는 두 눈으로 보는 것보다 망각이 필요하다. 망각을 통해 호메로스는 트로이전쟁의 전말이 아니라, 그 전쟁이 드러내고 각인시켜야만 할 신과 인간들 그리고 역사의 운명, 그 운명의 내적인 본질에 연루된 장면들만을 선택적으로 노래한다. 이것이 호메로스가 장님이고, 장님이 되어야만 하는 이유다. 시각장애인만이 두 눈에 비친 가시적인 세계가 결코 드러내 보일 수 없는 비가시적인 이야기들을, 사건들이 감추고 있는 내밀한 비밀들을 불러낼 수 있기 때문이다. 이것이 또한 오늘날까지도 수많은 작가들이 깊디깊은 밤의 어둠 속에서야 비로소 뮤즈 여신들의 호의를 얻어 펜을 움직이고 글을 쓸 수 있게 되는 까닭이다. 밤의 어둠은 펜을 쥔 손을 장님으로 만든다.

그러므로 만일 인간의 행위에 '불멸'이라는 이름을 붙일 수 있고 또 불멸로 남는 것이 있다면, 그것은 저자의 이름이 아니라 이야기다. 불멸로 남는 것은 한 권의 책이다. 책과 예술작품이 누군가의 이름을 허용한다면, 그것은 우연히 추가된 행운일 뿐, 작품의 운명에 필연적으로 따르는 것은 아니다.

책과 펜의 운명을 이해하는 소수의 사람들이 있다. 한 권의 책, 예술작품은 오직 책과 작품만을 요구할 뿐이다. 그것이 전부다.

영국의 시인 오스카 와일드Oscar Wilde는 1898년 리딩 감옥에서 출소한 후, 황폐해진 몸으로 파리를 방황하며 쓴 마지막 시집 『리딩 감옥의 발라드The Ballad of Leading Gaol』에서 이렇게 노래했다.

하나의 인생 이상을 살던 사람은 한 번 이상 죽어야 하는 법이다.

1895년 악취 가득한 리딩 감옥에 갇히는 순간, 시인 오스카 와일드의 영혼은 한 번 죽었고, 곧이어 1900년에는 그의 육체마저 영원히 제 그림자를 걷었다. 오스카 와일드가 쓴 다음 문장이야말로 지금의 내 심정에 대한 완벽한 표현이다.

나는 삶에 대해 알지 못할 때 글을 썼다. 그러나 이제는 삶의 의미를 알고 있기 때문에 어떠한 글도 쓸 수 없다.

보이지 않는 세계

　　　　　　우리 집 거실에는 오래된 서예 족자가 하나 걸려
있다. 책상에 앉아 있다가 거실 쪽으로 몸을 돌렸을 때 정면으로 보이
는 그 족자에는 굵고 커다란 필체의 단 한 글자만이 쓰여 있다. 활달
하고 힘찬, 아름다운 초서체草書體로 쓰인 단 한 글자, '無'는 내가 사
랑하는 단어이기도 하다. 족자에 쓰인 글자를 볼 때마다 나는 깊은 상
념에 잠긴다. 그 족자는 단 한 글자로 이루어진 한 권의 책이다(나는 단
한 단어로 이루어진 책을 자주 상상하곤 했다).

　　오늘날 우리가 보는 노자서는 약 5천여 자로 이루어져 있다. 1993
년 중국 호북성 곽점촌의 한 오래된 무덤에서 죽간竹簡에 쓰여진, 가장
오래된 노자서의 파편 세 묶음이 발견되었다. 약간의 중복된 문장들
을 제외하면 그 세 묶음에 실린 글자 수는 고작 2천여 자에 불과하다.

기원전 약 300년 무렵의 것으로 추정되는 그 시원적인 텍스트는 그 자체로 완전하다. 나는 오히려 그 시원적인 텍스트가 현행본보다 더 아름답다고 생각한다. 불과 몇 백 자밖에 되지 않아도 충분하다. 無, 한 단어만으로도 노자서는 부족함이 없다.

어느 날, 붓다가 대중 앞에 나아가 조용히 연꽃 한 송이를 내보였다. 제자 가섭伽葉이 홀로 고요한 미소를 지었다. 그것으로 충분했다. 머릿속에 있던 하나의 문장을 백지 위에 옮겨놓은 뒤 그것을 다시 읽어볼 때마다 심한 부끄러움을 느낀다. 멈춘다. 머뭇거리고 또 망설인다. 단어와 단어 사이, 문장과 문장 사이에서 끝 모를 침묵에 빠진다. 나는 더 이상 나아가지 못한다.

글자 無의 고형古形은 '망亡'자다. 죽간본 노자서에는 無자가 모두 亡자로 쓰여 있다. 亡자는 사람이 울타리 안에 숨어 있는 모습을 본뜬 것이다. 울타리 안에 숨은 비가시적인 존재. '도道'는 눈에 보이지 않는다. 우리가 사는 가시적인 세계 뒤편의 보이지 않는 곳에 숨어 있다. 가시적인 세계 너머에 또 다른 세계가 숨어 있는 것이다.

17세기 영국의 시인 존 밀턴John Milton은 두 눈의 시력을 잃고 난 후에야 『실락원Paradise Lost』을 노래하기 시작했다. 볼 수도, 만질 수도, 들을 수도 없지만 이야기로만 드러나는 세계가 있다.

형용사들

프랑스의 누보로망Nouveau roman 소설가 알랭 로브 그리예Alain Robbe Grillet는 1984년, 『히드라의 거울Ghosts in the Mirror』이라는 책에서 알베르 카뮈Albert Camus의 소설 『이방인The Stranger』의 주인공에 대해 "형용사 남용벽에 맞서 절망적으로 싸우는 인물"이라고 표현한 바 있다. 아쉽게도 로브 그리예는 그 한 문장만 던져놓고는 곧장 소설 주인공들에 대한 이야기로 넘어가버렸다.

롤랑 바르트Roland Barthes는 1978년 콜레쥬 드 프랑스에서 행한 「중립」이라는 제목의 강의 전체를 이 무지막지한 품사인 형용사에 관해 이야기하는 데 할애했다. 롤랑 바르트는 로브 그리예처럼 '남용'에 불만을 터뜨리는 것이 아니라 형용사 자체를 비판하고 공격한다. 형용사는 사실보다는 가치 평가에 지나치게 깊이 연루되어 있고, 그것이 존재들에 대한 폭력을 야기하기 때문이라고 보았다.

> 형용사는 '규정적인 것'으로서 그것은 하나의 명사, 존재에 달라붙는다. 존재에 달라붙어 '끈적거린다.' 존재 위에 놓이고 덧붙여짐으로써 존재를 고정된 이미지로 확정한다. 그것은 존재를 일종의 죽음 속에 가둔다.

롤랑 바르트에 따르면 프랑스어에서 수식어를 뜻하는 에피테트epithete와 같은 어원을 갖는 라틴어 에피테마epithema는 무덤의 덮개, 혹은 무덤 장식을 가리키는 말이다. 그러므로 형용사는 지나치게 패러다임적이고 이데올로기적인 것이다. 비트겐슈타인Wittgenstein은 "모든 장식은 죄악이다"라는 주장에 전적으로 공감을 표했고, 또 그것을 글쓰기로 실천했다. 미술, 건축, 문학, 심지어 철학에서도 장식(형용사적인 것들)을 추방하길 원했다.

> 하나의 형용사, 그것은 언제나 (타자, 나를) 가둔다.

롤랑 바르트는 이 문장이 형용사의 정의 자체라고 말한다. 그는 형용사의 폭력에 맞서는 한편 부정신학과 인도의 샹카라 학파의 부정논증, 즉 "이것도 아니고 저것도 아니다"라는 문형 속에서 형용사들이 제거된 양태를 추적해 나간다. 제거가 아니라면 적어도 금욕 혹은 절제하거나 억제 또는 검열하기를 원한다. 그 모든 것이 형용사와 결별하는 다양한 양태가 될 수 있다. 물론 그런 행위들이 형용사를 폐지한다거나 소멸하도록 추구한다는 것이 아니다. 그는 다만 주의를 환기시키고자 한다. 형용사의 위험성을 자각하고 그것을 즐기되, 문지르거나 부드럽게 순화시키길 원한다. 비폭력적인 형용사들도 가능한 법이다.

문학 작품에서도 형용사의 남용은 혐오스런 감상주의를 부추길 수 있다. 소설에서 형용사의 남발은 작가의 언어의식의 부재를 드러낸다. 형용사뿐 아니라 부사의 남용 또한 그렇다. 그러나 적절한 형용사가 수식하는 명사를 완벽하게 표현해줄 때 혹은 술어로 사용되어 주어의 행위나 상태를 정확하게 표현할 때 형용사는 눈부신 빛처럼 독자를 사로잡는다. 언어의 폭력성을 경계한다고 해서 조너선 스위프트Jonathan Swift의 『걸리버 여행기Gulliver's Travels』에 나오는 에피소드처럼 언어를 없애고 언어 대신 실제 사물들을 언어로 삼고는, 의사소통을 위해 각 사물들을 짊어지고 다닐 수는 없는 노릇이다. 사실은 언어 자체가 이미 사물이다.

현대 사회에서는 발터 벤야민Walter Benjamin이 말한 것처럼, 언어는 이미 2차원 평면이 아닌 3차원성을 획득하였다. 거리마다 우리를 현혹하는 수직의 형태로, 입체적인 형상으로 서 있는 각종 광고나 선전 구호들, 홍보문구들이 바로 그것이다. 그리고 언어는 믿음의 형태로 삶의 형식을 규정지어버리기도 한다. 마치 형용사처럼.

그러나 인간을 만든 것이 바로 통사론을 가진 언어라는 인류학적 사실을 언급하지 않더라도 언어는 그 속에 내밀한 아름다움 또는 숭고함을 간직하고 있기도 하다. 그것은 유대 카발라주의의 믿음과는 다른, 순수한 미학적 관점에서 관찰할 경우에도 그렇다.

내가 사랑하는 형용사들이 있다. 우리말에는 다른 어떤 언어들보다 섬세한 뉘앙스를 가진 형용사와 부사들이 많다. 나는 언젠가 책을 읽다가 '하염없이'란 단어가 쓰인 한 문장에 눈물을 흘릴 뻔했다. 소설가 김훈이 명사와 동사만으로 이루어진 언어세계를 추구한다는 글을 읽은 적이 있다. 그의 산문 『풍경과 상처』에서 이런 멋진 문장을 보았다.

사쿠라 꽃 피면 여자 생각에 쩔쩔맨다.

이 문장은 그 책에 수록된 첫 에세이의 첫 문단을 마감하는 문장이다. 나는 그 '쩔쩔맨다'는 표현에 진정으로 감탄했다. 더 이상 절묘한 표현을 찾을 수 없는 완벽한 단어였다. 사실 그의 첫 책에는 형용사와 부사들이 군무를 추듯 화려하게 춤추고 있다. 그 책이야말로 마치 화려하게 피어난 사쿠라 꽃 같다. 너무 화려해서 오히려 질리게 되는.

이후 그는 방향을 바꾸어 철저한 언어 금욕주의자가 되기로 한다. 그래서 이번에는 문체가 너무 잘 벼린 칼날처럼 긴장되고 곤두서 있는 듯한 부담을 느끼는 이들도 있다. 보수적인 그의 세계관에 동의하든 하지 않든 간에 그가 작가인 것은 다름 아닌 언어에 대한 예민성, 확고한 생각 덕분이다. 문체 없이는 결코 누구도 감히 작가라고 말할 수 없다. 문체, 그것은 문학의 영혼 자체다.

언어를 문학적으로 다룬다는 것은 간결하게 말하자면 형용사를 어떻게 다룰 것인가 하는 문제와도 일맥상통한다. 호르헤 루이스 보르헤스Jorge Luis Borges 소설의 주인공 푸네스처럼, 존재하는 모든 고유한 사물 각각에 개별적인 이름들, 명사를 붙여줄 수는 없다. 마찬가지로 어떤 독특한 뉘앙스를 표현하거나 묘사할 때 그에 걸맞은 가장 완벽한 형용사를 찾는 일도 거의 불가능하다. 그래서 뛰어난 작가들은 프랑수와 라블레François Rabelais가 『팡타그뤼엘Pantagruel』을 쓰면서 무수한 신조어를 발명해냈듯이 제임스 조이스James Joyce가 『피네건의 경야Finnegan's Wake』를 쓰면서 일상생활에서는 거의 사용이 불가능한 단어들을 조합해냈듯이 자신의 이야기에 맞는 새로운 단어를 발명해낼 수밖에 없다.

명사와 동사로만 이루어진 문장을 쓰든 혹은 완벽한 형용사를 구사하거나 없던 단어를 새롭게 빚어내든 간에 글쓰기는 문법과 단어들의 규칙 안에 머무른다. 그러나 그러면서도 그 규칙을 파괴하고, 언어를 미친 듯이 사랑하면서도 때로는 카프카Kafka의 단식광대처럼 단어를 금식해버릴 정도로 깊은 침묵 속으로 빠져든다. 혹은 그것을 더 열렬히 사랑하는 수다와 절대적 침묵 사이 어딘가에서 흔들리며 존재하는 어떤 행위가 바로 글쓰기다.

　글을 쓰기 위해서는 언어보다 침묵을 먼저 이해해야 한다. 모든 존재들의 참된 목소리는 침묵이기 때문이다. 침묵은 문학의 기원이자 글쓰기 최초의 문장이다.

시간과 이야기

이야기란 무엇인가? 오늘날 우리는 희랍어에서
온 영어 'myth'를 '신화神話'로 번역하지만, 원래 희랍어에서는 '이야기'
를 가리키는 단어였다. 이야기Mythos가 없는 세계는 불완전하다는 사
실을 가장 먼저 깨달은 이들은 호메로스 시대의 헬라스Hellas 사람들이
었다.

고대 희랍의 시인 핀다로스Pindaros의 소실되어버린 시에 관한 기록
에는 이런 이야기가 나온다. 신들의 향연이 벌어진 자리에서 제우스
는 제신들에게 묻는다. "우리 신들이 누리고 있는 행복에서 여전히 중
요한 무언가를 결여하고 있는 것이 있는가?" 이에 신들은 제우스에게
말과 노래로 제우스의 위대함을 불멸적인 것으로 만들 존재를 창조
하도록 권유한다.

모든 것이 시간 속에서 사라지고 잊혀져버리고 만다면, 신들과 이 세계의 불멸적인 위대함과 경이로움을 그 무엇으로 증명할 수 있겠습니까?

가멸적인 이 세계, 그리고 불멸하는 신들조차 시간을 벗어날 수는 없다. 시간도 시간 자신으로부터 벗어날 수 없다. 시간의 본질은 망각이다. 망각은 곧 죽음, 무無와 다름없다. 로마인들은 희랍어 '망각lethe'을 받아들였지만, 거기에 새로운 의미를 덧붙여 다음과 같은 경구를 만들었다.

완벽한 망각은 치명적인 죽음과도 같다.

라틴어 'lethum'은 '죽음'을 의미하고, 라틴어 'lethalis'는 '치명적인'이란 뜻이다.

희랍인들에게 이야기로 남는다는 것은 불멸적인 것으로 남는다는 뜻이다. 따라서 그들은 불멸적인 것으로 남을 가치가 있는 것만을 이야기하고 노래해야 한다고 믿었다. 불멸적인 것이란 곧 신적인 것이라는 의미이며, 신적인 것이란 희랍인들에게는 탁월함arete을 의미하는 것이었다. 탁월함이야말로 인간이 추구해야 할 최고의 미덕arete이었다. 탁월한 자들, 훌륭한 자들만이 신적인 불멸성의 대체물인 영원한 기억 속에 각인될 자격을 부여 받는다. 그리스 신화의 영웅 아킬레우스는 오로지 자신의 무훈이 영원토록 이야기될 수 있도록 하기 위해서 죽음이 기다리는 전장으로 주저 없이 나아간다. 죽음 혹은 유대인들이 가장 두려워하는 '죄'보다 호메로스 시대의 사람들에게 더 두려운 것은 수치를 당하는 것, 불명예스런 이름과 이야기를 남기는 것이었다.

망각을 주도하는 시간과 망각 대신 기억을 끌어들이는 이야기는 대립하는 존재인가? 사실은 시간조차 이야기를 필요로 한다. 이야기가 없다면 비가시적인 존재인 시간 자신도 무로 추락하고 만다. 망각은 곧 죽음이기에. 시간은 이야기를 통해서만 '과거'라는 비가시적인 차원의 가시성을 획득한다.

즉 시간은 이야기에 의존한다. 신들 역시 이야기에 의존한다. 이야기가 없는 세계는 불충분하고 불완전하다. 인간들은 신적인 존재로 발돋움하기 위해 이야기에 매달린다. 신들은 이 세계에 이야기를 들려줄 어떤 존재를 창조한다.

시간의 문제를 누구보다 깊게 성찰했던 아우구스티누스Augustinus를 통해 시간과 이야기의 문제를 성찰해볼 필요가 있다. 그는 『고백록The Confessions』에서 이렇게 물었다.

도대체 시간이란 무엇인가(Quid enim tempus)?

그는 치밀한 분석을 통해 우리는 오직 '현재'라고 의식하는 시간에 속해 있을 때만 시간을 알 수 있다고 말한다. 그는 세 겹으로 된 현재를 말한다. 과거의 현재, 현재의 현재, 미래의 현재. 그것은 곧 기억과 직관과 기대가 겹쳐지는 현재의 정신상태다. 그러나 우리가 세 겹의 시간을 현재의 정신 속에 수렴시키려고 하면 할수록 반대작용, 즉 확산과 이완 작용이 동시에 일어난다. 세 겹의 시간들은 의식 속에서 혼돈스럽게 뒤엉키며 불협화음을 일으킨다. 마치 세 개의 대륙이 지각변동으로 인해 하나로 합쳐질 때 발생하는 지진, 화산 폭발, 균열처럼 인간의 의식 내부에서 진행되는 시간의 흐름은 이토록 불명료하고 혼돈스러우며 불협화음을 일으킨다.

이야기란, 인간의 정신이 특정한 방식으로 세 겹의 시간을 결집시키고 재구성하여 미학적으로 형상화시키는 하나의 방식이다. 그리고 그것이 탁월한 방식으로 아름다움을 형성할 때 우리는 그것을 예술 혹은 문학이라고 부른다. 본질적으로 허구인 소설은 시간의 미학적인 유희다. 그것은 또 다른 시간의 가능한 창조 영역에 속한다. 시간은 소설 속에서 자신이 놓쳐버렸거나 상상할 수 없었던 또 다른 시간을 경험한다. 비가시적인 시간은 가시적인 이야기를 통해 자신의 무한성을 한껏 드러낸다. 문학 혹은 예술이 내포하고 있는 시간이 무한하고 다양하다면, 이 세계 또한 무한하고 다양하다. 이 세계는 사면이 거울로 된 방 안에 펼쳐져 있는 한 권의 책이다. 인간과 삶 또한 마찬가지다. 인간이 이야기를 멈추지 않는 한, 시간은 죽어야 하는 존재인 인간에 의존한다.

예술은 삶과 아름다움 양쪽에 모두 관계되어 있다. 한쪽이 제거되면 예술은 휘청거리고, 그러다 마침내 불구가 된다. 예술이 삶보다 근본적이라고 말할 수 있는 것은 오직 신들에 의해 눈이 먼 채 노래를 불러야 하는 시인들의 삶에만 국한되는지도 모른다. 왜냐하면 시인이란 그 노래를 위해 가시적인 세계로부터 추방되어 노래 속에서만 존재하며, 그것을 위한 도구로써 살아가야만 하는 운명을 지녔기 때문이다. 글을 쓰고 이야기하는 존재의 삶이란, 결국 뮤즈 여신들을 위해 바쳐지는 보잘것없고 이름조차 없는 희생 제물에 불과한 것이다.

죽음과 병을 두려워하고, 가난을 두려워하고, 고독을 두려워하는 시대가 있다. 현대의 대중화된 민주주의는 삶 자체의 우열마저 없애버렸다. 삶의 고귀함과 비천함의 구분 대신 부와 가난의 우열이 삶의 유일한 척도로 등장했다. 삶을 비평하는 척도는 수치도 죄도 아닌, 가난이 되었다. 이런 시대에 이야기가 본래의 의미를 잃고 다만 권태로운 시간을 메울 오락적인 대체물로 전락해버리는 것은 불가피한 일이다.

또한 시인의 이름이 노래와 작품보다 우선하거나, 이름만으로 우월성을 획득하는 시대만큼 예술이 스스로를 오해했던 시대는 없었다.

호메로스의 노래들은 망각과 기억이 어떻게 운명과 이야기에 연관되어 있는가를 들려준다. 기억이 본질적인 것이 되려면 망각 또한 본질적인 것이 되어야만 한다. 오디세우스의 모험담처럼 외적인 행위로써 드러난 것들이 아니라 내 영혼 속에서 일어난 사건들, 그것의 몇몇 측면만이 내가 이야기할 수 있는 전부인지도 모른다. 혼돈스런 시간의 강물 속에서 건져 올리는 작고 보잘것없는 내 영혼의 물고기들. 그 물고기들의 배를 가르면 그 속에서 내 운명의 노랫소리가 들려올지도 모른다. 인간은 뭍에 건져 올려진 한 마리 물고기다.

뼈로 만든 책

서재에서 책들을 들추어보며 추억에 잠겨 있다
가 서가 위에 놓인 종이상자에 시선이 머물렀다. 오랫동안 잊고 있던
그것은 불가사의한 우연으로 나에게 당도한 것으로, 고대의 중국 갑
골문자가 새겨진 동물의 뼛조각이었다. 상자 뚜껑을 열고 다시 한 번
자세히 살펴보니 스무 자 남짓한 고대문자 기호가 흐릿하게 새겨져
있다. 새삼스럽게 경이감에 빠진다. 단 한 페이지로 된, 동물의 뼈로
만든 책.

오랜 옛날 누군가가 어떤 생의 죽음 위에 문자를 새겼다. 이윽고 그
문자를 새기던 손의 주인도 죽고 마침내 책만 남았다. 두 생의 죽음으
로 엮어진 책. 대지 아래 깊숙한 곳에서 수천 년간 완강한 침묵과 고
독 속에서 누군가의 글쓰기를 기억하며 오직 스스로에게만 열려 있던

책. 그 책이 수천 년의 간극을 뛰어넘어 내 눈앞에 당도해 있다. 사라져버린 왕국과 두 생을 비밀스럽게 간직한 역사가 되어.

나는 수많은 비밀을 감추고 있는 그 '책'을 볼 때마다 현기증을 느낀다. 붉은 피를 뿌리며 고통스럽게 죽어간 한 생, 단단한 뼛조각에 한 자 한 자 힘겹게 문자를 새기던 누군가의 노고가 책을 한층 더 신비스럽게 만든다. 그것은 무언가를 말하지만, 그 이상으로 많은 것을 자기 속에 감추어버린다.

책을 읽는 자는 무덤 속으로 들어가는 자다. 우리는 책을 펼치면서 죽고, 책을 덮을 때는 죽음 전과는 다른 인간으로 새롭게 태어난다. 독서는 우리가 의식하지 못하는 사이에 일어나는 생생한 죽음의 경험이다. 진정으로 한 권의 책을 읽기 위해서는 죽어야 한다. 어두컴컴한 하데스의 왕국에 우리의 생을 던져 넣어야 한다. 지속하는 생의 시간을 찢어내는 불연속의 시간, 그것이 독서의 운명이다. 그러나 우리는 결코 하데스의 비밀을 완전하게 캐낼 수가 없다.

책은 동물들의 무덤이며 식물들, 나무들의 무덤이다. 또는 글을 쓰는 자의 무덤이다. 죽음으로 인해 매혹적이 되고 비밀스러워지는 책. 그러나 그것이야말로 책의 운명이다. 글쓰기의 운명 또한 그렇다.

글을 쓴다는 것은 내면의 절대적인 깊이로 침잠한다는 것을 의미한다. 내면의 가장 깊은 장소에서 우리를 기다리는 것은 바로 고독이다. 고독은 침묵의 밀도 높은 근원으로부터 솟아오른다. 침묵은 단순한 소리의 부재로 설명될 수 없다. 태초의 혼돈, 신이 최초로 입술을 열기 전 빛과 어둠이 한데 뒤엉킨 채 분리되기 이전의 상태, 그것이 침묵이다. 깊은 동굴이 빛을 삼켜 감추어버리고 있는 상태다. 태아를 품고 있는 자궁 속의 어둠이다. 노자老子는 그것을 '현빈玄牝', 즉 깊고 그윽한 여성이라고 불렀다. 그윽한 어둠 속에 잠긴 여성의 자궁. 그것이 침묵이다.

태초의 어둠 속에서 신이 입술을 연다. 이 세계를 구성하게 될 언어들이 말해진다. 신이 신중하게 문장을 발한다. 이 세계는 신이 쓴 한 권의 책이다. 최초의 글쓰기는 신의 몫이었다.

그 후 신을 모방하여 글을 쓰는 인간들이 출현한다. 소설을 쓰는 것은 신을 모방하는 대표적인 행위다. 소설을 쓴다는 것은 신이 행한 천지창조의 반복이며 창세기의 재구성이다. 구약성서의 저자들은 이러한 글쓰기의 내밀한 비밀을 깨달은 자들이었다. 그들은 언어에 신비와 비밀로 가득 찬 상징을 부여했다. 따라서 글쓰기는 신의 고귀한 신비에 참여하는 신적인 행위였다. 그 저자들이 자신들의 이름을 남기지 않았던 것은 자신들의 글이 신비, 즉 신적인 무엇으로 남아야 하기 때문이었다. 신비mistic라는 단어의 어원은 바로 침묵misticos이다.

글쓰기와 고독, 신비 그리고 침묵은 분리될 수 없다. 태아와 자궁을 떼어놓을 수 없고 밤과 어둠을 분리시킬 수 없듯이. 글쓰기는 종교에서 벗어난 신비주의다. 갈수록 글을 쓰는 일이 더 두렵고 고통스러운 건 그 때문일까. 언어들이 마치 내가 보는 앞에서 스스로 빗장을 걸어 잠궈버린 듯한 절망감과 무기력감에 사로잡히곤 한다.

讀萬卷書, 行萬里路(만 권의 책을 읽고, 만 리 길을 여행하다).

옛 선비들은 글을 쓰거나 그림을 그릴 때 만 권의 책을 읽고 만 리 길을 여행한 뒤에야 능히 한 획을 그을 수 있다고 확신했다. 글쓰기는 창작 작법 이전에 온전히 겪어야만 하는 인생이며, 심오한 고뇌와 성찰이어야 한다.

'글쓰기'에서 우리말 '글'의 어원은 두 가지로 추정된다. 선을 긋는 것의 '선(금)', 그리고 '손.' 글쓰기는 선을 긋는 행위 혹은 선을 긋기 위해 붓이나 펜을 움켜잡은 손이다. 종이가 비싸고 귀하던 시절, 가난하기 그지없던 옛 선비들이 단 하나의 문장을 쓸 때도 얼마나 심사숙고 하였던가를 생각하면 내 손이 몹시 부끄러워진다. 내가 하얀 백지 앞에서 그토록 망설이고 주저했던 것은 그런 두려움과 부끄러움 때문이었다.

중국 동진의 선비 차윤車胤은 가난하여 불 밝힐 기름을 살 돈조차 없어 여름철이면 수십 마리의 반딧불을 잡아다 그 불빛으로 책을 읽었다. 중국 진나라의 학자 손강孫康 역시 가난 탓에 기름이 없어 한겨울에 내린 눈에 비춰 책을 읽었다는 이야기가 유명하다. 18세기 말엽,

선비 이덕무李德懋는 늘 책을 빌려 베껴서 읽었고, 겨울에는 『한서漢書』를 이불 삼고 『논어論語』를 병풍 삼으며 혹한의 밤을 이겨냈다.

책을 구하기 어려워 수십만 자나 되는 글자를 일일이 붓을 놀려 베껴 적던 시대가 있었다. 그러나 책이 상품이 되고 책을 만드는 것이 비즈니스가 되면서, 책은 단순한 종이뭉치나 기능을 위한 도구로 전락해버렸다. 흔들리는 호롱불 아래서 마치 기도하는 정성으로 책을 베끼던 옛 시절을 생각한다.

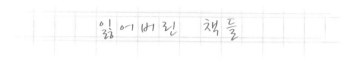

1805년, 어지럽고 광폭한 세도정치의 광기에 내
몰린 척재惕齋 이서구李書九는 경기도 영평, 지금의 경기도 포천군 이동
면의 적막한 시골로 은둔했다. 그의 나이 50세 때였다. 그는 목관에
몸을 누이는 순간까지 그곳에서 자식들을 가르치고 책을 읽고 시를
지으며 여생을 보냈다. 그는 자식들에게 반세기 후나 더 많은 시간이
지난 뒤에 다른 세상이 오면 그때 가서 자신이 쓴 비밀스러운 책을 세
상에 내보이라고 당부했다.

은둔한지 20년 째 되던 1825년, 일흔둘의 이서구는 마침내 이승을
하직해야 할 때가 왔다고 느끼고 왕에게 보내는 충정 어린 『유소遺梳』
를 썼다. 그러고는 자식들에게 어릴 때부터 즐겨 읽던 시를 한 편 읽
어줄 것을 부탁했다. 초나라의 굴원屈原이 쓴 『초사楚辭』였다. 큰아들이

그의 머리맡에 무릎을 꿇고 앉아 시를 낭송하기 시작하자 이서구는 입가에 보일 듯 말 듯한 미소를 머금고는 고요히 눈을 감았다. 그리고 다시는 눈을 뜨지 않았다.

이서구가 숨을 거두고 4년 뒤, 그를 내쫓았던 권력은 죽은 자에게 까지 횡포를 저질러 그의 관작을 추탈하였다. 그가 복권된 것은 1870년 흥선대원군 시대에 이르러서였다. 그러나 그 후로도 오랜 세월, 그에게 씌워진 정치적 불명예는 결코 씻어지지 않았다. 그가 은둔지에서 20년간 비밀스럽게 써내려간 수십 권의 책들은 제때 빛을 보지 못하고 그의 삶처럼 비운의 책이 되었다. 현재 알려진 것만 해도『척재집惕齋集』을 비롯해 17종, 스물아홉 권에 달한다고 전하지만 많은 책들이 역사의 풍랑 속에 흩어지고 유실되었다. 우리는 아직까지도 그 책들을 한글 판본으로 읽을 수 없다.

때로 가혹한 운명은 한 인간의 삶뿐 아니라 책들의 운명까지도 어두운 불행 속으로 몰아세운다. 아름답고 고귀한 그 책들이 한 줌의 먼지와 재로 영원히 흩어져버렸으니, 생각하면 아까울 뿐이다. 이서구는 저승에서 자신의 불행보다 자신이 쓴 책들의 망실을 더 한스럽게 여기지 않을까? 반면 멱라강에 몸을 던졌던 굴원은 자신의 시편이 불멸의 것으로 남아 있는 것으로 비극적 운명을 충분히 위로받고 있을 것이다. 책은 바로 글 쓰는 자의 영혼 자체이기 때문이다.

덧없는 인생 꿈만 같지만

생에 대한 시선은 시대와 사람에 따라 다르다. 기이하게도 긴 사색의 방황 끝에 내가 당도한 곳은 결국 호메로스적인 것이었다. 아름답고 고결한 행위로써 한 편의 시가 되거나 혹은 삶과 행위를 노래하는 한 편의 시(예술)를 남기거나.

그리스 신화 속 영웅인 아킬레우스나 헥토르, 오디세우스는 전자에 해당하고 호메로스나 알키노오스 왕의 궁정 연회에서 오디세우스의 모험을 노래하여 오디세우스의 설운 눈물을 자아냈던 『오디세이아 odysseia』의 음유시인 데모도코스는 후자에 속할 것이다.

스스로의 삶을 작품으로 형상화한 시인들도 있다. 장자莊子, 도연명陶淵明, 이백李白, 단테Dante, 『철학의 위안De consolatione philosophiae』을 쓴 보에티우스Boethius를 생각한다. 비운의 시인 김시습金時習과 『사유악부

思牖樂府』를 남긴 유배 작가 김려金鑢, 김삿갓으로 알려진 슬픈 운명의 김병연金炳淵을 또한 생각한다. 그리고 운명의 잔혹성과 변덕스러움을 생각한다.

스토아 철학자 세네카Seneca는 다음과 같이 탄식했다.

> 운명의 여신은 때로 절제 있게 살아가는 자를 병자로 만들고 건강한 대장부도 폐병에 걸리게 하며, 결백한 자를 형틀에 매달기도 하고 숨어 사는 선인(仙人)을 번뇌로 괴롭히기도 한다.

우리는 각자에게 준비된 운명의 배역을 결코 알지 못한다. 운명의 비밀은 어쩌면 자신의 섭리를 이끌어가는 시간이라는 진리를 통해서만 그 속내를 열어 보이는지도 모른다.

몇 년 전 서점에서 어떤 낯선 작품을 발견한 후 나는 다시 한 번 시간과 작품의 운명에 관한 긴 몽상에 빠져들었다. 『부생육기浮生六記』는 19세 중엽 청나라 말기의 소설이다. 이 작품이 나를 매혹시켰던 것은 당시까지 동아시아 문학 전통에서는 보기 드문 자전소설인 탓이었다. 이 소설의 제목은 '한 덧없는 생이 남긴 여섯 편의 이야기'로 옮길 수 있는데 이것은 이백의 시 「춘야연도화원서春夜宴桃花園序」에서 딴 것이다.

> 浮生如夢, 爲歡幾何(덧없는 인생 꿈만 같으니, 얼마나 즐거움을 누리겠는가).

이 소설을 쓴 심복沈復은 중국 소주의 한 선비 가문에서 태어났다. 그는 외삼촌의 딸인 '운'이라는 동갑내기 소녀와 가깝게 지냈다. 소녀는 가냘픈 어깨와 긴 목, 둥근 눈썹에 아름다운 눈을 가졌지만 치아 두 개가 튀어나와 관상이 좋아 보이지만은 않았다고 전해진다. 소녀는 바느질과 자수에도 뛰어났지만 심복이 무엇보다 사랑한 것은 그녀의 시재詩才였다. 그들의 풋풋한 사랑은 열매를 맺어 열일곱 살 되던 해, 둘은 첫날밤의 화촉을 밝힐 수 있었다. 이후 23년간 낮과 밤이 쉼 없이 자리바꿈을 하며 유희하는 동안 그들의 삶은 행복한 순간보다 고되고 슬플 때가 더 많았다.

심복은 지방의 하급 관직을 전전했고, 먼 곳으로 자주 여행을 떠나야 했다. 관직 생활의 부패상에 염증을 느껴 서화를 파는 작은 가게를 열었지만 그조차 그에겐 모진 채찍질이었다. 보금자리를 꾸렸던 집에서 두 번이나 쫓겨났고, 힘겨운 그의 두 발은 너무 많은 거리 위를 떠돌며 바람과 비를 맞아야 했다. 남의 집 더부살이도 했고 그림을 팔아 간신히 입에 풀칠하기도 했지만 그러한 궁핍 앞에서도 그들의 사랑은 무릎 꿇지 않았다. 그러나 가난과 삶의 풍파는 가뜩이나 여린 아내의 육체를 망가뜨리고 말았다. 1803년, 마흔하나의 나이로 아내가 먼저 숨을 거두었다. 사랑을 잃고 슬픔과 절망 속에서 몸부림칠 때 아버지마저 세상을 떠났다. 인생의 허무를 절감한 그는 세속을 등진 채 깊은 산 속 작은 선사禪寺로 들어가버렸고, 20여 년의 여생을 그곳에 머물렀다.

그런데 갑자기 무엇이 그로 하여금 붓을 들어 흰 백지 위를 내달리게 만들었을까? 아마도 그는 소동파蘇東坡의 시구를 읽다가 문득 어떤 생각을 떠올렸던 것 같다. 소동파의 「여반곽이생출교심춘與潘郭二生出郊尋春」이란 시의 한 구절이다.

事如春夢了無痕(세상 모든 일은 봄날의 꿈처럼 흔적도 없이 흩어지고).

하나의 시구가 한 영혼의 내벽 가장 깊은 곳을 쩌렁하게 흔들어놓았다. 굴곡 많던 지난 세월들이 어지럽게 떠올랐다. 아내와 나누던 정, 함께 겪었던 시난고난한 순간들, 성공과 실패, 우정과 배신, 기쁨과 슬픔들…. 소동파의 시구처럼 모든 것이 마치 한바탕의 꿈같았다. 봄날의 허망한 꿈일지언정, 추억과 회한은 끔찍할 정도로 생생하여 그는 자주 넋을 놓고 먼 산을 하염없이 바라보았다. 생의 허무에 직면한 그는 차디찬 감방에 갇힌 보에티우스가 혹독한 운명과 인생을 고뇌했듯이 잔혹한 시간과 인생의 문제를 숙고했으리라.

그는 스스로 이런 질문을 던진 것 같다.

'허망한 인생사를 언어의 힘을 빌려서나마 그 흔적을 남기지 않는다면, 이 생이 도대체 무엇이란 말인가.'

소포클레스Sophocles는 『아이아스Aias』에서 오디세우스의 입을 빌려 인생이란 환영幻影이나 그림자에 불과하다고 말한다. 생의 덧없음에 대한 자각이 가져다주는 쓸쓸한 감정은 동과 서를 막론한 보편적인 감정이다. 하지만 생이 덧없다고 말하는 것만으로는 부족하다. 사막의 모래바람은 지나간 모든 흔적을 지워버리지만 생은 사막과는 다른 어떤 것이리라.

산사로 들어간 지 3년째인 1806년, 심복은 흘러간 세월이 남긴 추억과 회한을 담은 『부생육기』 중 3편을 썼다. 4편은 1809년에 완성했고 나머지 5, 6편은 1822년경에 썼다. 아내가 죽은 후, 심복은 나머지 생을 오직 애틋했던 사랑과 삶을 애도하고 추억하는 일에 바쳤다.

기원전 3세기, 구약성서의 「전도서」를 쓴 이름 없는 저자와 『루바이야트Rubáiyát』를 남긴 서기 11세기의 페르시아인 우마르 하이얌Omar Kháyyám은 마치 영혼의 윤회를 통해 두 시대를 살았던 한 사람인 듯 동일한 사상을 통절한 시구들로 노래하였다. 염세적인 세계관과 소박한 삶의 향유주의가 그것이다.

헛되고 헛되며 헛되고 헛되니 모든 것이 헛되도다. (중략) 불행한 날들이 많다는 것을 명심하고 얼마를 살든지 하루하루를 즐겨라.
　　　　　　　　　　　　　　　　　　　　　　　　　－「전도서」 중에서

우리 모두 기껏해야 환등(幻燈) 속의 허깨비들. (중략) 마셔라, 살아생전 한 번 가면 다시 못 오리.　　－ 우마르 하이얌, 『루바이야트』 중에서 그러나 「전도서」의 저자와 우마르 하이얌이 정작 놓치고 말았던 것은 시간과 운명이 그들을 세상에 내려 보낸 까닭이 특정한 사상을 위해서가 아니라 단 한 편의 작품, 더할 나위 없이 아름다운 그 문장을 위해서였다는 사실이 아닐까. 때로 운명은 시인이 알아차리지 못하는 방식으로 작품의 운명을 빚어내는 까닭에. 심복에 관해서는 그가 깊은 산중에서 꿈결처럼 아득히 피어오르는 안개 너머로 시간과 작품의 비밀스러운 운명을 얼핏 엿보았으리라는 상상만 할 수 있을 뿐이다.

　무한인 시간은 우리 인생과 마찬가지로 궁극적으로는 무이거나 환영에 가깝다. 시간조차도 그러한 허무에 대한 애도를 담은 노래나 책을 필요로 하는지 모른다. 비록 그 노래마저 언젠가는 바람결에 흩어져갈지언정. 신들이 인간들에게 고통과 불행을 내려 보낸 까닭은 인간들로 하여금 이야기를 하도록 하기 위해서라고 말했던 호메로스는 분명 무사이 여신들에게서 시간의 비밀을 엿들었던 것이다. 시간의 그림자인 한 권의 책이 되기 위해서만 비로소 시간의 자궁을 열고 태어나는 생들이 있다.

삶을 위한 클리나멘

　　삶은 때로 지루하고 권태롭다. 원형의 궤도를 날마다 고속으로 순환하는 기차를 타고 있는 것처럼. 크로노스에 결박된 삶의 본원적 형식이 그런 것인지도 모른다. 그러나 삶에는 그 외에도 가능한 대칭성들이 존재한다. 에피쿠로스Epikouros가 말한 원자들의 클리나멘Clinamen(비처럼 쏟아지는 원자들의 우발적인 기울기 운동과 마주침)적 운동들이 바로 그것이다. 궤도를 벗어난 우연들의 창조와 자유로운 생성 운동, 레일이 깔려 있지 않은 낯선 세계로 뻗어 나가기 등등. 주어진 궤도를 벗어나 스스로 방향을 정하고, 불확실성과 위험에 대한 불안과 두려움마저 단단히 자기 안에 끌어안고 과감히 나아갈 수도 있다. 그 낯선 길에서 부딪치게 되는 '우연'들을 사랑해야 한다. 삶이 신비롭고 경이로운 것은 그런 우연, 클리나멘들이 존재하고 그것을 생성할 수 있는 가능성이 있어서다.

한 권의 낯선 책을 탐색하는 것, 미지의 세계를 열어가는 글쓰기, 끊임없이 움직이는 사랑에 몰입하기 혹은 지금껏 나와는 관계없다고 생각했던 것들을 시험해보기. 또는 벅찬 과제를 설정하고 온 열정을 쏟아보기, 자신을 걸고 모험해보기 등등. 이런 추구들은 죽은 시간을 깨뜨리고 생동하는 시간을 되돌려준다. 중요한 것은 결과적인 행복이나 성공이 아니다. 그런 추구 속에서 현재 내가 살아 있고 숨 쉬고 있음을 강렬하게 온몸으로 느끼는 것이다. 에피쿠로스와 「전도서」의 저자가 한결같이 주장했던 삶의 핵심도 바로 여기에 있다. 파스칼Pascal 역시 절대적인 무의미와 절대적인 의미 사이에서 삶과 세계 전부를 무나 다름없는 가벼움으로 여기면서 생 전체를 절대적인 것에 걸기를 요구했다.

내가 삶에서 진정 가치 있다고 여기는 것은 바로 그런 '살아 존재하고 있음에 대한 예리한 감각'이다. 병이 건강의 필요성을 강렬하게 일깨우듯 불확실성과 고통, 불안과 고뇌, 방황은 존재와 삶을 예민하게 일깨운다. 역설적이게도 나는 바로 그런 것들에서 삶의 희열과 열정 그리고 무한한 깊이를 느낀다.

글쓰기가 고통스러운 것은 그 고통 이상으로 글쓰는 순간 순간의 기쁨과 전율을 예비하고 있기 때문이다. 같은 이유로 나는 삶이란 것을 사랑한다. 위반의 격렬한 쾌감을 위해서는 금기가 필요하듯, 일탈적 삶의 전율을 위해서는 반대극인 권태가 필요하다. 자유로운 삶은 고통과 쾌락, 슬픔과 기쁨이라는 삶의 모순된 측면을 공평하게 사랑할 수 있을 때 그러면서도 어느 한쪽에 집착하거나 얽매이지 않을 때 찾아온다. 삶과 죽음이란 결국에는 덧없고 하찮은 것이기 때문이다. 그렇다면 우리는 무에서 출발해야 한다. '나'는 이 사회가 자기구조 속에서 훈육한 결과물이자 객체나 대상으로 존재하던 무엇이기 때문이다. 나는 나의 영토가 아닌 타자들의 영토였기 때문이다. 그래서 무여야 한다. 클리나멘은 그러한 무에서 탈출하는 것이며 미셸 푸코 Michel Foucault가 말한 '자기'라는 새로운 주체를 형성하는 존재론적 사건의 폭발인 동시에 존재론적 비약이다.

열정과 삶에 대한 예민한 감각, 일탈적 사건이 필요한 것은 바로 그런 타자적 세계의 무게에 질식당해 죽지 않기 위해서다. 존재와 생이 하찮기 때문에 하찮게 산다는 논리에 대해서는 결코 동의할 수 없다. 뜨겁지도 차지도 않은 미지근한 물에 몸을 담그고 평생 사느니 무미건조하게 열탕과 냉탕을 오가면서 생의 다양성을 느끼고 예민하게 사는 편이 낫다고 생각한다. 나는 행복이나 쾌락이 아니라 경이와 전율을 추구한다. 미학적으로 표현하자면 아름다운 삶이 아니라 모순들을 관통하며 질주하는 삶이다. 합리적이고 이성적인 삶이 아니라 열정과 충만의 삶이다. 번개와도 같은 섬광이 있는 삶이다. 이 모든 것들이 클리나멘적 생성, 곧 자유다.

들창 사이로 스며드는 달빛

활짝 열어둔 거실 창문 사이로 밤의 어둠이 조금씩 흘러들어온다. 나는 읽던 책을 덮고 바깥을 내다본다. 어둠 사이로 새 한 마리가 파드득 날갯짓을 하며 날아간다. 먼 밤하늘에 둥근 달이 둥실 떠 있다. 나는 다시 책을 펼쳐 흐릿해져가는 빛에 기대어 문장을 읽기 시작한다.

노자와 장자는 죽간, 즉 대나무를 편 조각에 문장을 새겼다. 대나무를 자르고 펴고, 불에 쬐여 기름기를 빼서 만든 조각들을 '간簡'이라고 했다. '簡'의 오래된 형태는 '門' 사이에 '日'자가 아닌 '月'자가 있었다. 닫힌 들창문 사이로 스며드는 달빛이다. 簡자가 의미하는 것은 '들창문 사이로 스며드는 달빛을 받으며 대나무 조각에다 문장을 새긴다'는 뜻이다.

기원전 가난한 선비들은 모두 그렇게 대나무에다 글쓰기를 했다. '冊'은 그렇게 동물 가죽이나 비단 끈으로 엮어낸 모습 자체를 고스란히 형상화한 글자다. 그 시대 선비들이 글쓰는 자리 곁에는 작은 칼이 있었다. 잘못 새겨 넣은 글자를 깎아내기 위한 용도였다.

고대의 가난한 선비들에게 글을 쓴다는 것은 고된 육체노동과 심사숙고하는 정신의 고뇌를 동반하는 것이었다. 문장을 새겨 넣을 대상이 바로 나무라는 사실, 숲에서 베어온 나무라는 사실은 그들에게 결코 가벼운 이야기가 아니었다. 극도로 삼가고 절제하는 엄숙한 문장들은 나무라는 생명에 대한 경외심에 다름 아니었다.

종이로 된 책 역시 나무다. 한 그루의 나무, 몇 십 평 안 되는 작은 숲에도 그 숲에 의존하여 살아가는 무수한 생명체들이 있다. 미생물들, 벌레들, 곤충들, 새들과 크고 작은 짐승들. 그 무수한 생명들의 죽음과 사라짐, 그것이 한 권의 책이다. 인간의 언어와 문장들이 그 죽음들을 지운다. 뭇 생명들의 고난과 피와 죽음 위로 지나가는 언어들. 살아 있는 하나의 작은 숲과 맞바꿀 수 있을 정도로 가치가 있는 책은 과연 어떤 책인가?

닫힌 들창 틈새로 은은하게 스며드는 달빛처럼 아름다운 한 권의 책은 어떻게 가능한가? 무슬림의 경전인 『코란Koran』. 최초의 코란은 입에서 입으로 전해졌고 그 다음엔 나뭇잎 위에 적혀졌고 그 이후에 양피지로 만든 책이 되었다. 아랍어로 코란의 뜻은 '읽혀지는 책'이란 뜻이다. 지난 7세기 이래, 코란은 1,400년 동안 단 한 글자도 바뀌거나 첨삭되지 않았다. 거기엔 성스러운 약 8만여 자의 신의 말씀이 새겨져 있다.

조선 후기를 살았던 시인 김려는 유배지인 경남 진해의 궁벽한 초옥에서 『사유악부』라는 시문집을 지었다. '유牖'란 들창을 뜻한다. 들창문으로 새어드는 빛을 받으며 생각에 잠기는 것을 사유思牖라 한다.

問汝何所思(묻노니 너는 무엇을 생각하는가?)

『사유악부』에 실린 모든 시의 첫 구절은 이렇게 시작된다. 언제 풀려날지 모르는 유형의 땅에서, 밤마다 찾아오는 깊디깊은 정적과 고독 속에서, 홀연히 들창으로 새어드는 외로운 달빛 아래서, 울분과 고뇌로 떨리는 손으로 시를 쓰던 한 사람이 있었다.

김려는 서른두 살이던 1797년 정치적 소용돌이에 억울하게 연루되어 함경도 북단의 부령으로 유배를 당했다. 그곳에서 그는 연희라는 관기를 알게 되어 사랑에 빠졌다. 궁벽한 곳이었지만 시와 그림에 능했던 여인이 먼 수도에서 유배 온 시인과 사랑에 빠지는 것은 자연스런 일이었는지도 모른다. 김려와 연희는 약 5년간 애틋한 사랑을 주고받았던 것으로 보인다.

그러나 1801년, 김려는 이번에는 정반대 방향인 경남 진해로 유배지를 옮기게 되었다. 김려는 남쪽 바닷가에서 연희가 있는 북쪽 바닷가 고을을 끝없이 그리며 시를 썼다. 그렇게 해서 모인 시집이 바로 『사유악부』였다. 그 시집에는 약 290수의 시가 실려 있다. 그 가운데 약 20여 편이 다시 만날 수 없는 연희에 대한 사랑과 간절한 그리움, 애틋한 추억을 절절하게 노래한 시들이다. 엄격한 가부장적 질서 속에서 사랑이라든가 남녀 간의 진실한 감정을 노래하는 것을 금기시하던 조선시대에 김려는 진실한 사랑을 노래한 최초의 남성 시인이었을 것이다.

운명이란 잔혹하면서도 아이러니하다. 만일 유배형을 당하지 않았더라면 김려는 결코 남녀 간의 진실한 사랑에 눈을 뜰 수 없었을 것이고, 하층민들의 빈곤한 삶에 대한 새로운 인식을 가질 수도 없었을 것이다. 무엇보다 우리는 『사유악부』를 비롯하여, 오늘날 우리가 읽는 아름다운 그의 문학 작품을 만날 수 없었을 것이다. 책을 너무도 사랑했던 보르헤스가 시력을 잃은 순간, 그가 그토록 간절히 원했던 국립도서관장에 임명되었던 아이러니처럼 김려에게도 그런 운명의 장난이 일어났던 것이다. 삶에서 화와 복은 끊임없이 주고받으며 모습을 바꾸는 것이니, 복이 화가 되고 화가 복이 되는 과정 자체가 바로 삶의 진실한 면이 아니고 무엇이겠는가. 얻는 것이 있으면 잃는 것이 있고, 잃는 것이 있으면 또 반대로 얻는 것이 있는 법.

김려는 한때 유배에서 풀려나면 "나는 보습 잡고 연희는 호미 들고 평생토록 농사짓고 재미나게 살자"라고 약속도 한 모양이다. 그러나

"미리 계획하는 것은 부질없는 짓"이라고 그 자신이 말한 것처럼, 유배에서 풀린 다음에도 그는 연희와의 약속을 지킬 수 없었다. 새로운 유배지에서 또 5년여를 묶여 있어야 했고, 마침내 유배에서 풀려난 뒤에는 이미 집안이 몰락하여 남아 있는 것이라곤 초가삼간 한 칸밖에 없었던 것이다.

그로부터 다시 세월이 흘러 당시 세력가이자 막역한 벗이었던 김조순金祖淳의 도움으로 40대 중반에야 다시 한미한 벼슬길로 나아갔으나, 연희를 불러들이기에는 너무 많은 세월이 흘러버렸다. 게다가 여전히 정치상황이 살벌하기 짝이 없던 반동의 시대였으므로 그는 선불리 꼬투리를 잡힐 그 어떤 시도도 하기 어려웠으리라.

또한 나는 서포 김만중金萬重을 떠올린다. 한글 소설『구운몽九雲夢』을 쓴 그는 1689년, 당쟁에 희생되어 남해 바다의 작은 무인도인 노도櫓島에 유배되었다. 절벽에 부딪치는 파도소리와 초옥의 들창으로 새어드는 달빛, 소금기 밴 바닷바람에 흔들리는 흐린 호롱불 아래서 슬픔과 절망, 고독과 싸우며 그는 소설『구운몽』을 써내려갔다. 오직 단 한 명의 독자, 그의 어머니에게 읽히기 위해서였다.

그러나 그의 어머니는 소설을 받아보기도 전에 세상을 떠나고 말았다. 소설『구운몽』은 유일한 독자를 잃었고, 김만중은 집필을 끝내고 얼마 지나지 않아 섬에 유배된 지 3년 만에 한 많은 삶을 마감했다. 1692년, 그의 나이 55세 때였다. 김만중은 저세상에서 어머니의 머리맡에 앉아 직접 쓴 소설을 읽어주었을 것이다.

　이름도 얼굴도 모르는 대중을 위해서나 혹은 돈벌이를 위해서가 아니라 구체적인 사랑의 대상, 어떤 한 사람을 위해 글을 쓰던 사람들이 있었다. 『구운몽』을 쓴 김만중처럼, 『신곡神曲』을 쓴 단테처럼, 『푸른 꽃Heinrich von Ofterdingen』을 쓴 노발리스Novalis처럼, 『휘페리온Hyperion』을 쓴 횔덜린Friedrich Holderlin처럼. 문학은 본질적으로 사랑의 가치에 묶인 것이지 교환가치에 의한 것이 아니었다.

예술의 내면적 진실

바실리 칸딘스키Wassily Kandinsky는 예술만이 표현할 수 있는 내밀한 형이상학적 신비를 '내면적 진실'이라고 불렀고, 그것에 닿고자 하는 내밀한 동경을 예술의 '가장 깊은 욕망'이라고 규정하였다. 표현주의자들이 포착하고 싶어 했던 것은 영혼의 가장 깊은 곳에 자리 잡은 격정의 흔들림 자체였다. 나는 그 깊은 격정, 심지어 그로테스크하기까지 한 흔들림이 어떤 것인지 알고 있다. 나는 언제나 그 순수하면서도 파괴적인 흔들림에 매혹당하고 도취되곤 했다. 그런 경험은 시간의 뿌리에 닿는 것이고, 폭풍우가 몰아치는 바닷가에 서 있는 것이며, 깊은 밤 어둠의 임계점에 도달하는 것이기도 하다.

대지의 표면 아래 어두운 심연 속에는 무언가가 들끓고 있다. 삶은 그러한 흔들림에의 매혹과 도취일 뿐이다. "아무것도 흔들지 못하는 삶은 무가치하다"라고 말했던 이는 아마도 20세기 중반 프랑스 시인 르네 샤르Rene Char였을 것이다.

나는 내 안에서 미리 계획하고 완성한 그 무엇을 위해서가 아니라 내 영혼의 흔들림과 내가 아직 발견하지 못한 미지의 세계를 찾아가고자 번민과 방황 속에서 글을 쓴다. 글을 쓰는 자는 글을 쓰면서 단어와 문장들 사이에서 끝없이 헤매는 자이며, 낯선 언어들을 좇아 자신도 알지 못하는 미지의 어딘가에 닿기를 갈망하는 자일 뿐이다. 장르들의 경계에서 그 너머 언어의 근원이자 파국인 침묵에 다가서려는 몸부림, 그러한 번민과 방황, 언어의 내밀한 탐색을 우리는 '소설'이라고 부른다.

마르셀 프루스트Marcel Proust는 『잃어버린 시간을 찾아서Àla recherche du temps perdu』의 1권, 『스완네 집 쪽으로Du Côtéde chez Swann』를 다 마쳤을 때까지도 자신이 어떤 이야기를 쓰고 있으며 이야기가 어디를 향해 나아가려 하는지 알아차리지 못했다. 그는 그 기나긴 이야기를 써내려가면서 비로소 이야기의 본질을 이해했고, 그 속에서 자신의 존재와 삶의 비밀을 깨닫게 되었다.

글쓰기의 주체인 1인칭 '나'라고 부르는 그것은 어떠한 확고부동한 뿌리도, 목표도, 체계도, 누군가에게 제시할 방향도 갖고 있지 않다. 미지의 세계를 방황하고 고통스럽게 탐구해 나아가는 과정 속에서 비로소 자신이 지금 무엇에 관해 글을 쓰고 있는지 발견하게 된다. 최초에 어떤 계획을 세울 수는 있지만 그것은 어디까지나 하나의 출발선을 확정하는 것일 뿐, 그 이상의 의미는 없다. 창조의 통로로 들어가기 위해 하나의 문을 여는 것이다. 문학이란, 독자와 함께 언어와 사유의 미로를 방황하는 고독한 여행일 따름이다.

과거에 예술의 거장들은 단 하나의 작품을 완성하기 위해 적어도 10년 이상의 세월을 쏟아붓거나 혹은 그 작품을 위해 삶 전체를 소진시켜버렸다. 베르길리우스Vergilius는 십 수 년에 걸쳐 『아이네이스Aeneis』를 썼지만, 죽는 순간까지 그 작품을 완성하지 못했다. 단테의 『신곡』과 괴테Goethe의 『파우스트Faust』 역시 십 수 년이 걸렸다. 제임스 조이스는 온종일 단 두 문장을 쓰면서 『율리시즈Ulysses』를 써내려갔다. 시장과 순환의 가속성 메커니즘을 속성으로 하는 현대는 예술 영역 고유의 자율성과 주체성을 잠식했고, 순응성과 피상적인 카타르시스만을 여백으로 남겨놓았다.

그러나 오늘날의 예술활동은 시장의 욕망과 시대의 공허한 무의식을 즉각적이고도 손쉽게 반영하는, 대량생산된 매끈한 손거울로 변신했다. 1960년대, 앤디 워홀Andy Warhol은 5분 이상 걸리는 그림은 나쁜 그림이라고 선언했다. 1995년에 데미안 허스트Damien Hirst는 약 90초, 담배 한 대 피우는 시간에 예술을 '창조'했다. 그들은 그렇게 함으로써 반예술적인 현대 예술을 조롱하고 모독했다. 그런 행위들은 죽은 자가 터뜨리는 웃음소리와 같은 섬뜩함을 준다.

시간과 시장에 초연한 예술이 점점 사라지고 있다. 원고료를 받는 것이 치욕으로 생각되던 시대도 있었다. 시간의 방황 속에서 예술은 길을 잃었고, 길을 잃는 방황 속에서 자신마저 상실해버렸다.

추억이 빚어낸 걸작

　　　"단 하룻밤 머물렀다 가는 나그네의 추억Memoria
Hospitis unius diei Praetereuntis." 성경에 나오는 구절이다. 나는 이 구절이
우리 인생에 대한 가장 아름다운 시적 비유 가운데 하나라고 생각한
다. 어쩌면 인간의 삶이란, 단 하룻밤 머물렀다 떠나는 나그네의 추
억처럼 특별한 한순간의 추억을 위해 존재하는지도 모른다. 예술이란
그런 덧없이 흘러가는 생의 시간을 영원토록 기억하기 위한 또 하나
의 덧없는 몸부림이다. 그러나 동시에 아름다운 섬광처럼 빛을 발
하는 그런 몸부림일 것이다.

　　단테는 피렌체 다리 위에서 우연히 마주쳤던 베아트리체Beatrice가
지어 보였던 그 수줍은 미소를 영원토록 찬양하고 추억하기 위해『신
곡』을 썼다. 언어로 지어진 웅장한 고딕성당 속에 감추어진 비밀스런

사랑의 추억.

조선의 화가 단원 김홍도金弘道는 우정을 영원히 추억하기 위해 「단원도檀園圖」를 그렸다. 거문고와 노래 그리고 주거니 받거니 건네던 술잔들 사이에서 활짝 열린 복사꽃처럼 피어나는 우정.

이야기는 1784년 12월, 경상도 안기 지역에서 시작된다. 김홍도가 그곳에 찰방으로, 지금으로 말하면 시골 우체국장쯤 되는 한직으로 나간 지 1년여쯤 되었을 때였다. 겹겹이 둘러싸인 산 지형을 타고 내려온 찬바람이 아궁이에 나무를 던져 넣는 손길을 서두르게 하던 어느 날, 뜻하지 않은 반가운 손님이 그를 찾았다. 창해滄海라는 호를 쓰던 정란鄭瀾이 어둠이 깔린 밤을 타고 벗을 찾아온 것이다. 김홍도는 찬바람도 잊고 버선발로 뛰어나가 그를 맞았다.

정란은 당대 최고의 기인奇人으로 유명한 여행가이자 시인이기도 한 선비였다. 부산 동래의 번듯한 사대부 집안 출신인 정란은 서른 살에 벼슬과 출세에 대한 미련을 끊고 한라에서 백두까지, 조선 천지를 경계 없이 넘나들며 시를 읊고, 문사들과 어울리며 방랑과 여행을 일삼은 일세의 풍류객이었다.

언젠가 정란이 백두산을 향해 떠나갈 때, 당대 최고의 문장가이던 이용휴李用休가 아쉬운 마음으로 그와 작별하면서 시를 한 수 지었다.

사람들은 제 둥지만 돌아보는 새와 같이
떠나려다가도 다시 망설이며 빙빙 돌건만

그대는 절세(絶世)의 용맹함 지녀서

단칼에 세상에 묶인 그물 끊고 벗어났네.

단칼에 세상에 묶인 그물을 끊어버린 인물. 정란은 아름다운 금강산 기행시집과 화가인 그의 벗들이 그려준 그림들을 모은 『불후첩不朽帖』이라는 화첩을 남겼다는 기록이 있으나, 불행히도 그 책들은 지상의 세속이 아닌 다른 세상에 있는 도서관에서만 은밀하게 열람되고 있다.

조선 후기의 학자 성대중成大中은 『청성집靑城集』을 통해 세상 사람들이 "정란이 바다를 바라보고 산에 들어가는 모습을 그린 그림을 다투어 소장하려 했다"라고 전하고 있다.

김홍도와 정란은 해가 네 번 바뀐 뒤에야 다시 해후했다. 두 사람은 다섯 번의 밤과 낮이 뒤바뀌는 동안 술잔을 주고받으며 오랜 헤어짐 끝에 만난 기쁨과 지난 추억을 헤아렸다. 마침내 정란이 떠나기 전날 밤, 김홍도는 호롱불을 흐릿하게 밝힌 자신의 방에 홀로 앉아 생각에 잠겼다. 정란도 지난 4년 사이 부쩍 늙어버린 듯했다. 여전히 그 탕탕한 풍모는 변함없으되 도저한 세월의 힘만은 어쩔 수 없어 쇠락의 주름과 흔적들이 육신 곳곳에 완연했다. 수염과 눈썹, 머리카락 사이에 구름 같은 흰 기운이 가득 서려 있어 김홍도의 마음을 아프게 했다.

그럴 만도 한 것이 정란도 어느덧 환갑을 넘긴 나이였다. 그럼에도 다가오는 봄날엔 배를 타고 바다를 건너 한라산에 오르겠다고 하니,

머무는 곳 없이 바람처럼 세상을 떠도는 정란의 자유로움이 한편으론 시샘 날 정도로 부럽기도 했다. 하지만 이번에 헤어지면 또 언제 만날 수 있단 말인가. 앞날을 기약할 수 없는 야인野人들의 생. 어쩌면 다음에 만날 때는 이승이 아닌 저승 어느 곳이 될지도 모를 일이다.

김홍도는 정란을 처음 만났던 1781년 4월 1일 청화절에 가졌던 아취雅趣 가득하던 우정의 시작을 떠올렸다. 내가 가장 아름다운 장면으로 떠올리는 장면도 바로 그 장면이다. 그의 나이 서른일곱 되던 해였다. 노래를 부르던 정란의 구성진 목소리, 궁중 화원 동료인 담졸澹拙 강희언姜熙彦의 호방한 웃음에 봄날 공기가 흩어지고, 거문고 줄을 손수 골라 정란의 노래에 뚱땅, 둥기둥 반주하던 김홍도의 모습. 그 추억은 고작 4년밖에 안 되었건만 이제 와 돌아보니 천년만년보다 더 오래된, 마치 전생에나 있던 일처럼 아득했다. 그럼에도 가슴속에 생생히 되살아나는 그 장면은 마치 그림을 보는 듯 생생하고, 눈앞에 벌어지고 있는 일처럼 살갗에 선명하게 느껴지는 것이었다.

비록 누추한 초옥이지만 그가 손수 가꾸었던 옛집, 단원檀園이라고 이름 붙인 아담한 집에는 작은 연못과 괴석이 마당에 있고, 초옥 곁에 키 큰 오동나무가 한 그루 서 있었다. 방에는 거문고와 비파, 아끼던 서책들이 보이고, 세 사람이 마루에 앉아 고아한 모임을 갖는다. 사립문 밖에는 긴 여행에 지친 노새가 다리를 쉬고 있고.

벌써 그렇게 세월이 흘렀는가. 강희언은 이미 이 세상을 털고 북망

1. 불면의
글쓰기

산으로 올라가버렸다. 정란도 언제 그 뒤를 따를지 모른다. 아니, 단원 김홍도 그 자신도 벌써 툭하면 병치레를 하고 있지 않은가. 조물주가 밀고 굴리는 수레바퀴를 뉘라고 되돌릴 수 있으랴.

"그 하루, 그 아름답고 행복하던 봄날의 우정을 되찾을 수 있다면…. 과연 이 생은 한순간 모였다 흩어지는 나그네 구름의 추억일 뿐인가."

그의 목구멍에서 각혈 같은 탄식이 절로 흘러나왔다.

김홍도는 종이와 먹을 꺼냈다. 여전히 취기가 손끝에 남아 있었지만 크게 심호흡을 한 뒤 정신을 가다듬었다. 그리고 4년 전의 추억을 마음속에 그리며 절절한 그리움을 손끝에 담아 천천히 노를 젓듯 붓을 움직였다. 형체도, 머무는 곳도 없이 떠돌던 나그네 구름들이 아름다운 형상을 빚어냈던 순간. 그날의 추억을 화폭에 옮기는 그의 손길은 드러나지 않는 전율로 떨렸다.

부지런한 새벽닭이 추위에 언 목소리로 홰를 칠 즈음, 마침내 한 장의 그림이 완성되었다. 그러나 아직 멀었다. 그는 작은 붓을 들어 제발題跋을 썼다. 그 아름다운 장면에 대한 단원 김홍도의 묘사를 그대로 인용하고 싶다.

창해 선생께서 북으로 백두산에 올라 변경까지 다다랐다가 동편 금강산으로부터 누추한 단원(김홍도의 집)으로 나를 찾아주셨다. 때는 신축년(1781) 청화절이었다. 뜰의 나무엔 햇볕이 따스하고 바야흐로 만물이 화창한 봄날에 나는 거문고를 타고, 담졸 강희언은 술잔을 권하고, 선생께서는 모임의 어른이 되시니 이렇게 해서 참되고 질박한 술자리를 가졌다. 어언 간에 해가 다섯 차례나 바뀌어 강희언은 지금 세상에 없는 옛사람이 되어 가을 측백 떨기에는 이미 열매가 열렸다. 나는 궁색하여 집안을 돌보지 못하고 산남에 머물러 역마를 맡은 관청에서 먹고 자고 하면서 해가 장차 한 차례 돌아오게 되었다. 다섯 밤낮으로 실컷 술을 마시고 원 없이 이야기하기를 단원에서 예전에 놀던 것처럼 하였더니, 슬픈 느낌이 뒤따르는지라, 끝으로 「단원도」 한 폭을 선생에게 드린다.

김홍도는 그림에 그날의 술자리에서 정란이 읊었던 시 두 수를 나란히 실었다.

금강산 동편 물가에 지친 노새를 쉬게 하고
석 자 거문고로 첫 인사를 나눴네.

「흰 눈 남은 따스한 봄」 한 곡조를 타고 나니
푸른 하늘 넓고 고요해 바다와 하늘 빈 듯하네.

한 장의 그림으로 남은 이야기는 세상에서 가장 아름다운 우정의 기억을 들려준다. 창해 정란은 이 한 폭의 그림을 고이고이 간직하다

훗날 김홍도의 벗인 화가 이인문李寅文에게 내보였다. 그림을 본 이인문은 그날의 술자리에 참석하지 못했음을 무릎을 치며 한탄하고 아쉬워했다. 그는 청사에 길이 남을 아름답고 고아한 우정의 현장에 자기 이름 석 자만이라도 남기고 싶었다. 그는 기어이 단원도의 한 귀퉁이에다 이런 관화기觀畫記를 슬쩍 끼워 넣는다.

古松流水館道人 李文郁觀(고송유수관도인 이문욱이 보았노라!)

나는 이인문의 아름답고도 짓궂은 장난을 충분히 이해하고도 남는다. 그토록 아름다운 장면에 제 이름 석 자라도 끼워 넣고자 하는 애틋한 마음을. 나 역시 이 이야기를 씀으로써 그 순간에 내 영혼을 남겨두고자 하는지도 모른다.

김홍도는 1806년 경, 62세 전후에 가난과 고독 속에 쓸쓸히 사망한 것으로 추정된다. 창해 정란은 김홍도보다 16년이나 먼저 앞서, 1791년에 또 다른 세상으로 여행을 떠나버렸다.

김홍도와 정란이 안기에서 만나 술을 나누던 그해로부터 꼭 100년이 지난 후에, 그들과는 달리 몰락의 시대를 만난 불우한 인물, 매천梅泉 황현黃玹은 왕조의 타락과 부패, 혼란에 상처 입고 낙향의 길을 떠나고 있었다. 조선 최후의 선비 황현이 자결한 이후, 이 땅에서는 「단원도」에서 만날 수 있는 고아한 장면도, 삶도 자취 없이 사라져버렸다.

세상으로 향한 문을 닫아걸고

　　신유년(1801년) 겨울, 마흔 살 되던 해에 다산茶山 정약용丁若鏞은 유배 중이던 경상도 장기에서 긴급 체포되어 서울로 압송되었다. '황사영 백서 사건'이 그의 목숨을 위협했다. 혹독한 고문 끝에 그는 다시 전라도 강진으로 유배를 당한다. 그의 형 정약전丁若銓의 유배지는 바다 건너 흑산도였다. 또 다른 형 정약종丁若鍾은 처참한 고문을 당한 후, 망나니의 실수로 목이 반쯤만 잘린 채 성호를 긋고 쓰러져 숨을 거두었다. 형제들은 이승과 저승으로 갈라지고, 이승에 남은 형제 둘 사이는 바다가 갈랐다.

　　차디찬 겨울바람이 정약용의 헤진 짚신 발을 얼리던 날, 어느덧 강진에 당도했다. 백성들은 유배 온 사람 보기를 마치 큰 해독과 같이 보아 가는 곳마다 방문을 닫아버렸다. 한 늙은 주막집 노파가 그를 거

1. 불면의
글쓰기

두었다. 누추한 주막집의 한 평 남짓한 옹색한 방에서 군데군데 구멍 뚫린 창호지 문 틈새로 황량한 겨울바람이 무시로 들이닥쳤다. 그의 몸은 모진 고문과 오랜 유배 길에 만신창이가 되어 있었지만, 그를 더욱 괴롭힌 것은 정수리를 뚫고 터져 나올 듯한 분노와 설움이었다. 차라리 죽음을 당하는 것이 더 나았을 만큼 고통스러웠을 것이다.

그는 후일 편지에 이렇게 썼다.

> 한 번 고향을 떠난 이후로 다시 천지 사이에서 더욱 외로운 홀몸이 되어 이 몸과 서서 이야기할 이도 없게 되어, 방문을 닫아걸고 죄수처럼 머리도 빗지 않고…

그런 그였지만 유배지에서도 나라의 앞날과 백성의 삶을 걱정했다. 그러나 할 수 있는 것이라곤 아무것도 없었다. 그는 지금 살아 있는 현재가 아니라 자신이 죽고 난 뒤의 세상을 생각했다. 그는 방문을 닫아걸고 다시 책을 들었다. 들창으로 새어드는 햇빛과 달빛에 기대어 책을 읽으며 궁핍한 방에서 7년을 지냈고, 그곳에서 다섯 권 이상의 책을 썼다. 1818년 기적적으로 유배가 풀리던 때까지 그가 쓴 책은 수백 권에 달한다.

그는 죽기 전에 쓴 「자찬 묘지명」에 이렇게 썼다.

> 그러나 알아주는 사람은 적고 꾸짖는 사람만 많다면 천명(天命)이 허

락해주지 않는 것으로 여기고 한 무더기 불 속에 처넣어 태워버려도
괜찮다.

피로 된 먹과 고통으로 엮은 붓으로 쓰인 글들이 있다. 더러운 진흙탕에서 고고하게 피어오르는 연꽃처럼, 참혹한 고독과 절망 속에서 유독 빛을 발하는 문장들이 있다. 영혼의 극한까지 다다른, 극히 만나기 힘든 책들이 있다.

문무자文無子 이옥李鈺은 권력이 자신의 혁신적인 문체를 거부하고 탄압하자 굴복하느니 차라리 처벌 받기를 자청했고, 수차례의 형벌 끝에 마침내 사면되었지만 오히려 모든 미련을 버리고 시골로 은둔하고 말았다. 그의 시와 문장들은 사후 200여 년이 흐른 최근에야 한글판 전집으로 번역되었다. 그러나 김려의 전집은 아직도 한글본으로 번역되어 나오지 않았다.

나는 어떤 시대에도 속해 있지 않으며, 동시에 모든 시대에 속해 있다. 내 안에서 과거, 현재, 미래의 시간들은 마치 영원 속에서 그러한 것처럼 동시적인 한순간으로 펼쳐지거나 꿈처럼 뒤섞인다. 영원을 반영하는 먼지 낀 흐린 거울 혹은 어느 잠든 신의 배꼽에서 돋아나는 한 송이 꽃의 환영인 시간은 몇 권의 책과 사랑의 추억, 고독한 죽음 그리고 칼과 창이 부딪치는 전쟁의 장면들을 무한히 반복하며 비출 뿐이다.

고대 로마인들은 가장 오래된 것이 가장 새로운 것이라고 믿었다. 『길가메시 서사시Gilgamesh Epoth』는 허먼 멜빌Herman Melville의 『모비 딕Moby Dick』보다 이르지 않고, 제임스 조이스의 『피네건의 경야』는 호메로스의 『오디세이아』보다 늦지 않다. 나는 돈키호테이며, 「전도서」의 저자이며, 죽간 위에 시를 새기던 이름 없는 선비이며, 카르타고의 성벽 아래 떨어져 죽은 병사이며, 비극적인 예언의 운명에 따라 작은 탑에 버려진 깔데론 데 라 바르까가Calderon de la Barca의 『인생은 꿈La vida es sueno』에 등장하는 가련한 왕자다. 그 모두가 하나의 세계인 천 개의 꽃잎을 가진 연꽃이며, 그 각각의 꽃잎마다 붓다가 좌정한 채 꿈꾸고 있다.

기원과 비밀들

세상의 중요한 모든 것들에는 참된 기원이 숨겨져 있다. 그것이 비밀들을 구성한다. 존재, 언어, 인간, 사유, 예술은 그 기원이 은폐되어 있는 한, 인간은 영원히 그 비밀의 베일을 완전히 걷어낼 수 없다. 그러나 동시에 그러한 존재들은 비밀에 감싸여 있기에 무한한 욕망과 매혹의 대상이 된다.

나는 신들이 그것들을 비밀로 간직하려는 이유를 추측해본다. 인간이란 존재가 신들의 영역으로 상승할지도 모른다는 두려움 때문은 아닐 것이다. 오히려 인간들이 다시 동물로 퇴화하지 않도록, 주어진 존재 조건에 순응하고 안주한 나머지 몰락해버리지 않도록, 그 내밀한 비밀을 탐구하려는 열정을 통해 스스로 더욱 높아지고 신들에게 보다 가까이 다가가도록 하기 위한 것이 아닐까? 그렇지 않다면 인간이란

_1._ 불면의
글쓰기

67

존재는 범속한 세계 속에서 쇠퇴해가고 몰락해갈 것이기 때문이다.

　예술과 세계의 관계는 그리스 신화의 수금 타는 시인 오르페우스와 그의 아내 에우리디케의 관계와 같다. 오르페우스는 에우리디케를 사랑하고 갈망한 끝에 죽음의 세계인 하데스로 내려가지만 끝내 에우리디케를 구원하진 못한다. 구원의 갈망과 구원의 불가능성 사이에서 오르페우스는 고뇌의 극한까지 나아가고, 오비디우스에 따르면 "고뇌 속에서 그가 양식으로 삼은 것은 눈물과 슬픔뿐이었다"라고 했다. 오르페우스는 고뇌로 찢기는 자이며, 사랑으로 깊이 병을 앓는 자이며, 그 고통을 노래하며 방황하다 죽는 자다. 그 앓음의 깊이에서 탄생한 노래는 불멸하는 성좌가 된다. 별자리가 된 것은 오르페우스가 아니라 바로 노래하는 수금이다. 그리고 별자리는 이 세계의 한 부분이 된다. 예술은 그런 방식으로만 이 세계 그리고 역사라는 것과 관계를 맺을 수 있다.

　이카로스는 자신의 날개가 녹아내리는 밀랍으로 만들어졌다는 사실을 알고 있었다. 그러나 그는 아버지 다이달로스의 경고에도 불구하고 태양을 향한 도약의 날갯짓을 멈추지 않았다. 그는 죽음 속으로 용감하게 뛰어들었다. 한계의 극한까지, 죽음의 언저리에 도달하는 '순간'까지 비약하고자 했던 것이다. 이카로스, 그는 인간의 운명이다. 동시에 예술과 사랑의 운명이다.

타자와 만나는 글쓰기

신라 시대의 원효元曉는 분황사 서재에서 『화엄경소華嚴經疏』를 쓰고 있었다. 보살이 수행하는 계위인 52위 가운데 제31위에서 제40위까지의 10행위를 이르는 「제4 십회향품十廻向品」을 써내려가던 그는 문득 붓을 멈추었다. 불현듯 뇌리를 스쳐가는 깨달음이 있었다. 그는 '회향廻向'이라는 단어를 다시 음미했다. 회향이란 자신의 깨달음을 연기계에 속한 모든 중생에게 되돌려주는 것이다. 작은 골방 서재에 틀어박혀서야 어찌 그런 되돌려주기를 이룰 수 있단 말인가? 보살행이란 문자향과 서권기가 아니라 행위와 나눔을 통해서만 실천할 수 있는 것이 아닌가?

원효는 그날로 붓을 꺾었다. 속인처럼 머리를 길렀고, 승복 대신 속복을 걸쳤다. 그는 저잣거리로, 민중 속으로 나아갔다. 그는 그렇게

1. 불면의
글쓰기

10여 년 동안 민중 속에서 보살행을 실천했다. 그는 붓이 아니라 온 몸으로 글을 쓴, 살아 움직이는 경전이 되었다. 나이 예순이 되어서야 그는 다시 머리를 깎고 승복을 입었다. 혈사六寺로 되돌아간 그는 이후 죽는 순간까지 수도를 했다.

글쓰기 역시 타자를 향해 나아가고 타자와 만나는 행위다. 삶 또한 나와 타자들이 함께 공유하는 것이다. 과거에 예술을 위한 예술이 실패할 수밖에 없었던 것은 삶에서 타자를 제거해버린 나르시시즘적 예술에 불과했기 때문이다. 글쓰기는 뿌리 깊은 고독 속에서 이루어지는 것이지만 그러한 고독의 내면에서도 작가는 끊임없이 타자들과 만난다. 그러한 '만남'이란 세상의 고통과 비참함, 슬픔과 마주한다는 것이다.

이런저런 이념이나 국가, 권력, 돈, 명예, 시장 따위들이 아니라 세상이 겪고 있는 진실한 상처와 아픔들을 만난다는 것이다. 예술은 세상이 겪는 고통을 망각하게 해주는 순간적인 마취제가 아니라 진심으로 그 고통을 함께하며 위로하고, 그 고통을 조금이라도 경감시키기 위해 노력하는 '실천Praxis'이다. 그것은 인간의 고통을 넘어 모든 생명을 아우르는 실천이다.

예술이 아무리 추상적인 문제를 겨냥한다고 하더라도 궁극적으로 그것이 가 닿는 것은 결국 일종의 보살행일 것이다.

사유, 지각, 언어, 경험…. 인식의 여러 아포리아들이 오늘날 인지

과학이라는 이름으로 혹은 심리철학이나 인지기호학의 과학적 사고 대상으로 수렴되어가는 과정을 숙고하면서 문득 과학주의의 문제를 떠올리게 된다. 순수 지성이란 어떤 의미에서는 사유의 자기방어 논리에 불과할 것이다.

인식과 지각의 사유는 그것의 과학화가 아니라 인지과학 자체를 비판적으로 재사유하는 과정이 되어야 하는 것 아닐까? 그러나 그 자체의 내부로 깊숙이 들어가게 되면, 결국 다시 미묘한 함정에 빠지게 된다. 너무나 매혹적이지만, 악마적이기도 한 그 블랙박스란.

늙은 노새의 노래

시를 좋아하던 가난한 선비가 있었다. 어느 깊은 가을날, 우연히 시냇물에 걸쳐진 다리를 건너게 되었다. 겹겹이 둘러싸인 서편 산자락 위로 붉은 해가 걸리고, 주홍빛 노을이 산과 들판은 물론이고 시냇물까지 짙게 물들이고 있었다. 그는 다리 위에서 문득 걸음을 멈추었다. 소리 없이 흘러내리는 맑디맑은 시냇물이 마치 진홍빛 물감을 풀어놓은 듯 고왔다. 선비는 고개를 들어 주변의 풍경을 바라보았다. 절로 시흥이 일었고, 자기도 모르게 입술을 움직여 시구를 읊었다.

西陽下溪橋(서양은 맑은 시냇물 다리 위로 내려앉고)

落葉滿秋逕(낙엽은 떨어져 가을 가는 길을 채우네).

선비는 깜짝 놀랐다. 그는 우뚝 선 채 방금 떠오른 그 시구를 다시 한 번 읊어보았다. 의식하지 못한 사이 무심결에 읊은 것이었지만 스스로도 감탄할 만큼 마음에 드는 시구였다. 그는 석양 노을을 바라보고, 시냇물을 내려다보며 앞선 시구에 멋들어지게 운을 맞출 시구를 생각해보았다. 그러나 더 이상 떠오르지 않았다.

선비는 그 자리에서 오랜 시간을 보내며 이런저런 시구들을 떠올려보았지만 어느 것 하나 마음에 들지 않았다. 노을이 자취를 감추고 밤의 어둠이 찾아들고 있었다. 선비는 탄식 어린 한숨을 내쉬고는 힘없이 그 자리를 떠났다. 아직 자신의 공부가 부족한 탓이려니 생각했지만 집에 돌아와서도 내내 산길에서 얻은 시구에 사로잡혀 있었다.

선비는 과거 공부는 뒷전으로 미루고 시편들만 뒤적거렸다. 도연명과 왕희지王羲之, 이백과 두보杜甫, 소동파, 최치원崔致遠, 이규보李奎報 등의 명시를 읽고 또 읽은 끝에 모든 시들을 송두리째 암송할 지경이 되었지만 그럼에도 대구를 이룰 시행들은 만들어내지 못했다. 그럴수록 그는 더욱 책을 파고들었다. 어느새 노자와 장자와 은둔 선비들의 책에 매료된 그는 세상에 이름을 내걸고 공명을 구하는 일이 무가치하게 느껴졌다. 무엇보다 자신의 영혼이 스스로 감동할 시 한 편도 완성하지 못하면서 세상으로 나아간다는 것이 어울리지 않는다는 생각이 들었다.

결국 선비는 과거 공부를 접고 노새 한 마리를 얻어 올라타고는 길을 떠났다. 선비는 세월과 세상 사이를 그림자처럼 떠돌았다. 하늘에

뜬 구름처럼 길과 계절들 사이를, 외로움과 고독, 궁핍과 방랑 사이를 떠돌았다. 간혹 시를 진정으로 좋아하는 벗을 만나면 술잔과 시를 주고받으며 날 새는 줄 몰랐다.

선비는 생각날 때마다 시를 지었지만 진정 자신의 마음을 사로잡는 시구들을 만나진 못했다. 그것이 그를 가장 아프게 했고, 그의 고독을 사무치게 했다. 세상은 그에게 무심했고, 수많은 낮과 밤이 스쳐 지나가면서 그에게 백발과 깊은 주름을 남겨놓았다. 방랑하는 긴 세월 동안 그가 지나가지 않았거나 머물지 않았던 장소는 없었다. 동행하던 노새도 늙어버렸고 선비도 병이 들었다. 기침을 하면 피를 토했고, 앓아눕는 일이 많아졌다. 선비는 세상을 떠날 날이 멀지 않았음을 직감했다. 그래도 방랑을 멈출 수가 없었다. 방랑은 이제 그의 삶 자체가 되어버렸던 것이다.

어느 해, 낙엽 지는 가을이 지나 초겨울이 찾아왔고 늙은 선비는 우연히 젊은 시절 아름다운 시구를 얻었던 바로 그 장소를 지나게 되었다. 선비는 강가에 멈춰 서서 그 다리를 바라보았다. 자신의 삶과 운명을 바꾸어놓은 그 장소. 그런데 지금, 오랜 세월이 지난 뒤에 다시 그 자리로 되돌아와 있었던 것이다. 선비는 회한과 감격, 애통한 심정에 젖어 해가 뉘엿뉘엿 지는 풍경을 물끄러미 바라보았다.

이윽고 천천히 다리를 건너던 그의 눈길이 시냇물에 비친 노새와 자신의 모습에 가만히 머물렀다. 그때 불현듯 하나의 목소리가 가슴 속에 울렸다.

蕭蕭客行孤(나그네 길 외롭고 쓸쓸하기만 한데)
馬渡寒溪影(말은 차가운 시냇물에 그림자 떨구며 건너고).

선비는 소스라치게 놀랐다. 그는 마치 자신의 영혼인 듯 평생 가슴 속에 품어왔던 젊은 날의 시구를 떠올렸고, 방금 떠오른 시구를 이어 다시 읊어보았다.

西陽下溪橋(석양은 맑은 시냇물 다리 위로 내려앉고)
落葉滿秋逕(낙엽은 떨어져 가을 가는 길을 채우네).
蕭蕭客行孤(나그네 가는 길 외롭고 쓸쓸하기만 한데)
馬渡寒溪影(말은 차가운 시냇물에 그림자 떨구며 건너고).

차갑게 언 선비의 볼을 타고 한 줄기 눈물이 흘러내렸다. 선비는 평생을 자신과 함께 멀고도 험한 방랑길을 떠돌았던 늙은 노새의 목을 부둥켜안으며 하염없이 눈물을 떨구었다. 늙은 노새도 푸르륵 푸르륵 소리를 내며 울었다.

"그래, 이 한 편의 시를 얻기 위해 그토록 긴 방랑이 필요했던 것인가 보다. 이 시는 이제 보니 너를 위한 시였구나. 이제 됐다. 이걸로 내 생은 충분하구나. 그만 가자꾸나."

늙은 선비와 노새는 강을 건너 어느 마을에 당도했다. 주막의 초라한 골방을 얻은 선비는 기력이 다한 듯 몸져누웠고 며칠 후 고요히 눈을 감았다. 선비가 세상을 뜬 후 얼마 지나지 않아 늙은 노새도 주인을 따랐다.

이윽고 세상은 그들을 잊었다. 하늘에는 여전히 구름들이 뒤섞였다가 다시 흩어지고 있었다.

시에서 솟아나는
한 그루의 잣나무

옛사람들의 묘처(妙處)는 졸(拙)한 곳에 있지 교(巧)한 곳에 있지 않으며, 담(澹)한 것에 있지 농(濃)한 것에 있지 않다. 근골기운(筋骨氣韻)에 있지 성색취미(聲色臭未)에 있지 않다.

18세기에 능호관凌壺觀 이인상李麟祥이 썼던 글이다. 오랜 방황과 실패를 겪으며 내가 마침내 발견하고 추구하고자 하는 글쓰기의 법도가 바로 거기에 있다. 이인상 자신이 그린 「설송도雪松圖」 속에 완벽하게 그림의 형태로 살아 숨쉬는 언어와 문체. 불행히도 나는 거기에 도달하지 못했다.

1752년, 나이 43세가 되던 해에 오랫동안 은둔을 꿈꾸던 이인상은 부임한 지 3년밖에 안 된 음죽 현감 자리를 버렸다. 서출이라는 신분적 한계 탓에 종6품 현감 자리는 그나마 그가 맡게 된 최초의 목민관 자리였다. 그러나 삼엄할 정도로 꼿꼿했던 그는 상관인 관찰사와 다툰 끝에 도연명이 그랬던 것처럼, 비굴하게 권력과 타협하기보다는 결연하게 관모를 벗어던졌다. 그는 처자를 데리고 음죽현 서쪽으로 5리 떨어진 작고 외딴 시골 마을, 설성으로 숨어들었다.

은신처에 누추한 정자를 손수 짓고, 51세의 나이로 세상을 뜰 때까지 이인상은 세속과 담을 쌓은 채 가난하고 고독한 삶을 보냈다. 책을 읽고, 두 아들을 가르치고, 시를 짓고, 그림을 그리면서. 그곳에는 그와 함께 고아한 정신세계를 나눌 사람들도 없었고, 찾아오는 벗들도 거의 없었다. 책과 자연 그리고 고독만이 그의 벗이었다. 끊임없이 병마에 시달리면서도 그는 엄격한 정신의 긴장을 놓지 않았다.

이인상은 하루를 네 시기로 나누어 글을 읽고 글을 쓰고 그림을 그리고, 글을 가르쳤다. 자신에게 엄격하고 철저한 나머지 스스로 세운 법도를 단 하루도 벗어난 적이 없었다.

> 주역을 읽으며 하루 한 괘를 읽는데 아침에 열 번, 낮에 열 번 그리고 등불 아래서 열 번을 읽는다. 그리고 아침에 두 아들에게 학문을 가르치고 식사 후에 『강목(綱目)』과 『주서(朱書)』를 읽는다.

가난하고 궁핍한 은둔생활, 뼈저린 고립의 고독 속에서 능호관 이

인상은 자신의 예술세계에 더욱 깊이 파고들었다. 그리고 그곳에서 「설송도雪松圖」, 「송하관폭도松下觀瀑圖」, 「검선도劍僊圖」, 「송하독좌도松下獨坐圖」와 같은 불후의 걸작들을 남겼다.

연암燕巖 박지원朴趾源이 전하는 얘기다. 한 벗이 이인상에게 비단 한 폭을 보내주고서 공명의 묘에 있는 잣나무를 그려달라고 하였다. 이인상은 한참 뒤에 옛 글씨체로 설부雪賦를 한 편 써서 보내주었다. 벗은 크게 기뻐하였고, 시간이 흐른 뒤 약속한 그림을 받으러 찾아왔다.

"나는 진즉에 그림을 보냈다네."
능호관의 말에 벗이 놀라며 반문했다.
"전에 보낸 것은 그림이 아니라 설부였잖은가?"
그러자 능호관은 부드럽게 웃으며 대답했다.
"잣나무는 그 속에 다 들어 있네."

이인상은 평생 한 번도 자기 자신이 시인이라거나 화가라는 식의 자의식을 가진 적이 없었다. 그는 자신의 삶 자체를 시적인 것으로 만들었을 뿐이다. 삶과 예술의 일치, 인격과 화격畵格의 일치. 이런 격조의 추구를 서양 예술의 전통에서는 거의 발견할 수 없다. 윤리학적 이상과 예술적 이상의 일치를 설명할 수 있는 미학체계는 없다. 미학 자체가 이미 삶과 예술의 분리를 전제로 하기 때문이다.

문인화의 그것은 서양의 그것과는 전혀 다른 미학이다. 격조의 미학이다. 인품의 격을 따지듯 작품의 격을 묻는 미학이다. 서권기書券氣(서책의 기운), 문자향文字香(문자의 향기)의 삶 그리고 미학이다.

삶과 예술은 결코 분리되지 않는다. 존재와 삶의 내면적이고 상징주의적인 비약으로써 표현되는 예술. 예술이 직접적인 삶의 표현이 되고 삶 그 자체가 되는 것이다.

한 세기 뒤에 추사秋史 김정희金正喜가 도달했던 대교약졸大巧若拙 혹은 고담미古談美의 예술세계를 능호관은 이미 선취하고 있었다. 자부심 가득했던 추사도 능호관 앞에서는 고개를 숙였다고 전한다.

영구차가 시신을 싣고 다니듯 죽은 의미들을 싣고 다니는 언어가 있다. 반면에 어떤 언어는 아폴론의 사랑을 끝까지 거부하며 달아났던 다프네처럼, 자기를 따라붙은 의미들마저 거부하며 달아나는 언어도 있다. 시의 언어, 선승들이 주고받는 역설의 언어들.

서기 788년 정월의 일이다. 마조馬祖 스님이 스스로 죽음을 예감하고 병석에 누워 있을 때 그 절의 원주가 찾아와 물었다.

"요즘 스님의 법체法體가 어떠하신지요?"

원주의 문안에 화상和尙은 이렇게 대답했다.

"일면불日面佛, 월면불月面佛."

『불명경佛名經』에 보면 일면불은 1,800년을 사는 장수 부처이고, 월면불은 하루 낮과 밤 동안만 사는 단명 부처다. 따라서 '일면불, 월면불'은 장단長短에 집착하지 않는다는 뜻으로 해석할 수 있다. 마조 스님은 태어난 적도 죽은 적도 없지만 그가 남긴 화두는 남았다. 어쩌면 저 언어들도 그러한 것일지도 모른다.

선문답집인 『조동록曹洞錄』에 나오는 문답이다.

> "세상에서 무엇이 가장 비싼 물건입니까?"
> "죽은 고양이 머리가 가장 귀하다."
> "어째서 죽은 고양이 머리가 가장 귀합니까?"
> "아무도 값을 매기는 사람이 없기 때문이다."

죽은 고양이의 머리, 그것이 문학과 글쓰기의 언어이자 운명이다.

예술에는 진보가 없다. 장소에 따른 혹은 시대에 따른 우열도 없다. 각기 다른 예술세계, 다른 삶들만 있을 뿐이다. 다른 삶은 다른 예술을 낳는다. 예술은 '예술'이라는 이름이 붙기 이전부터, 네안데르탈인이 최초로 무덤을 만들기 시작한 순간부터 존재해왔다. 인간이 피할 수 없는 고통에 대한 고뇌가 시작된 그 순간부터 예술은 존재해왔다. 현대 예술은 깊은 동굴의 어둠 속에 어렴풋이 흔적으로만 남아 있는 고대인들의 예술보다 결코 우월하지 않다.

필록테테스

호메로스의 『일리아드Illiad』에 등장하는 인물인 필
록테테스는 헤라클레스를 도와준 인연으로 헤라클레스의 명궁을 소
유했고, 그로 인해 호메로스와 소포클레스의 노래에 이름을 남긴 사
람이다. 우리는 또한 뱀에 물려 거동이 불편해지자 동료 군인들에게
버림받고 홀로 무인도 렘노스 섬에 버려진 채 절망에 빠진 그의 이야
기를 안다. 트로이의 왕자 헬레노스의 신탁을 좇아 오디세우스와 네
오프톨레모스가 렘노스 섬으로 그를 데리러 오기 전, 필록테테스에게
일어났을 법한 일을 상상해본다.

필록테테스는 렘노스 섬의 해변이 마주 보이는 어두컴컴한 동굴을
안식처 삼아 치명적인 상처와 싸우면서 홀로 지낸다. 나무로 대충 만
든 그릇 몇 개, 불을 피우는 도구들, 뱀에 물린 상처에서 터져 나오는

고름을 짜내기 위한 넝마 조각들이 그가 가진 전부다. 이야기를 나눌 상대도, 불행과 고통을 나눌 사람도 없다. 뱀에 물린 상처의 고통만큼이나 끔찍한 정신적 공허가 그의 영혼을 짓누른다. 그는 매일 바닷가 바위에 올라서서 하염없이 하늘을, 철썩이는 파도를, 유유히 날아다니는 갈매기들을 바라본다. 뱀에 물린 상처가 욱신거리며 고통을 자아낼 때마다 그는 텅 빈 하늘을 향해 홀로 비명을 내질러보기도 하고, 목 놓아 통곡하기도 했다.

"신이여, 어째서 저에게 이런 고통과 불행을 내려주셨습니까? 뱀에 물린 상처를 끌어안은 채, 이 외롭고 적막한 무인도에서 앓다가 죽어가야만 할 운명입니까? 인간이 어차피 죽어야 하는 하루살이 같은 존재라지만, 하필이면 제게 이런 고통스런 운명을 주셨단 말입니까?"

어느 날, 불행한 필록테테스는 파도가 발을 핥아대는 바위에 걸터앉아 있다가 가까운 바위에 올라앉은 갈매기 한 마리를 보았다. 외로웠던 필록테테스는 반가운 마음에 갈매기에게 말을 걸었다. 그러고는 탄식하며 자신이 어떻게 해서 뱀에 물렸고, 동료들에게 버림받았는지, 그로 인해 얼마나 불행한지에 대해 털어놓기 시작했다. 한 번 말문이 터지자, 강물이 둑을 넘어 범람하듯 그의 입술에선 끊임없는 이야기가 흘러나왔다. 그때부터 필록테테스는 날마다 바닷가 바위에 걸터앉아 때로는 파도에게, 때로는 주변을 날아다니는 갈매기들에게, 때로는 텅 빈 하늘을 향해 호소하듯 이야기하기 시작했다. 이야기하는 동안만큼은 자신의 고통을 잊어버릴 수 있었다. 마치 입술을 통해 고통이 빠져나가버리기라도 하는 듯이. 그리고 기이하게도 이야기가 그의 내면을 조금씩 바꾸어놓기 시작했다. 필록테테스는 다름 아닌 자기 자신에게 말을 걸고 있었고 눈에 보이지 않는 거울에 자기를 비추어 보면서 이야기를 나눈 셈이었다. 필록테테스는 이야기를 하면서 끊임없이 자신의 운명과 불행과 고독을 반추해보았다.

세월은 무인도에서도 어김없이 흘러갔다. 필록테테스는 매일매일 바닷가에 나가 이야기를 했고, 그의 이야기는 영원히 끝나지 않을 것 같았다. 어느 날 필록테테스는 여느 때와 마찬가지로 바다를 상대로 이야기를 하다 불현듯 입을 다물었다. 한참 말이 없던 그는 무언가를 깨달았다는 듯 먼 하늘을 오랫동안 응시했다. 이윽고 그는 짙푸른 바다를 내려다보며 말했다.

"무심한 바다여, 나는 헤아릴 수 없는 시간 동안 너에게 내 이야기를 들려주었다. 너에게는 내 이야기가 어땠는가? 즐거웠는가? 지루했는가? 나는 나를 옭아맨 고통과 운명의 굴레에 관해 이야기를 하면서 비로소 나 자신을 알게 되었다. 만일 뱀에 물린 상처와 동료들에게 버림받는 불행과 이 섬에서 겪어야만 했던 처절한 고독이 없었더라면 나는 마치 짐승처럼 고뇌도 근심도 아무런 생각도 없이 살았을 것이다. 고통이 내 영혼을 사로잡아 나를 깊은 고뇌에 빠뜨렸을 때 비로소 나는 인간이 되었다. 나는 내 고통을 이야기한다. 이야기하는 동안 나는 고통을 잊고 나 자신을 위로하며, 슬픔조차 잊는다."

거돈사 옛 절터에서

거돈사居頓寺는 절이되, 절이 없는 절이다. 적막하고 텅 빈 이 절은 천 년도 더 되었지만 대웅전도 없고, 승려들이 거처하는 요사채 같은 건물도 없다. 불상도, 종각도, 불경 외는 소리도 없이 석탑 하나와 불당 터만 남은 이곳엔 여기저기 버려진 채 뒹굴고 있는 석재들만이 천 년 세월의 흔적을 말해준다. 불상이 놓여 있던 자리에 불상은 간곳없고, 석대좌 하나만 텅 빈 허공만 쓸쓸히 떠받치고 있다. 그럼에도 사람들은 폐사지를 찾고 또 찾는다. 폐허만 남아 있을 뿐인데 그토록 많은 사람들의 발길이 머무는 까닭은 무엇일까? 나는 무엇을 찾기 위해 다시 그 절터를 찾았던 것일까?

어느 화사한 봄날, 친구 몇 명과 그곳을 처음 찾았다. 강원도 원주시를 지나 거돈사지가 있는 부론면으로 접어들자, 완연한 봄의 풍경이 축제처럼 펼쳐졌다. 개나리와 진달래, 철쭉, 제비꽃들이 산등성이와 시골마을 어귀마다 춤추듯 피어나고 있었다. 추운 겨울을 이겨낸 생명들의 야단법석에 구불구불 산길을 따라가던 우리의 마음도 덩달아 진달래빛으로 물들어갔다.

신라 말에 처음 지어져 기나긴 세월 선승들의 도량이었던 절은 임진왜란의 전쟁 통에 화재로 소실되었다고 했다. 함께 간 일행은 사진을 찍고 금당 터 위에 올라 먼 산을 바라보거나 석불대좌를 가만히 쓰다듬으며 생각에 잠기기도 했다.

누군가 말했다. 세월의 무상함이 느껴진다고. 까닭 없는 쓸쓸함이 마음을 파고든다고도 했다. 또 다른 누군가는 폐허의 미학에 대해 말했다. 폐허에 대한 감수성. 그것은 소멸에 대한 감수성에 다름 아니라고 했다. 어떤 생명도 피해갈 수 없는 소멸에 대한 감정을 나 또한 느꼈다. 절터를 둘러싼 자연은 약동하는 봄의 생명력으로 넘실대고 있었다. 자연과 폐사지의 대조는 마치 아름다운 꽃밭에 덩그러니 서 있는 죽은 고목나무 한 그루를 보는 듯한 기분을 불러일으켰다.

그것은 또한 인공과 자연의 대조이기도 했다. 인공과 자연의 팽팽한 긴장이 마침내 자연의 승리로 귀착되어 결국 인공은 스러지고, 인공이었던 것들이 자연으로 되돌려지는 중이었다. 문명이 인공과 자연의 대결이자 자연을 극복하고 인공화하는 과정이었다면, 거돈사 절터는 문명의 허망함과 패배를 적나라하게 노출하고 있는 현장이었다. 나는 생명이 그러하듯 문명도 흥망성쇠를 거듭한다고 했던 독일의 역

사가 오스발트 슈펭글러Oswald Spengler의 논리를 떠올렸다. 자연이 삶
과 죽음 사이를 끝없이 순환하듯, 인공 역시 그러하리라. 천 년 넘게
이 땅에서 이어져 왔던 신라와 고려 불교 문명의 흔적이 거기에 있었다.

그러나 이런 생각들 끝에도 여전히 해명되지 않는 무언가가 여전히
마음속에 남아 있었다. 거기엔 그 이상의 무언가가 있었다. 나는 천
년 세월을 버텨왔다는 느티나무 아래에 섰다. 인공은 무無로 스러졌지
만, 커다란 느티나무는 여전히 장엄한 생명력을 발산하고 있었다. 백
년도 살지 못하는 인간의 생에 비하면 저 고요하면서도 끈질긴 생명
력은 얼마나 눈부신가. 인생이란 얼마나 찰나적인 것인가….

단 하루 머물렀다 떠나버리는 하루살이의 생처럼 가소로운 생인데
도 정작 우리 자신은 삶의 무게를 얼마나 무겁게 느끼고 있는가. 천
근만근의 바위를 짊어진 듯한 무게감에 짓눌려 우리는 차라리 영원히
벗어나고 싶은 유혹에 시달리곤 한다. 너무나 가벼우면서도 너무나
무거운 패러독스. 그러한 대조가 어쩔 수 없이 내 마음을 깊은 쓸쓸함
으로 몰아갔다.

석탑과 금당 터 그리고 불상을 잃어버린 채 덩그러니 중앙에 놓인
석불대좌를 바라보는 동안 말로 형용하기 어려운 기이한 느낌이 끝없
이 나를 사로잡았다. 그 텅 빈 폐허가 적막과 침묵 속에서 내게 무언
가 보여주려 하고 무슨 말인가를 건네려 하고 있었다. 그 순간 내 마
음속에 일었던 감정은 이상하게도 부끄러움 같은 것, 나 자신에 대한
민망함 같은 딱히 설명하기 어려운 감정이었다. 그러나 그런 생각의

일면조차 일행들의 분주한 움직임 속에 뒤섞여버렸고, 다음 일정에 쫓겨 서둘러 그 자리를 떠나야만 했다. 그리고 오래지 않아 그 장소를 쉽게 망각했다. 거리에서 우연히 만난 친구와 반갑게 악수를 주고받고 뻔한 안부 한두 마디를 물은 뒤에 돌아서자마자 그 만남 자체가 머릿속에서 사라지는 것처럼, 그 장소는 쉽사리 잊혀졌다. 나는 다시 대도시의 분주함과 권태 속으로 휩쓸려 내려갔다.

어느 늦가을, 나는 다시 홀로 그 장소를 찾았다. 어느 날 불현듯 그 장소가 망각을 뚫고 기억의 표면에 떠올랐고, 한 번 떠오른 그 장소는 온통 나를 사로잡았다.

늦가을이라 석양이 빨리 찾아왔다. 도착했을 때는 노을이 돌계단을 부드럽게 물들이고 있었다. 도로변에 차를 세우고 돌계단을 밟아 올라가자 익숙한 그 장소가 모습을 드러냈다. 토요일이어서인지 예닐곱 명의 답사객들이 있었다. 저마다 갖고 온 카메라로 사진을 찍고 있었다. 깔깔 웃는 소리와 왁자지껄한 말소리들이 텅 빈 공간의 정적을 흔들었다. 낙엽들을 떨구고 있는 가을 산의 풍경 탓인지 폐허는 더욱 황량해 보였다. 나는 조용히 느티나무 옆 벤치에 앉았다. 폐허 위에, 삼층석탑 정면에, 금당 터 석축에, 외로운 석불대좌에 고운 노을빛이 가득 내려와 있었다. 나도 서서히 물들어갔다. 폐허의 풍경이 그토록 아름다울 수 있다는 사실에 새삼 경이로움이 느껴졌다.

답사객들이 모두 떠나고 나 혼자 남았다. 나는 여전히 붙박인 조각

상마냥 그 자리에 앉아 있었다. 시간이 소리 없이 흘러갔다. 투명한 빛이 잦아들면서 서서히 어둠이 몰려왔다. 무섭도록 깊은 침묵과 정적이 함께 찾아왔다. 이윽고 하늘에 달이 모습을 드러냈다. 조각난 달을 올려다보는 순간, 풀벌레 소리가 정적을 깨뜨리며 사방에서 들려왔다.

나는 몸을 일으켜 느티나무에 기대어 섰다. 흐릿한 달빛을 받으며 어둠 속에 잠긴 석탑과 석불대좌를 바라보았다. 어둠 속에 잠긴 폐허는 더 이상 폐허가 아니었다. 어둠 속에서 모든 사물들은 자연으로 되돌아가고 있었다. 나 또한 밤으로 젖어들었다. 나는 가만히 눈을 감고 오랜 세월을 거슬러 올라갔다. 마음속 풍경에 절이 나타났다. 삼층석탑 뒤편에 금당이 보였다. 석불대좌 위에 고요하게 앉은 석불이 보였고 그 아래 목탁을 두들기며 불경을 외는 선승들과 경건하게 합장하는 불자들이 보였다. 이윽고 침략과 방화, 온 산의 풍경을 붉게 물들이는 끔찍한 불길을 보았다. 약탈과 죽음, 고통스런 비명들, 울음소리가 들렸다. 나도 모르게 몸이 부르르 떨리고 한숨이 나왔다. 그리고 뒤이은 망각의 세월들, 적막한 폐허의 풍경들이 지나갔다. 아무도 찾지 않는 버려진 폐사지가 되어 홀로 텅 빈 침묵을 지키는 이곳.

나는 나도 모르게 "거돈사" 하고 절의 이름을 입 밖으로 소리 내어 말해보았다. 명명한 자를 알 수 없는 그 이름, 거돈居頓은 '깨달음에 머문다'는 뜻이다. 니르바나nirvana ('열반'을 뜻하는 산스크리트어)에 머물기. 순간 내 머릿속에 섬광이 일었다. 나는 눈을 떴고 흐릿한 윤곽만을 드러낸 석불대좌를 뚫어지게 바라보았다. 어둠 속에서 눈이 밝아졌고 나도 모르게 몸이 더워졌다.

폐허의 장소는 시간이 허물어뜨려버린 폐허가 아니었다. 역사의 수레바퀴가 구르고 굴러 끝내는 망가지고 만 폐허가 아니었다. 그 장소는 폐허를 넘어선 폐허, 폐허가 됨으로써 비로소 깨달음과 해탈에 머물러 있었다. 생사와 욕망과 시간조차 벗어버린 장소, 그리하여 절대적 침묵과 무심한 깨달음에 머물러 있는 장소.

이미 깨달음을 얻은 뒤에 불상이 무슨 의미가 있으랴. 불상은 그저 돌로 만들어진 인공물에 불과한 것을. 스스로 깨달음에 이른 그곳에 불상이 없는 것은 오히려 당연한 일이었다. 처음 그곳을 찾았을 때 나를 사로잡았던 까닭 없는 부끄러움의 정체도 그제야 알 것 같았다. 그 장소는 공空의 장소였고, 공의 시간이 물질화된 형태로 오직 폐허의 형태로만 가능한 깨달음의 장소였다. 그곳은 과거와 현재, 미래의 모든 시간들이 모여들었다가 뱀이 허물을 벗듯 시간 자신이 껍질을 벗고 해탈해버린, 모든 시간이자 아무 시간도 아닌 시간의 장소였다. 그 때문에 폐허의 장소에서는 더 이상 시간이 흐르지 않았다.

해가 떴다 지고, 달도 떴다 진다. 계절들이 왔다가 가고, 다시 오고 또 간다. 그러나 그 장소는 아무런 변화도, 기억도, 망각조차 없이 거기 머물고 있을 뿐이다. 아니, 망각은 망각 자체를 망각함으로써 비로소 기억을 완성한다. 시간 속에 존재하면서도 동시에 시간 너머, 시간의 바깥에 머무르는 존재. 그런 의미에서 거돈사지는 시간의 절이자 망각의 절이었다. 찬바람이 불고 어둠은 깊이를 더해갔다. 옷깃을 파고드는 추위에 피부가 곤두섰다. 나는 그 시간의 침묵과 모든 망각된 것의 망각 속에 영원토록 머물고만 싶었다. 사람들이 저마다 까닭도 모르는 채로 이곳을 찾았다가 떠나고, 그러고는 다시 찾아오는 이유를 알 것 같았다. 사람들은 저마다 이곳에 왔다가 자신도 모르는 사이에 한 움큼씩 니르바나를 보시 받고 돌아가는 것이었다. 가슴속에 저마다 절을 하나씩 짓고 가는 것이었다. 거돈사지는 폐허로 남은 옛 절터가 아니라, 현존하는 어떤 사찰보다도 더 아름다운 마음의 사찰이었다. 거기엔 아직 절이 머물고 있었다. 절 없는 절이 거기에 있었다.

나는 석불대좌 앞으로 나아가 절을 했다. 이윽고 아득한 몸을 돌려 짙어가는 어둠 속으로 천천히 걸음을 내디뎠다.

라이너 마리아 릴케의 침묵

만약 우리가 시간 속에서 무언가를 잃어버렸다
고 느낀다면, 무엇을 통해 그 잃어버린 시간들을 되찾을 수 있을까?
우리의 모든 가능성이 소진되어버렸거나 한계라고 느낄 때, 세계와
단절된 절대적 고독으로 추락하는 듯할 때, 무엇을 더 기다려야 할까?

시간 속의 삶이 궁극적으로 비인칭적인 죽음, 우리의 고유함과 개
별성을 무화시켜버리는 영원한 암흑 같은 파국으로 마감되고 만다면,
삶은 어떻게 그런 세계와 조화를 이룰 수 있을까?

릴케가 1910년 『말테의 수기Die Aufzeichnungen Des Malte Laurids Brigge』를
발표하고 나서 직면한 문제가 바로 그런 것들이었다. 나는 그 책을 읽
을 때마다 그 책을 쓴 후 마침내 『두이노의 비가Duineser Elegien』를 쓰기

까지 10년간이나 지속되었던 그의 침묵과 고뇌를 떠올린다. 그는 4년 반 동안 무려 40여 곳의 장소들을 전전하며 방황했다.

무엇이 시인 릴케로 하여금 그토록 가혹한 침묵과 시련을 감당하게 만들었던가?

릴케의 침묵은 아르튀르 랭보Arthur Rimbaud의 침묵처럼 언어로부터 완전한 결별을 요구한 것이 아니었다. 혹은 순수한 언어, 언어의 기원 인 침묵에 가장 근접한 언어에 도달하기 위해 추구된 것도 아니었다. 또 앙토냉 아르또Antonin Artaud처럼, 아무것도 쓸 수 없다는 글쓰기의 불가능성을 집요하게 탐색하는 글쓰기를 위한 것도 아니었다.

그의 침묵은 또 다른 침묵이었다. 시련을 시련답게 만드는 무한한 인내와 기다림으로 충만한 침묵이었다.

세상의 모든 예술가들은 우리가 각자 맞이하는 죽음이 삶의 여정에 있어서 가장 탁월한 완성이 되기를 바라듯 자신의 최후 작품이 가장 훌륭한 작품이길 갈망한다. 그러나 오직 릴케만이 삶과 예술의 모든 측면에서 거기에 도달할 수 있었다. 방황하며 고뇌하는 긴 침묵을 통해서. 당장에라도 생을 끝내고 싶을 만큼의 내적 시련에서도 죽을 수 조차 없다고 말하는 도저한 인내를 통해서.

릴케의 침묵은 단순한 언어의 부재가 아니었다. 고요한 침묵 속에 침잠해 있을 때가 가장 많은 말을 하고 있는 순간이다. 침묵이 스스로 넘치고 범람하지 않는 한, 함부로 입술을 열어 외쳐서는 안 된다. 그 러한 침묵의 원칙은 릴케 자신의 원칙이기도 하다. 릴케는 "진정으로 노력한다는 것, 아, 그것은 또 다른 호흡. 무의 주위로 형성되는 호흡"
이라는 시구를 통해 표현된 언어의 외면으로는 드러나지 않는 침묵의
본질에 대한 갈망을 드러냈다.

릴케가 10년 동안 침묵해야만 했던 것은 글쓰기와 언어의 원칙인
침묵에 대한 진지한 헌신 때문이다. 그러나 릴케에게 문제가 되었던
것은 단지 언어와 예술만이 아니었다. 릴케의 침묵에서 더 문제가 되
었던 것은 시간의 종말, 삶의 종말인 죽음이었다. 분신과도 같았던 말
테가 직면한 텅 빈 심연과도 같은 절대적 침묵의 공간이자, 모든 인간
적인 노력을 무화시켜버리는 절대적 타자의 공간인 종말. 아니, 사실
은 그 절대적 타자에 대한 사유를 통해 다시 삶에 도달하는 것, 즉 말
테가 추구했던 고유한 죽음, '나'라는 1인칭의 죽음, 그러나 끝내는 비
인칭의 무로 소멸해버리는 막다른 길을 넘어 다시 시작함으로써 죽음
과 삶을 동시에 긍정하는 형태로 둘을 하나의 생명력으로 통합하는
것이 문제였다.

그러한 완성은 긴 침묵 끝에 도달한 『두이노의 비가』를 통해 가까스
로 이루어질 것이었다.

1911년의 한 편지에 그는 이렇게 쓴다. "이 책(『말테의 수기』)을 다 쓰
고 난 후, 가슴 깊은 곳에서부터 무방비 상태로 텅 빈 상태로, 그 어느
것으로도 채울 수 없는 빈껍데기로 목숨을 부지하고 있는 나를 당신
은 이해하실 수 있겠습니까?"

그리고 또 다른 편지에서 릴케는 쓴다.

극심한 절망 속에서 말테는 모든 것의 배후에 도달하였습니다. 어떤
면에서 그것은 죽음의 배후라 할 수 있습니다. 그래서 나는 이제 아
무것도 할 수 없습니다. 죽을 수조차 없습니다.

빈껍데기로 목숨을 부지하면서도 죽을 수조차 없다는 것, 그것이
문제다. 릴케는 어쩌면 극심한 절망 속에서 자기 자신을 놓아버릴 수
도 있었을 것이다. 언어의 한계에 도달했고, 모든 능력이 고갈되고 소
진되어버렸다는 불가능성 속에서. 나아가 하이데거Martin Heidegger가 본
죽음처럼, 죽음을 모든 가능성의 극한, 가장 고유하고 극단적인 가능
성으로 환대하면서. 많은 예술가들이나 평범한 사람들이 무기력과 절
망 속에서 최후의 가능성으로 죽음을 택했던 것처럼.

릴케의 사유와 언어가 도달한 영역도 언어와 삶 전체가 바로 그곳,
빛조차 빠져나올 수 없는 블랙홀의 심연과도 같은 공간이었다. 톨스
토이Lev Nikolayevich Tolstoy는 무시무시한 그 공간의 압력에서 탈출하기
위해 신앙의 밧줄에 의존해야만 했다. 그러나 릴케는 그런 가능성을
열어두지 않았다. 그렇기에 더욱 끔찍할 수도 있었던 절망이었다.

릴케의 고뇌는 정신적이고 내면적인 것이었지만 또한 그것은 무에
둘러싸인 이 세계와 화해 불가능한 불화를 동반하는 것이었다. 릴케
는 『노인과 바다Old Man And The Sea』에서 청새치와 사투를 벌이는 노인
산티아고처럼 "인간은 파멸당할 수는 있지만 패배할 수는 없다"고 결
연히 외치지도 않는다. 그는 다만 이 세계와 완전히 결별하거나 분리

되어버린 듯한 심정으로 어떻게 삶을 다시 시작할 것인가를 끝없이 자문하며 마치 침묵이 유일한 무기인 듯 고뇌의 사투를 계속할 뿐이다.

절망 속에서 릴케의 침묵이 추구한 것은 그러한 심연으로부터 다시 시작할 수 있는 가능성이었다. 어둠의 영역에서 시작하고 모든 가능성의 불가능성인 그 영역을 온전히 보존하는 것, 그리하여 절대적인 침묵이 그 자체의 모순 속에서 변화하기를 기다리는 것.

릴케의 고뇌와 침묵 그리고 강건한 인내는 무 앞에서 존재의 가능성과 이유를 추구하는 침묵이 아니었다. 예술가로서, 시인으로서, 한 인격으로서 작품에 대한 의무에 스스로를 결박하는 행위였다.

그것은 동시에 삶의 최후 형태에 삶을 최종적으로 동화시키는 것이 아니라, 그 안에서 릴케 자신이 "세계의 내면적인 공간Weltinnenraum"이라 부른 공간을 발견하고, 존재하는 모든 사물들의 안팎을 순수한 내면성 속에서 소통시킬 강력한 힘을 만나는 행위였다. 오디세우스가 선원들을 파국으로 유혹하는 사이렌의 노래에 저항하면서도 매혹적인 노래의 비밀을 알기 위해 온몸을 밧줄로 묶고 고통을 인내했던 것처럼, 작품과 삶의 본질에 다가가기 위해 죽음이라는 사이렌의 노랫소리가 들리는 1914년, 릴케는 힘겨운 고독과 침묵 속에서 마침내 새로운 시작의 단초를 발견하고 그 감격을 노래한다.

모든 존재들을 꿰뚫고 단 하나의 공간이 흐르나니
그것은 세계의 내면적 공간, 새들이 소리 없이

우리들의 내면을 가로질러 날아간다. 오 성장을 원하는 나,

내가 바깥을 바라보니, 내 안에 나무가 성장하고 있도다!

'나'라는 자아는 마침내 긴 침묵과 인내를 동반한 사유와 고뇌 끝에 편협한 개별성을 초월한 하나의 세계에 도달한다. 침묵은 언어의 죽음이자 기원 혹은 모든 언어의 잠재적 근거만이 아니다. 또한 삶의 종말인 죽음의 파멸성도, 도달 불가능한 영원한 피안도 아니다.

실존적인 차원에서 보자면 릴케에게 침묵은 하나의 시간, 불굴의 의지와 인내 그리고 고도로 집중된 내면성으로써 새로운 시작의 가능성을 탐색하는 고독하고 외로운 침묵이었다. 그것은 릴케에게 시인의 임무이자 실존의 임무이기도 했다. 그리고 그것은 생을 마주하는 우리 모두의 임무이기도 하다.

죽음은 종말과 파국이 아니다. 그것은 모든 인간적 한계에도 불구하고 새로운 시작을 가능케 해주는 심오한 열린 세계이며, 삶에 내면적인 깊이와 엄밀한 형태를 부여해주는 존재의 충실한 내밀함이다.

빛과 어둠이 궁극적으로 서로를 채우듯 진정한 삶을 위해선 어둠의 공간이 필요하다. 열렬한 사랑은 뼈아픈 결별의 가능성을 전제한다. 감추어진 존재와 삶의 비밀을 드러내기 위해서는 마침내 당도한 비밀의 문 앞에서 고통스럽게 기다릴 수 있어야 한다. 그런 것이 바로 침묵이다. 그런 내밀한 침묵을 긍정할 수 있어야 한다.

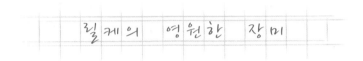

1926년 백혈병이 릴케를 죽음의 공간으로 데려갔다. 그는 높은 언덕 위에 위치한 작은 교회 옆에 묻혔다. 그의 나이 51세 때였다.

그는 장미 가시에 찔려 죽었다는 전설이 회자될 정도로 장미를 사랑하였다. 그에게 장미는 평범한 장미가 아니라 영원한 장미였다. 릴케에게 가시 달린 아름다운 장미는 죽음과 시적 행위의 상징이었다. 장미의 순수한 공간은 누구의 죽음도 아닌 죽음 자체이자, 그 죽음이 삶의 내면성으로, 고통마저도 삶의 아름다움과 축복으로 받아들여지는 영혼의 감각적 현존이었다. 그런 방식으로 장미는 삶의 유한성을 넘어 영원한 시간의 장미가 된다.

릴케는 그 영원한 장미를 자신의 묘비명으로 삼았다.

Rose, oh reiner Widerspruch, Lust

Niemandes Schlaf zu sein unter soviel

Lidern.

장미여, 오 순수한 모순이여

그렇게도 많은 눈꺼풀 아래

그 어느 누구의 잠도 아닌 기쁨이여.

불면의 글쓰기

나는 왜 밤마다 깨어 있기를 갈망하는 것일까? 갈망이 결핍과 부재의 원근법이라면, 그러한 원근법으로 무엇을 보려는 것일까? 침묵하는 밤의 순수한 무한성, 불면으로 잠 못 드는 밤들이 불러들이는 다가갈 수 없고 실현될 수 없는 사이렌적 매혹, 그 불가능한 다가감의 언저리에서 어떤 약속을 기대하는 것일까?

일을 마치고 집으로 돌아오는 길엔 몹시 피곤하다가도, 홀로 어둠과 적막 가운데 머물기 시작하면 정신은 오히려 수정처럼 투명해지고 맑아지고 만다.

나는 조바심을 내며 책상 앞에 앉는다.

오늘 나를 사로잡았던 한 단어가 있었다. 모든 아름다운 것들이 그렇듯이 그 단어는 잃어버린 사랑을 되찾는 순간처럼 불가항력적으로 내 마음을 사로잡았다. 그러나 끝내 그 단어를 문장 속으로 끌어들여 그 단어 스스로가 자신의 매혹에 굴복하도록 만들 수는 없었다. 지시하는 언어를 좌절시키는 잔혹한 대상처럼, 그 단어는 나의 성긴 사고의 그물망 사이로 유유히 빠져나가고 말았다.

나는 패잔병처럼, 무기력하고 절망한 채로 어둠 속에 주저앉는다.

시간은 흐르고, 새하얗게 변해버린 밤의 어둠을 응시한다.

모든 불면의 밤들은 오직 '나'만을 위해 존재하는 밤이다. 잠들지 못하고 뒤척이는 밤, 환하게 불을 밝힌 방 안의 사물들이 무겁게 가라앉고 마치 두려움으로 몸을 웅크린 짐승처럼 깊디깊은 정적 속으로 저만치 물러나 앉는다.

그러나 오직 불면만이 침묵하는 밤과 진정으로 만난다. 불면의 고통과 고독 속에서만이 침묵하는 밤의 입술이 자신의 내밀한 비밀을 고백할 수 있기 때문이다. 불면의 밤 한가운데서만 우리 영혼의 가장 깊은 곳에 자리한 숨은 목소리들이 입술을 열기 때문이다. 환한 빛과 소음들로 가득 찬 태양빛 아래에서 내면의 목소리들은 밀랍처럼 굳은 채 잠들어 있을 뿐이다.

불면하는 밤의 매혹은 그것이 가져다주는 고통만큼이나 치명적이다. 나는 그런 매혹의 순간을 기다린다. 그러나 그 기다림은 어쩌면 불가능한 기다림인지도 모른다. 침묵하는 밤이 털어놓는 고백 자체가 불가능한 고백인 탓이다. 그러므로 불가능한 고백의 목소리에 귀 기울이기, 그것이 바로 불면의 글쓰기다.

나는 카프카가 이야기한 법 앞에 선 시골 남자의 어리석음으로 밤 앞에서 배회한다. 카프카의 이야기에서 법 앞에 선 남자는 끝내 법 안으로 들어가지 못하고 죽는다. 오직 그만을 위해 준비되어 있던 법의 문임에도 불구하고.

글쓰는 자 역시 법 앞에 선 시골 남자처럼 불면과 고독, 두 눈 부릅 뜬 노력에도 불구하고 내밀한 언어의 중심 속으로 들어가지 못한다. 저 완강한 밤의 핵심 속으로 녹아들지 못한다. 불면의 글쓰기는 불가능한 글쓰기다. 그것은 마치 불나방이 타오르는 불 자체와 동화되길 갈망하지만, 불이 되는 순간 자신조차도 무화되어버리는 것을 알기에, 불에서 가장 가까운 곳에서 날갯짓하며 애태우는 것과 같다.

그럼에도 나는 이토록 우리를 안절부절못하게 만드는 모든 언어적 상황들에 깊이 매혹당한다. 나는 말 못하는 사물들도 독특하고 비밀스런 이름과 목소리를 갖고 있다고 믿는다. 또한 언어 자체가 존재와 삶의 내밀하고 비밀스런 역사를 감추고 있다고 생각한다.

하이데거는 언어는 존재가 머무는 집이라고 말했다.

발터 벤야민Walter Benjamin은 신이 언어로써 세상을 창조했기 때문에 사물들의 몸 안에 신의 목소리가 담겨 있다고 믿었다.

언어를 칫솔이나 이쑤시개 같은 도구들의 집합으로 보거나, 기호와 의미의 자의적이고 기능주의적인 조합으로 보는 경향에 나는 늘 반대해왔다. 기원을 향해 거슬러 올라가는 연어들처럼, 내가 단어들의 기원과 역사를 탐색해왔던 것은 단어들이 감추고 있는 기원의 비밀들 속에 다름 아닌 인간 존재의 기원과 역사, 비밀들이 숨어 있기 때문이라고 믿기 때문이다.

그러나 언어는 사랑을 애걸하는 아폴론을 피해 달아나는 요정 다프네처럼 뒤를 쫓는 우리를 피해 달아난다. 작가들, 언어를 연구하는 철학자들, 고언어학자들은 모두 다프네를 사랑하지만 끝내는 절망할 수밖에 없는 아폴론의 운명에 결박당한 자들이다. 존재와 시간의 비밀을 탐색하는 모든 자들의 운명이 그렇다. 다프네는 결코 자신의 벌거벗은 몸을 내주지 않는다. 아름다운 나체 안에 감춘 영혼의 비밀은 더더욱. 사랑의 운명 또한 그런 것이 아닐까? 우리는 사랑하는 누군가의 영혼의 비밀을 결코 완전히 알 수 없다.

글 쓰는 영혼이란, 월계수로 변해버린 다프네다.

불면의 언어, 그것은 불가능한 언어가 비끄러매어진 침묵이다.

그러니 나는 차라리 밤의 죽음과 소멸을 갈망한다. 욕망의 극한은 욕망의 죽음이다. 모든 목소리들은 침묵 속에서만 솟아난다. 긴 노동에 지친 밤이 마침내 새벽의 희부윰한 여명에 자리를 비켜줄 때, 밤이 자신의 검은 베틀로 자아낸 흐린 꿈들과 불면과 잠의 시간들을 망각하는 기억 속으로 한 올씩 풀어헤치기 시작할 때, 그제야 나는 갈망의 숨 막히는 원근법으로부터 자유로워질 수 있을지 모른다. 나는 다시 집행유예 상태로 시간의 대합실에서 대기한다.

불면의 밤은 결코 유령들만을 불러내는 것이 아니다.

The Silence
Of Rilke

2부

잃어버린 사랑의 미학

침묵해요, 당신의 목소리를 들을 수 있도록.

– 막스 피카르트(Max Picard)

사랑의 묘약

아폴론을 상사병에 **빠지게** 만들고 다프네를 월계수로 변하게 만든 에로스의 짓궂은 황금 화살, 트리스탄과 이졸데를 파멸로 몰고 간 사랑의 묘약. 파올로와 프란체스카를 죽음으로 몰고 간 랜슬롯과 기네비어 왕비의 달콤한 사랑이야기를 담은 한 권의 책. 황금 화살과 사랑의 묘약은 고대인들과 중세인들이 사랑의 광적이고 불가항력적인 속성을 드러내기 위해 만들어낸 신화적·문학적 상징물들이다. 죽음마저도 관통해버리는 사랑의 거부할 수 없는 마법적 힘을 그런 낭만적인 장치를 빌리지 않고서 대관절 어떻게 설명할 수 있단 말인가? 기이한 것은 현실 속에서는 한 권의 책이 에로스의 화살과 사랑의 묘약을 대체하는 낭만적인 상징물이 되어왔다는 사실이다.

시인 단테는 『신곡』에서 프란체스카와 파올로가 책을 읽으면서 그들이 어떻게 스탕달Stendhal이 '사랑의 결정화 작용crystallization'이라고 부른 마법적인 순간에 빠져드는가를 묘사한다. 그것은 신화와 마법이 끝나가는 인문주의 시대에 화살과 묘약을 대체하는 실질적인 사랑의 묘약으로써 책이 가진 연금술적 힘을 표현하는 것이기도 하다. 단테가 취한 방식은 지극히 시적인 표현이다. 무엇보다 단테 자신이 사랑에 빠진 연인으로서, 부재하는 연인과의 사랑을 완수하고자 자신의 영원한 사랑을 노래하고자 장엄한 한 권의 책을 썼던 것이다.

에로스의 화살은 사랑의 묘약이 되었고 그 마법의 묘약은 한 권의 책이 되었다. 소설, 시 그리고 연애편지가 되었다. 오늘날에도 많은 연인들이 사랑하는 사람에게 시를 읽어주거나 절절한 사랑의 고백이 담긴 연애편지를 쓴다. 목소리에 실려 귀를 파고드는 한 편의 시, 한 편의 이야기, 눈으로 읽는 연애편지. 그 속에는 여전히 에로스의 황금빛 화살과 사랑의 묘약 특유의 훈향이 녹아들어 있다(왜냐하면 인간에게 사랑은 예나 지금이나 단순한 짝짓기 이상의 가치를 지니기 때문이다).

인간의 사랑은 영원토록 낭만주의적인 신화로써만 정당화될 수 있다. 수컷 공작의 아름다운 깃털이 없는 인간에게는 오직 낭만적인 꿈(시, 소설, 편지 쓰기 같은)을 화려한 깃털의 대체물로 가질 수 있을 뿐이다. 그러므로 인간에게 있어 한 권의 책과 편지는 유혹적으로 펼쳐진 공작의 깃털과 같다. 그러나 그 아름답던 수많은 책과 편지들은 어디로 갔는가. 두근거리는 가슴을 억누른 채 떨리는 손으로 편지 겉봉투를 자르던 그 순간들은 어디로 갔는가. 연필로 꾹꾹 눌러 썼다가 지우고 다시 썼다가 지우고 하던 그 수많은 밤은 또 어디로 갔단 말인가. 시를, 소설을 읽어주던 그 떨리던 목소리들은 어디로 사라졌는가. 펼쳐진 책의 페이지들 위로 어른거리던 촛불의 그림자들은 어디로 자취를 감추었는가. 그 모든 아름다운 것은 어디로 사라졌는가?

50년 전의 연애편지

　　　　　사랑은 어느 한 순간에 집요하게 고착되어버린 추억의 다른 이름이다. 어떤 종류의 식물은 긴 세월의 기다림 끝에 단 한 번 꽃을 피우고는 이내 시들어 죽어버린다. 번쩍 하며 내리치는 한 순간의 낙뢰가 우연히 밤길을 지나던 한 생을 태워버린다. 나는 결코 망각할 수 없는 한 순간을 향해 끊임없이 거슬러 올라간다. 내 영혼을 불살랐던 섬광, 나는 그 섬광이 비춘 빛 속에서만 존재하고 있음을 실감한다. 그 빛이 내 존재를 대체해버린다. 그런 운명의 섬광을 제외한다면, 살고 죽는 모든 것은 그야말로 아무것도 아닌 무無일 뿐이다.

　　그렇게 본다면 생은 미래를 향해 열려 있는 것이 아니라 과거를 향해 닫혀 있는 것이다. 미래란 끊임없이 과거를 되찾으려 거슬러 올라가는 연어의 절박한 몸짓이다. 비록 그 과거의 한순간이 아직 도래하지 않았다 할지라도. 아직 당도하지 않은 과거의 추억, 그것이 미래다.

나는 지금 아름다운 어떤 장면을 떠올린다. 작곡가 주세페 베르디 Giuseppe Verdi는 병으로 죽어가는 아내 주세피나 스트레포니Giusep pina Strepponi의 침상 곁에 무릎을 꿇고 앉아 그녀의 두 손을 꼭 부여잡고 있었다.

1897년 11월 14일이었다. 산타가타 시골 별장을 감싸고 있는 피아누라 파다나 평원에는 아침부터 안개가 자욱했다. 별장 마당엔 낙엽들이 바람에 휩쓸려 허공을 떠다니고 있었다. 베르디는 한없이 고통스러웠다. 늙은 아내의 창백한 얼굴, 거친 숨결이 그의 마음을 갈기갈기 찢어놓았다. 그녀와 함께했던 반세기의 세월이 그의 머리를 어지럽게 휘저었다. 그가 가장 절망적이었던 시절, 그가 감내해야만 했던 고통의 순간들이 떠올랐다.

그는 론콜레 시골 마을의 가난한 여인숙 집 아들이었다. 1836년, 스물세 살이 되던 해 베르디는 자신을 음악의 길로 이끌어준 음악적 은인이자 후견인 안토니오 바레치Antonio Barezzi의 딸 마르게리타Margherita와 첫 번째 결혼식을 올렸다. 그러나 운명은 신혼의 달콤한 행복을 남몰래 질투하고 있었다. 1838년, 그의 사랑하는 딸이 죽었다. 다음 해에는 하나밖에 남지 않은 아들이 죽었다.

1840년, 슬픔을 이겨내고자 노심초사하며 작곡한 그의 두 번째 오페라 「왕국의 하루Un Giorno di Regno」는 완전한 실패로 돌아갔다. 이보다 더 절망적일 수는 없다고 생각하던 바로 그해, 그런 생각을 비웃듯 운명은 그의 아내 마르게리타에게 치명적인 병을 내려주었다. 그녀는 손쓸 겨를도 없이 급사하고 만다. 불과 2년 사이에 아내와 두 자식을 거짓말처럼 잃어버리고, 혼신의 힘을 다해 만든 오페라마저 실패한 베르디는 음악과 삶에 대한 의욕을 완전히 상실하고 말았다. 그의 나이 고작 스물일곱이었다.

1840년, 베르디는 세상으로부터 버림받은 그해를 결코 잊지 못한다. 그는 자살을 생각했다. 절망에 빠져 미치광이처럼 밀라노 거리를 배회했다. 삶은 그에게 가혹한 저주일 뿐이었고, 그의 생은 시작부터 완전한 실패였다. 고통스럽던 옛 기억이 떠오르자 베르디는 신음하며 아내의 두 손을 꽉 잡은 자신의 팔에 얼굴을 파묻었다. 그러나 운명의 여신은 또 얼마나 변덕스러운 존재인가! 그를 절망에서 구원해낸 것은 한 줄의 시구였다. 오페라 「나부코Nabucco」의 3막 '노예들의 합창'에 나오는 한 소절이었다.

가거라! 내 마음이여. 금빛 날개를 달고(va, pensiero, sulle ali dorate)….

그 시구는 밀라노 시내를 방황하다 우연히 만난 스칼라 극장주 메렐리Merelli가 건네준 오페라 대본에 적혀 있던 것이었다. 책상 위에 팽개쳐놓고 있다가 어느 날 우연히 펼쳐본 대본 위에서 바로 그 시구를 발견한 것이었다. 갑자기 그의 마음이 뜨겁게 동요하기 시작했다. 음절들이 무서운 속도로 용솟음치며 그의 몸속 혈관을 흘러 손가락 끝에서 터져나오려 애쓰고 있었다. 그는 미친 듯이 「나부코」의 작곡에 몰두하기 시작했다. 두 번째 부인인 주세피나 스트레포니는 1842년에 초연한 「나부코」에서 네부카드네자르의 둘째 딸 아비가일 역을 맡은 인기 소프라노 가수였다. 메렐리를 그에게 소개해준 것도 바로 주세피나였다.

주세피나는 밀라노를 떠나 파리로 떠나갔다. 1845년, 베르디는 파리에서 음악 교사를 하고 있는 주세피나를 다시 만났다. 그들은 조심스럽게 우정을 사랑으로 바꾸어갔다. 그러나 주세피나는 망설였다. 주세피나는 스칼라 극장의 극장주 메렐리의 숨겨진 애인이었고, 둘 사이에는 아이가 둘이나 있었던 것이다. 무엇보다 주세피나는 베르디와 결혼하기에 자신이 너무 부족하다고 생각하고 있었다. 그러나 실은 지나칠 정도로 과묵하고 직설적이며 다혈질이던 베르디에게 지성과 교양을 갖추고 성격이 온화하며 부드러운 주세피나야말로 필요한 존재였는지도 모른다. 전혀 대조적이었지만 오히려 그랬기 때문에 그들은 조화를 이룰 수 있었다.

마침내 그들은 1859년에 결혼식을 올렸다. 파리에서 재회한 때로부터 14년이나 지난 후였다. 그땐 이미 둘 다 40대 중반을 넘기고 있었다. 그러나 그들은 열렬히 사랑했고 함께 있어 행복했다. 주세피나가 폐렴으로 고생하다 죽어가는 그 순간까지도.

베르디는 자신의 삶에서 주세피나가 차지했던 비중이 얼마나 컸던가를 다시 한 번 깨닫는다. 그는 고통스러운 울음을 삼키며 야윈 아내의 손등에 얼굴을 비빈다. 베르디가 흘리는 눈물이 손등에 떨어졌지만 주세피나는 이미 그것을 느낄 수조차 없다.

산타가타 별장을 휘감고 있던 안개가 걷히고 있었다. 잠시 의식이 돌아온 주세피나가 마지막 유언을 남겼다. 그녀는 힘겨운 목소리로 자신이 고이 간직하던 편지를 함께 묻어달라고만 말했다. 그 편지는 50년 전, 베르디가 그녀에게 보냈던 첫 번째 연애편지였다.

유언을 마친 쥬세피나는 희미한 미소를 한 번 지어 보이고는 가늘게 몰아쉬던 마지막 숨을 토했다. 그 순간 아내의 손을 부여잡고 있던 베르디의 두 손이 파리하게 떨렸다. 베르디는 격하게 오열하지 않았다. 대신 그는 흐르는 눈물을 훔치지도 않은 채 피아노로 다가가 그가 작곡한 오페라 「돈 카를로스Don Carlos」의 베이스 아리아인 '쓸쓸하게 잠들다Dormiro sol nel manto mio regal'를 처연하게 연주했다.

관 속에 누운 주세피나의 가슴 위엔 베르디가 그녀에게 보냈던 50년 전의 연애편지가 한 송이 붉은 장미처럼 놓여졌다. 그리고 주세피나가 죽고 4년이 지난 1901년, 베르디도 그녀의 뒤를 따랐다.

장례식장에는 그가 유언한 대로 종소리도 그 어떤 음악소리도 들리지 않았다. 베르디는 단 한 가지, 주세피나와 살았고 그녀가 마지막으로 숨을 거두었던 산타가타 별장만은 그대로 보존해줄 것을 유언으로 남겼다. 그의 바람대로 그 별장은 오늘날에도 그대로 남아 있다.

언젠가 우연히 라디오 FM방송에서 베르디의 「나부코」에 나오는 '노예들의 합창'을 들었다. 나는 이탈리아어 'va,pensiero'를 접할 때마다 'pensiero'의 정확한 번역이 '마음이여'인지 '생각이여'인지 몰라 골똘히 생각하곤 한다. 프랑스어의 사전적 의미를 생각하면 '생각이여'라고 해야겠지만 시적 효과상 '마음이여'로 번역하는 것이 더 적절할 것 같아 갸우뚱하곤 한다(단테를 읽을 때마다 느끼는 답답함도 바로 그런 것이다. 번역의 불가능성 혹은 불완전함 말이다). 그 곡을 들으면서 1840년 베르디가 겪었던 고통과 절망을 떠올렸다. 그리고 주세피나가 죽음의 세계로 가져간 50년 전의 편지를 떠올렸다.

그리고 베르디가 왜 자신의 장례식에 종소리도 음악도 거절했을까를 생각해보았다. 그리고 베르디의 겸손과 관대함을 떠올렸다. 그는 음악적 성공으로 쌓은 막대한 부를 남몰래 가난한 음악가들을 후원하거나 자선사업을 펼치는 데 썼다. 그는 말했다. "내게는 행운이 따랐고, 자선을 베푸는 것은 당연한 일이다. 많은 사람들에게는 인생이 결코 관대하지만은 않기 때문이다."

베르디는 인생의 깊이를 헤아릴 줄 아는 예술가였다. 무엇보다 그는 참된 사랑이 어떤 것인가를 아는 인간이었다.

욕망과는 다른 사랑이 있다. 그것은 욕망을 배제하지 않으면서도 욕망을 초월하며, 그것의 숭고한 형식 속에서 인간성마저 초월하는 어떤 것이다. 마치 스피노자Spinoza의 신이 세계 안에 내재하면서도 세계를 초월하는 것처럼.

베르디의 말처럼 생은 누구에게나 결코 관대하지만은 않다. 호메로스가 말했던 것처럼 신들은 인간이 자신에게 주어진 생을 온전히 겪어내도록 인도하기 위해 고통과 불행을 내려주는지도 모른다. 또한 신들은 우리에게 그 고통과 불행을 경감해주고자 사랑을 내려주었을 것이다.

사랑의 매혹

플라톤Platon은 『향연Symposion』에서 에로스를 '아름다움에 대한 욕망'으로 정의했다. 그는 에로스에게서 개별자에 깃든 아름다움에 대한 욕망뿐 아니라 영원불변하는 불멸적인 아름다움 자체에 대한 욕망도 읽어냈다. 그런 의미에서 소크라테스는 세상에서 가장 사랑을 잘 아는 사람으로 이해될 수 있다. 나는 그 책을 읽을 때마다 에로스에 대한 그의 독특한 설정에 대해 경탄하면서 동시에 에로스의 본성에 대해 다시금 진지하게 숙고하곤 한다.

그리스 신화에서 플라톤이 말한 에로스의 궁극적 표현은 아마 아프로디테 여신에게서 찾아야 할 것이다. 왜냐하면 그녀는 불멸하는 신적 존재이며, 그 자신 속에 성적인 사랑뿐 아니라 영원한 아름다움을 구현하고 있기 때문이다. 그러나 신화 속에 등장하는 아프로디테 여신의 행실을 보면 플라톤이 꿈꾸던 이데아적인 사랑과는 거리가 먼 것도 사실이다.

그녀는 결코 대장장이 신인 남편 헤파이토스에게 일부종사 하는 정숙한 여성이 아니었다. 그녀는 자신의 눈에 띄거나 마음에 드는 모든 남신과 인간 남자들을 거리낌 없이 유혹하고 사랑을 나눈다. 아레스를 필두로 헤르메스, 포세이돈, 디오니소스 신들이 그녀의 연인이 되었고 인간으로는 아도니스가 잘 알려져 있다.

물론 바람기로 따지자면 신들의 왕인 제우스에 필적하기 어렵겠지만, 제우스든 아프로디테든 그들의 사랑 행각은 그리스인들의 관점에서는 자연의 충만한 생식력과 생명력의 상징이었다. 그런 관점에서 그리스인들의 아프로디테 숭배와 로마인들의 비너스(아프로디테 여신의 로마식 이름)에 대한 광적인 숭배도 이해할 수 있다.

세상의 모든 남성들이 에로스 신이 지닌 멋진 화살을 꿈꾼다면, 모든 여성은 아프로디테 여신이 허리에 두르고 있는 마법의 허리띠 케스토스 히마스kestos himas를 꿈꾼다. 그 허리띠를 두른 여신의 유혹에 저항할 수 있는 남자는 신과 인간을 불문하고 그 누구도 없다. 『일리아드』에서는 헤라 여신마저도 제우스를 유혹하기 위해 아프로디테에게서 그 마법의 허리띠를 빌려갈 정도다. 아프로디테 여신은 그 허리띠를 두름으로써 무소불위의 유혹자가 된다.

현대적인 관점에서 오늘날 에로스의 화살과 아프로디테 여신의 허리띠를 대체할 수 있는 것이 있다면 과연 그것은 무엇일까?

아프로디테 여신은 여러 작은 신들을 수행원으로 또는 친구로 거느리고 있다. 에로스는 물론이고 아레스와 사랑을 나누고 잉태한 조화의 여신 하르모니아(불륜의 관계에서 태어난 자식이 '조화'를 상징한다는 건 무슨 의미일까?)를 비롯하여 청춘의 신 헤베, 우아함의 여신 카리테스, 설득의 여신 페이토, 성적인 갈망의 신 히메로스와 그리움의 신 포토스 신에 이르기까지.

신화에서 아프로디테 여신이 이토록 여러 작은 신들을 거느리고 있다는 사실은 그리스인들이 그들을 사랑의 속성으로 이해하고 있었다는 것을 의미한다. 사랑에 빠지는 것은 불가항력적이다. 우리는 에로스의 화살에 맞는다. 그리고 미친 듯이 사랑의 대상을 욕망한다. 사랑은 청춘의 행위이며 거기에는 성적 갈망, 미칠 듯한 그리움 그리고 조화와 우아함, 상대에 대한 자발적인 복종과 헌신까지 포함된다. 그 모든 것이 사랑의 속성이다.

사랑을 설명하기 위해서는 그 모든 작은 신의 속성에 대해서도 묘사해야만 할 것이다. 롤랑 바르트는 『사랑의 단상Fragments d'un discours amoureux』에서 '포토스pothos'라는 단어를 잠시 언급한 바 있다.

> 그리스어에는 욕망에 대한 두 가지 단어가 있다. 부재하는 이에 대한 욕망에는 포토스(pothos)가, 현존하고 있는 이에 대한 욕망에는 보다 강력한 히메로스(himeros)가.

신화에는 아프로디테가 남편 헤파이스토스가 자리를 비운 사이 아레스를 유혹하기 위해 히메로스를 보냈다고 전하고 있다. 그리고 헤시오도스의 『신통기Heogony』에서는 히메로스가 에로스와 함께 아프로디테를 수행한다고 전하면서 '아름다운 히메로스'라고 언급한다. 반면에 포토스에 관해서는 관련된 이야기를 찾기가 어렵다. 나는 파스칼 키냐르Pascal Quignard가 쓴 『섹스와 공포Sexe et L'effroi』에서 짧은 묘사를 발견했다.

매혹(사랑에 의한 것이든 죽음에 의한 것이든)은 고대 그리스 역사에서 비교적 뒤늦게 에로스와 포토스로 구분된다. 포토스는 그리움도 아니고 욕망도 아니다. 단순하지만 어려운 단어다. 한 사람이 죽으면 살아남은 자에게서 그의 포토스가 생겨나 자꾸만 기억이 떠오른다. 그의 이름과 모습이 영혼을 찾아오며 포착되지 않는 뜻밖의 존재로 귀환한다. 사랑에 빠진 자의 경우도 마찬가지이다. 어떤 이름과 어떤 모습이 영혼을 사로잡고, 포착되지 않는 뜻밖의(왜냐하면 꿈은 그것을 꾸는 순간 잠든 이의 남근을 곧추세우기까지 하기 때문이다) 존재로 집요하게 꿈에까지 나타난다.

이것이 전부다. 일반적인 자료에 따르면 포토스 신은 나른한 그리움을 불러일으키는 신으로 묘사되고 있다. 롤랑 바르트가 포토스를 부재하는 이에 대한 그리움과 갈망으로 표현하는 것과 유사하면서도 그 집요함의 속성에 대해 키냐르의 생각은 바르트와 크게 다른 것 같다.

과장되게 표현하자면 포토스는 마치 신들린 것과 같은 상태라고 묘사할 수 있을 것이다. 꿈에서까지 집요하게 따라다니는 그리움, 갈망. 그것은 우리 자신의 의지와는 무관하다. 오히려 떼어내려 하고 달아나려 할수록 더더욱 달라붙는 어떤 것이다. 우리는 포토스에 유괴당한 듯이 포획되어 있다.

포토스는 괴물 하르피에스 혹은 하르퓌아이를 닮았다. 하르피에스는 '유괴하다'라는 의미의 '하르파자인harpazein'이란 단어에서 유래하였다. 하르피에스는 올림포스 신들 이전의 세상을 살았던 괴물들이다. 이들은 새의 몸에 여자의 머리를 하고 어린아이들이나 인간의 영혼을 유괴한다고 알려져 있다. 혹은 노래로 사람의 넋을 빼놓는 세이렌들의 유괴적인 힘을 묘사할 수도 있을 것이다.

사랑과 미의 여신 아프로디테는 이토록 강력한 신들을 거느리고 있다. 그런 의미에서 프로이트Freud가 확신했듯이, 에로스는 죽음에 대한 욕망, 즉 타나토스thanatos와 깊이 연루되어 있는 욕망이다.

광기와 멀지 않은 사랑의 욕망. 그것은 우리의 넋을 빼놓고 갈망으로 사지를 흐물거리게 하고, 심지어 우리의 꿈까지 점령하여 우리로 하여금 불면과도 다름없는 길고 긴 밤을 보내게 만든다. 젊은 베르테르로 하여금 욕망에 시달리다 죽게 만들고, 로미오와 줄리엣을 죽음으로 몰아넣고, 오셀로로 하여금 질투에 눈이 멀게 만든다(그리스 신화에서 아프로디테 여신이 수행하는 신들 가운데 질투의 신이 빠진 것은 몹시도 의아한 일이다. 어쩌면 질투는 인간 삶에서 차지하는 비중이 너무 큰 탓에 아예 제우스의 아내인 헤라의 몫으로 남겨놓았는지도 모른다).

플라톤은 『향연』에서 에로스의 힘과 능력, 그 무한성을 예찬하지만, 그와 동시에 에로스가 가진 비극적이고 파괴적인 힘도 결코 간과하지 않는다. 소크라테스에 대한 욕망으로 번민하고 고통당하는 알키비아데스Alkibiades 이야기가 그것이다. 알키비아데스는 온갖 수단을 다해 소크라테스에게 사랑을 구걸(?)하지만, 끝내 소크라테스의 마음을 얻지 못하고 좌절과 절망에 빠지고 마는 존재다. 모든 진실한 사랑은 고통patos을 수반한다. 사랑은 시련pathos을 요구한다. 그것이 사랑의 역설적인 운명이다. 우리의 삶 자체가 그런 것처럼.

플라톤의 책을 읽을 때마다 나는 의문을 품곤 한다. 개별적이고 구체적인 육체를 가진 대상에 대한 사랑에서 점차 정신적으로 상승하여 마침내 이데아에 대한 지적인 사랑에까지 도달하는 사람들이 있다면, 그들은 과연 어떤 사람들이며 또 어떤 방법으로 그런 사랑의 경지에 도달하는 것일까?

플라톤은 여섯 단계에 걸친 사랑의 상승 운동을 묘사해 보이지만 알키비아데스처럼 구체적인 대상에 대한 사랑이 좌절되고 거부당한 이들에게 그러한 사다리는 무의미해 보일 뿐이다. 완전한 사랑에 도달하기 위해 기하학과 천문학, 철학을 연구해야만 한다면 사랑의 완성이란 지나치게 어렵고 까다로운 것이 아닌가?

남녀 간의 성적이고 육체적인 사랑이 어떻게 영혼의 사랑으로 나아가 지성과 영혼까지 교감하는 소울 메이트의 사랑으로 상승할 수 있을까? 그것이 과연 현실 속에서 가능한 것인가? 나는 그런 가능성을 믿는 편이지만 그것이 항상 가능하리라고는 생각하지 않는다. 아프로디테 여신은 너무나 복잡하고 다양한 신을 거느리고 있기에.

수줍음의 미학에 관하여

수줍음으로 떨리던 한 입술이 있었다. 그녀를 추억할 때마다 가장 먼저 떠오르는 그 입술. 처음 W를 만났을 때 나를 가장 먼저 사로잡았던 것도 바로 그 입술이었다. 나는 그녀 이전에도 그녀 이후에도 수줍음이 그토록 완벽하게 자기를 표현하는 방식을 만나지 못했다. 립스틱조차 바르지 않은 그녀의 작고 도톰한 입술이 희고 가지런한 이빨을 드러내며 웃기 전, 수줍음이 입술을 열기를 망설이고 주저하며 버티는 듯한 짧은 순간, 그러한 내적 갈등으로 인해 뺨마저 붉어지곤 하던 찰나, 그녀의 입술은 한결 더 작고 도톰해졌고 붉어졌다. 나는 그녀가 입술을 다문 채 마치 고무줄 늘어나듯 옆으로 길게 늘어나는 미소를 짓는 모습을 단 한 번도 본 적이 없다. 수줍음이 언제나 그녀의 노골적인 웃음을 가로막았다.

그녀의 수줍어하는 입술은 내 영혼을 온통 뒤흔들었다. 심장이 얼얼할 정도로 격렬하게 뛰놀았다. 나는 몇 번이나 호흡을 가다듬어야 했다. 둘 사이를 가르는 침묵의 공간이 우주만큼이나 거대하게 느껴졌다. 그녀의 두 눈이 내 시선과 마주칠 때마다 그녀의 입술은 수줍은 미소를 지었고, 나는 그때마다 넋 나간 듯 그 입술만을 뚫어져라 바라보았다. 수줍음으로 망설이던 그 입술.

나는 지금도 그녀의 입술을 떠올리면 황홀한 기분에 젖어들고 이윽고 찾아드는 비통한 마음에 멍해져버리곤 한다. 수줍어하는 입술처럼 그녀가 입술을 열어 발음하는 말들도 언제나 수줍음을 타는 듯했다. 그녀는 차분했고 침착했으며 그 때문에 나이보다 훨씬 성숙해 보였다. 그 수줍은 모습 뒤에 무서울 정도로 거침없는 열정을 숨기고 있다는 사실을 깨닫기까지는 제법 오랜 시간이 필요했다. 그러나 그녀의 열정조차 어딘가 수줍어하는 듯한 미묘한 색채를 띠고 있었고 그것이 그 열정을 더욱 밀도 높은 것으로 만들어주었다.

나는 수줍음이야말로 사랑이라는 것의 본질적인 문형에 속한다고 생각한다. 그런데 언제부터인가 수줍음이 돌연 사랑에서 제거되어버렸다. 사랑뿐 아니라 삶의 모든 국면들에서조차 수줍음은 찾아보기 힘들게 되었다. 수줍음이 사라진 자리를 메운 것은 대담함이 지나쳐 외설스러워 보이기까지 하는 솔직함이라는 이름의 뻔뻔스러운 노골성과 당당함이다. 사랑은 감출만 한 것이 아무것도 없어져버렸다. 직접적인 것으로 드러나고 필요 이상으로 '자연스러움'을 내세운 나머지 포르노와 가까운 어떤 것이 되고 말았다.

롤랑 바르트의 『사랑의 단상』은 사랑에 대해 이야기한 아름다운 책들 가운데 하나다. 그는 이 책에서 사랑이 불러일으키는 모든 감정과 상황에 관한 82개의 문형들을 다루고 있다. 기이한 것은 이 책에서조차 수줍음의 문형은 다루지 않는다는 사실이다. 현대 사회에서는 수줍음이 더 이상 사랑에 속하지 않는 것임을 말없이 증명한다.

베르테르가 로테를 보고 사랑에 빠지는 것은 수줍음이 아니라 하나의 장면 혹은 정경 속에서다. 바로 로테가 아이들에게 버터 발린 빵을 잘라주는 장면이다. 그 장면이야말로 하나의 막이 찢어지고, 순간적인 것이 충만한 것을 대체하는 매혹적인 운명의 순간이다. 롤랑 바르트는 어떤 상황 속에 있는 육체의 이미지에서 거부할 수 없는 사랑의 매혹을 길어 올린다. 물론 나 역시 그녀의 수줍게 미소 짓는 입술을 '발견'했다. 그러나 그 발견 이전에 수줍어하는 입술이 거기에 있었다. 장면 이전에 수줍음이 먼저 있었다.

단테는 『신곡』의 지옥 편에서 파올로와 프란체스카가 어떻게 해서 그토록 잔혹한 운명의 사랑에 빠졌는가를 보여준다.

어느 날 우리는 심심풀이 삼아 랜슬롯이 어떻게 해서
사랑에 이끌렸는지 그 이야기를 읽고 있었습니다.

단 둘뿐이었지만 별로 꺼림칙한 마음은 없었습니다.

그 책을 읽는 도중, 여러 번 시선이 맞부딪쳐

그때마다 우리의 얼굴빛이 변했습니다.

파울로와 프란체스카는 책을 읽으면서 시선을 교환한다. 시선이 부딪칠 때마다 그들은 수줍음으로 얼굴빛이 변한다. 수줍음은 얼굴빛을 변하게 만든다. 그 수줍음을 통해 그들은 이미 서로가 사랑에 빠졌음을 알아차린다. 하나의 문장이 그들에게 용기를 불어넣어주고, 이어서 떨리는 입술이 수줍음으로 붉게 달아오른 또 하나의 입술로 다가간다.

수줍음으로 붉어지는 얼굴은 감추어진 욕망이 육체를 통해 은근히 자신을 드러내는 비언어적 기호다. 사랑에 빠진 육체는 아무것도 숨기지 못한다. 수줍음조차도 육체로 하여금 아무것도 표현하지 못하게 가로막지는 못한다. 오히려 수줍음이야말로 언어로 표현할 수 없는 것을 비언어적인 방식으로 표현하는 가장 강력한 기호다.

만일 그 수줍음이 없었다면 그들의 키스와 포옹은 하나의 외설로 그치고 말았을 것이다. 그들의 사랑은 마법과 주술에 걸린 불가사의한 수수께끼나 신비에 둘러싸인 것이 아니라 즉각적인 만족을 추구하는 정념의 순수한 표현에 그치고 말았을 것이다. 인간의 사랑은 그 근원이 육체적인 욕망에 뿌리내리고 있지만, 수줍음은 그 욕망에 감미롭고 신비한 후광을 덧씌운다. 인간의 사랑이 동물적 생식과 차원이다를 수 있는 것은 오늘날 학자들이 말하듯이 인간의 육체적 사랑이 지닌 다양성과 무한성 때문이 아니라 수줍음이 가져다주는 신비한 매혹 때문이다.

수줍음은 욕망을 감추는 것이다. 감춤을 통해 욕망을 더 강렬하게 드러내는 것이며 유혹에 덧붙여지는 마법적인 힘이다. 수줍음이 사라져버렸다는 것은 사랑이 더 이상의 신비도, 감추고 있는 무엇도 없는 상태가 되었음을 의미한다. 마치 밥 먹고 화장실에 가는 일상적인 삶과 아무런 차이가 없는 것으로 변질되어버린 상태다. 포르노 영화에서 모든 장면에 걸쳐 배우들은 처음 상대를 만나는 순간에조차 일말의 수줍음도 없이 곧장 육체의 모든 것을 노골적으로 드러내고 표현한다. 왜냐하면 그들이 묘사하는 사랑의 본질은 사실 섹스에 불과하기 때문이고, 육체는 아무런 부끄러운 것도 숨겨야 할 무엇도 갖고 있지 않기 때문이다. 포르노가 외설인 까닭은 그것이 전적으로 수줍음의 절대적 부재를 드러내기 때문이다. 현대 사회가 외설적인 사회인 까닭 역시 아무것도 감추지 않고 모든 것을 환한 빛 아래에 드러내려는 욕망을 노골적으로 지지하고 추구하기 때문이다.

생각해보면 내가 사랑했던 그녀는 진정 유혹의 대가였던 것 같다. 그녀의 입술은 끊임없이 수줍어했고, 그 수줍음이 내 욕망을 끝없이 지연시켰으며, 그로 인해 내 욕망은 시간이 흐를수록 더욱 뜨겁게 달아올랐기 때문이다.

나는 그녀의 벌거벗은 육체를 제대로 본 적이 거의 없다는 생각이 든다. 훤한 대낮에 내 자취방에서 사랑을 나눌 때조차도 수줍은 그녀는 내게 커튼으로 창문의 빛을 가릴 것을 요구했고 두 눈을 감게 했다. 그녀는 환한 형광등 불빛을 싫어했다. 캄캄한 밤, 한 자루의 흐릿한 촛불만을 밝혀놓은 채 불그스레하게 흔들리는 촛불과 그 촛불이 드리우는 그림자들 사이에서 욕망과 긴장으로 동요하는 내 눈빛을 바라보는 시간을 그녀는 좋아했다. 흔들리는 촛불 아래서만 그녀의 수줍음은 차분해지고 완화되었다.

　"서둘지 마."

　그녀는 늘 이렇게 말했다. 조바심과 흥분으로 어쩔 줄 몰라 하며 다급해져 있는 내 욕망은 그녀로 인해 어느 정도는 좌절당했고 유보되었으며, 느닷없이 중단되기도 했다. 욕망은 금지하면 금지할수록 더욱 강렬해진다는 것을 나는 그녀의 수줍음을 통해 배웠다.

　수줍음은 욕망보다는 유혹에 더 친화적이다. 욕망은 사흘 밤낮을 굶주리다 밥상 앞에 앉은 걸인이지만, 유혹은 아폴론의 구애를 뿌리치고 달아나는 요정 다프네다. 아폴론이 강둑에 멈춰 선 다프네의 육체에 다가가는 순간 다프네의 몸은 월계수 나무로 변한다. 아폴론은 결코 자신의 욕망을 실현할 수 없다. 그것은 유혹의 극단적인 형식이다. 그러나 유혹이 유혹인 것은 욕망의 실현을 절대적으로 부정하는 것이 아니라 수줍음이 그렇듯 욕망을 지연시키고, 감추고, 빙빙 돌면서 방황하게 만듦으로써 영혼의 샘에서 솟구쳐 오르는 한 대상을 향한 욕망의 샘물이 결코 고갈되지 않도록 하는 데 있다.

사랑의 신 에로스만큼 사랑의 본질에 관해 잘 알고 있는 존재는 없다. 그는 유혹과 사랑의 관계에 관해 누구보다도 심오하게 꿰뚫고 있다. 나는 로마의 아플레이우스Apuleius가 『황금당나귀The Golden Ass』를 쓰면서 에로스와 프쉬케의 이야기를 자기 식으로 변형시켰다고 믿는다.

에로스는 깊은 밤마다 프쉬케의 침실로 찾아가 사랑을 나눈다. 그러나 결코 프쉬케에게 자신의 실체를 드러내지 않는다. 또한 프쉬케에게 절대로 자신의 모습을 보지 말라고 경고한다. 프쉬케는 의혹과 번민에 사로잡히며 불안하고 초조해진다. 결국 사랑의 실체를 알고 싶은 욕망을 이기지 못한 프쉬케는 에로스가 잠든 사이에 촛불을 켜고 사랑하는 이의 육체를 비춘다. 촛농이 에로스의 날개에 떨어지자 깨어난 에로스는 분노하여 프쉬케의 곁을 떠나버린다.

에로스는 떠나가면서 마지막으로 그녀에게 말한다.

"사랑의 그릇은 채움으로써 채워지는 것이 아니라 비움으로써 채워진다는 것을 그대는 몰랐던가요?"

프쉬케는 사랑의 실체를 본 대가로 사랑을 잃는다. 잃어버린 사랑을 되찾기 위해서는 다시 길고도 험한 우회로를 거쳐야만 한다. 비움으로써 채우는 것, 그것이 유혹이다. 사랑을 담은 그릇이 끝까지 차오르지 않도록 수시로 비워버리는 것, 그래서 다시 담도록 끌어들이는 것이 유혹이다. 유혹은 사랑의 그릇이 영원히 다 채워지는 일이 없도록 조심하는 것이다. 유혹과 수줍음은 욕망에 지배당하는 것이 아니라 욕망을 지배하며 유희한다.

수줍음은 은근하면서도 내밀한 것이다. '은근憨懃'이란 단어가 가진 속 깊은 정, 간접적인 암시, 감춤, 부끄러워함, 내밀함, 비밀…. 이 모든 뉘앙스를 다른 언어로 번역하긴 어렵다. 그러나 수줍음이 수줍음일 수 있는 것은 그 은근함 때문이다. 은근함과 지연, 감춤은 수줍음의 본질이다. 그리하여 욕망은 더 부풀어 오르고, 지연이 초래하는 기다림과 고뇌로 인해 매혹은 더욱 커진다.

오늘날 사랑은 이렇게 말한다. "난 널 사랑해. 그러니 지금 당장 우리는 키스를 하고 사랑을 나누어야 해." 그러나 수줍음의 발음기호는 침묵이다. 언어 없는 언어, 육체의 표면에 모호하고 은근하게 새겨지는 흐릿한 기호. 그 기호는 모호하기 때문에 직접적이고 즉각적인 행위를 유보시키고 지연시킨다. 수줍음은 쿵쾅거리는 두 개의 심장이 맞닿기 전에, 떨리는 두 개의 입술이 서로에게 다가가기 전에 수많은 기다림과 고통스런 의혹의 순간들(그/그녀가 진정 나를 사랑하는 것일까? 하는)과 부재로 인한 불면의 밤들과 설렘으로 인해 심장이 파열하는 듯한 동요와 고뇌의 순간들을 거치게 만든다.

문학의 매혹은 이 수줍음에 빚지고 있다. 문학이 매혹적인 것은 그것이 발하는 언어들이 수줍음의 표지 아래에 머물기 때문이다. 드러내놓고 말하지 않기, 하고 싶은 말을 감추고 에둘러 말하기, 간접적이며 모호하게 암시하기, 의혹을 불러일으켜 독자의 영혼을 번민과 동요로 이끄는 것. 이것이 문학의 언어다.

문학이 산문의 형태를 띨 때조차도 수줍음은 본질적인 것으로 남아 있다. 그것은 머뭇거림과 방황의 형식이며, 여러 갈래로 분산되고 흩어지는 문장들 속에 목소리를 감춘다. 욕망을 지연시키면서 반갑지 않은 번민과 의혹, 고뇌에 사로잡히게 만들며 그러면서도 속 시원하게 속내를 털어놓지 않기 때문이다.

오늘날 문학이 더 이상 사람들의 관심을 끌지 못한다면 그것은 이 사회가 더 이상 수줍음을 인내할 여유나 느긋함을 상실해버린 탓이다. 즉각적인 충족과 명료한 답변을 문학은 제공하지 않기 때문이다. 한편으로 그것은 문학이 어째서 대중들이 요구하는 조급함에 굴복하여 즉각적인 만족과 재미를 추구하는 인스턴트 커피나 영화와 드라마 대본 같은 것으로 변신해버렸는가에 대한 설명이기도 하다.

수줍음은 본질적으로 여성적인 영역에 속한다. 수줍음을 타는 남자들에게 우리는 숫기가 없다는 딱지를 붙인다. 거리낌 없는 것, 주저 없이 단호한 것, 강하게 밀어붙이는 것, 정면으로 돌파하는 것, 이런 것들은 본질적으로 남성적인 것에 속한다.

세계는 결국 두 개의 대립항들로 이루어져 있다. 여성적인 것과 남성적인 것. 수줍음과 담대함, 감추기와 드러내기, 수렴하기와 확산하기, 음적인 것과 양적인 것, 어두운 것과 밝은 것.

나는 자연이 음에 속하고 문명이 양에 속한다고 생각한다. 18세기 계몽주의자들은 그 사실을 명확하게 깨닫고 있었다. '계몽啓蒙'이란 한자어의 뜻 그대로 '빛을 들여오는 것'이다. 어둠 속으로 빛을 끌어들여 밝게 비추는 것, 그것이 계몽enlightenment이다. 이 세계가 감추고 있는 모든 비밀과 어둠들을 말끔하게 제거하고 환한 빛 아래에 비추어 보는 것, 그것이 계몽주의에서 시작된 근대라는 문명의 근원적 욕망이다.

근대가 스스로에게 부과한 계몽의 과제는 우주, 자연세계, 생명의 신비, 인간의 육체와 정신, 삶과 사랑의 모든 비밀을 남김없이 밝혀내야 한다는 것이다. 그것은 빛에 대한 일종의 편집증 같은 것이다. 수줍음을 모르는, 즉각적으로 모든 욕망을 충족시키려는 단호하고 맹렬한 남성적 탐욕에 뿌리를 둔 그것. 정복자의 야심으로 두 눈을 이글거리는 모험가들.

촛불과 칼을 들고 에로스의 육체를 바라보는 순간의 프쉬케는 여성이 아니라 남성이다. 프쉬케로 하여금 환한 빛 아래 에로스의 정체를 밝혀내라고 부추기는 그녀의 질투심 많은 언니들 역시 남성이다. 감추어진 것을 들추어냄으로써 프쉬케는 사랑을 잃는다.

헤라클레이토스Heraclitus of Ephesus는 이렇게 말한다.

자연은 숨기기를 좋아한다.

이것은 노자의 문장이다.

待而盈之, 不若其己(굳게 잡아서 가득 채우는 것은 채우기를 그만두는 것만 못하다).

부재하는 사랑의 이야기

　　나는 J와 함께 수평선이 보이는 바닷가 모래밭에 나란히 앉아 있었다. 잔잔한 파도가 발끝에 닿을 듯 말듯 몰려왔다가 천천히 밀려갔다. 수영복을 입은 아이들이 가까운 곳에서 물장구를 치며 놀고 있었다. 소금 냄새가 밴 바람이 훅 하고 불어왔다.

　그녀는 무릎을 두 팔로 감싸 안은 자세로 먼 바다에 시선을 던지며 생각에 잠겨 있었다. 나는 그녀의 옆모습을 가만히 바라보다 바다 쪽으로 고개를 돌렸다. 순간 내 가슴속에서 격렬한 파도가 거세게 출렁거렸다. 그녀가 지금 무슨 생각을 하고 있는지 알 것도 같았다. 아니, 그렇기 때문에 내 마음이 그토록 무겁고 쓸쓸했던 것이다. 언젠가 그녀가 다른 누군가와 나란히 앉아 바라보았을 푸른 바다. 지금 우리 앞의 바다는 그 시절의 바다와 파도로 변해 그녀의 마음속을 적시고 있는 것이리라.

나는 우리 두 사람이 각기 다른 곳을 향해 멀어져가고 있는 듯한 기분이 들어 마음이 아팠다. 그녀는 지금 곁에 앉아 있지만 동시에 내가 결코 가 닿을 수 없는 먼 곳에 있었고, 그 때문에 영원히 그녀의 마음 깊은 곳까지는 들어갈 수 없을 것만 같은 절망감이 나를 아프게 찔러왔다. 사랑하는 사람이 바로 곁에 있는데도 마치 홀로 있는 것 같은 고독이 나의 마음을 산산조각 냈다.

그녀는 내 곁에 있지만 동시에 부재하는 존재였다. 나는 발치에 있는 조개껍질들을 주워 하릴없이 바다로 던지기 시작했다. 그러나 그녀는 미동도 않은 채 망연한 시선을 먼 바다에 던지고 있었다.

회색빛 구름들이 뒤엉키고 있었다. 아이들이 장난스럽게 모래성을 지었다 허물기를 되풀이하는 것처럼, 구름들은 무의미한 형태를 만들었다가 흐트러뜨리고 있었다. 사랑도 저런 것일까? 흩어져버리는 구름들처럼 힘겹게 쌓아올린 형태들이 자취만 남기고 스러져버리는 것. 혹은 가까이 다가가 잡으려 하면 잡히지 않는 어떤 것. 나는 지금 무엇에 다가가려 하는 것일까.

파도가 내 신발을 핥듯이 적시곤 물러났다. 밀물이 알아챌 수 없을 정도로 느릿느릿 모래사장을 점령하며 다가오고 있었다. 나는 여전히 생각에 잠긴 그녀를 돌아보았다. "곧 발을 적시게 될 거야." 하고 말해주고 싶었지만 입술이 떨어지지 않았다. 나는 다시 조개껍질을 주웠다. 그러고는 저 먼 바다를 향해 힘껏 던졌다. 그때 그녀가 고개를 돌려 나를 쳐다보았다. "바다를 보면 무슨 생각이 떠올라요?"

나는 돌팔매질을 멈추고 그녀를 쳐다보았다.

"파도. 끊임없이 밀려왔다가 스러져버리는. 그러고는 다시 밀려오는 파도. 그 끝없는 무의미한 반복."

나의 대답에 그녀는 아무 말 없이 고개를 돌렸다. 나는 다시 조개껍질을 주워 던지고, 그녀는 소리 없이 조개껍질을 삼키는 파도를 바라보고 있었다. 푸른 바다가 천천히 석양에 물들어가고 파도는 무정형한 형태로 이리저리 갈라지며 부서지고 있었다.

숨겨진 것은 가시화되지 않은 것, 지금 여기에 부재하는 것이다. 나는 길고 긴 부재의 시간 속에 살고 있었다. 부재의 시간은 고통의 시간. 누군가의 부재가 나에게 끊임없이 생각을 불러일으키고, 나는 그 생각의 대상에게 사로잡혀 있다. 누군가에 대한 생각에서 벗어날 수 없이 매여 있음, 이것이 바로 사랑이다. 사랑은 그렇게 부재에 붙잡혀 매여 있음이다.

우리말의 '사랑'이란 단어가 그 정황을 가장 적나라하게 표현한다. 그것은 원래 '많이 생각하다'라는 의미의 한자어, 즉 사량思量이었다. 많이 생각하기, 한 가지 생각에 얽매여 있기. 그것이 '사랑'이 되었다. 이는 17세기 이후의 일이다. 이전의 고어에서 사랑은 '고임'이었다. 괴다, 고이다. 굄. 더 먼 기원은 '곧'이다. 한국의 고대어에서 곧은 '사람'이었다. 몽골어에서도 사람과 사랑은 동의어다. 사랑은 사람이고 사람은 사랑이다. '곧'이 '고이다', '괴다'로 변한 것은 사람의 어떤 상태, 즉 사랑에 빠진 상태를 형용하기 위해서였다. 사람에 대한 생각, 사람을 그리워하는 마음, 그것이 사랑인 것이다. 그러다 사랑의 본래적 모습이 '생각하기', '생각에 얽매이기'로 변한 것이다. '사량'으로, '사랑'으로.

희랍에서 사랑은 에로스다. 치명적인 화살을 가진 신, 에로스. 에로스의 화살에 맞은 인간들은 사랑의 격정에 빠져든다. 거기엔 아무런 논리적 이유도 없고 사회적 토대도 없다. 희랍인들은 사랑의 감정을 신의 희롱으로 보았다.

화살을 맞고 사랑에 빠진 자는 가족도, 사회도, 심지어 죽음조차도 그 사랑을 가로막을 수 없다. 그러한 사랑의 불가사의한 힘으로 인해 그 사랑은 때로 행복이 아닌 격렬한 고뇌와 고통이 된다. 사랑을 다만 황홀한 행복의 경험으로만 상상하는 것은 값싼 사춘기적 감상주의일 뿐이다.

그러나 우리말에서 사랑은 부재의 경험에 토대를 두고 있다. 사랑하는 사람은 지금 내 곁에 없다. 나는 사랑하는 대상을 끊임없이 생각한다. 나와 생각하는 대상 사이에는 무섭고 지독한 심연이 가로놓인 듯하다. 그것이 사랑이다.

사랑은 자꾸만 자꾸만 생각나게 만드는 것이다. 간절하고 감내하기 힘든 고통스런 그리움이다. 부재를 통해서 더욱 명징하고 절박하게 확인되는 감정, 그것이 사랑의 감정이다. 그리하여 오르페우스는 죽음을 무릅쓰고 하데스의 왕국으로 내려간다. 우리는 모두 하데스 왕 앞에서 노래 부르는 오르페우스다.

부재의 시간 경험. 사랑의 황홀이 순간에 깃드는 영원의 이미지라면, 부재의 경험은 한없이 늘어난 무한의 시간 이미지에 닿아 있다. 영원의 이미지는 파르메니데스Parmenides의 움직이지 않는 불변의 거대한 타원형 접시다. 반면에 무한은 그 단어를 발음하는 순간 아찔한 현기증을 불러일으킨다. 부재는 그러한 아찔한 현기증이 이는 무한의 감정에 깊이 닿아 있다.

부재의 시간 속에 드리워진 무한의 그림자. 그것은 우리의 존재에 찰싹 달라붙어 우리를 죽이려 드는 무한한 개수의 발을 가진 독지네다. 무한의 숨겨진 딸인 독지네는 우리의 육체 속에서 태어나고 자란다. 우리는 죽지 않기 위해 부재를 견디는 얇은 막을 만든다. 모든 예술의 내밀한 비밀은 그것이 실은 일종의 보호막이며, 죽음의 집요한 추격에 내쫓기는 고통스런 날갯짓이라는 데 있다.

파스칼은 그 비밀을 언뜻 보았던 것 같다. 그는 무한 감정의 전율에 떨면서 『팡세Pensees』를 쓰기 시작했고 그 책을 쓰면서 숨을 거두었다.

단테와 베아트리체의 사랑

피렌체의 저명한 귀족인 포르티나리Portinari는 명망 있는 지역 인사들을 초청해 화려한 연회를 베풀었다. 1274년의 화창한 어느 봄날이었다. 포르티나리는 피렌체의 오래된 관례에 따라 이제 막 여덟 살이 된 아름다운 딸, 베아트리체 포르티나리Beatrice Portinari를 손님들에게 소개했다. 아홉 살 소년 단테 알리기에리Dante Alighieri도 그 자리에 있었다.

나중에 단테가 베아트리체, 즉 '은총을 주는 이'로 부를 비체와 눈이 마주치는 순간, 어린 단테는 자기도 모르게 얼굴이 화끈하게 달아오르는 것을 느꼈다. 베아트리체의 볼도 복숭아 빛으로 물들었다. 소년 단테는 자신의 눈앞에 인간 소녀가 아닌 하늘에서 온 작은 천사가 서 있다고 느꼈다.

이후 9년의 세월이 흘렀다. 단테는 피렌체 중심부를 관통하는 아르노 강 다리 중간에서 실로 우연히 비체와 마주친다. 비체는 단테를 향해 가벼운 목례와 함께 아름답고 수줍은 미소를 지어 보인다. 단테는 시집『새로운 삶La Vita nuova』에서 그 운명적인 해후의 순간에 대해 "천국의 모든 경계를 훔쳐 본 것 같았다"라고 적었다.

그러나 비체는 부유한 은행가 시모네 데 바르디Simone dei Bardi에게 시집을 갔고, 단테는 아버지의 뜻에 따라 약혼한 젬마 도나티Gemma Doanti와 결혼했다. 그런데 비체는 1290년 고작 스물다섯의 나이에 마치 신의 황급한 부름을 받은 듯 이 세상을 하직하고 말았다. 충격에 휩싸인 단테는 그녀의 부재와 상실을 견디기 위해 피렌체의 거리와 술집 여인들의 땀내 나는 젖가슴 사이에서 고통스런 시간들을 흘려보낸다. 그는 자신을 온통 사로잡았던 한순간, 비체가 수줍은 미소를 지어보이던 그 순간에서 결코 벗어나지 못한다. 플라톤의 이데아적 이미지로 변형된 한 여인에 대한 추억.

방황하는 가운데서도 단테는 어렴풋이 자신의 운명을 예감한다.『새로운 삶』의 끝에 그는 무의식이 운명의 거울에 비친 미래를 읽어낸 듯 이렇게 썼다.

그녀에 관해 지금까지 어느 여인에 관해서도 쓰인 적이 없는 글을 쓸 수 있도록….

단테는 절망적인 사랑에 복수하듯 전쟁과 권력의 세계에 뛰어들었다. 그러나 운명이 마련해놓은 그의 자리는 칼과 창이 부딪치는 전쟁터나 권력의 세계가 아니었다. 그가 서른일곱이 되던 해, 운명은 더 이상 때를 기다리지 않고 그를 피렌체에서 영구히 추방했다. 그가 영원히 돌아올 수 없도록 여신은 피렌체 시에 불타는 장작더미를 준비해놓게 했다.

단테는 20여 년을 거친 황야를 헤매듯 이 도시 저 도시를 방랑한다. 거친 길 위에서 단테는 마침내 자신에게 부여된 운명에 대해 굳게 확신한다. 그는 『새로운 삶』에서 운명이 그의 무의식을 통해 말하게 했던 맹세를 떠올렸다. 오직 베아트리체를 위해 불멸로 남을 한 권의 책을 쓰는 것. 베아트리체를 통해 자신의 이름 또한 불멸로 남으리라는 것을 그는 알아차렸다.

위대한 책 『신곡』은 그렇게 방랑길 위에서 태어났다. 오랜 세월 길 위에서 고난을 겪으며. 차라리 삶을 포기해버리고 싶었을 때조차도 그는 최후의 순간을 미루며 책을 썼다. 비범한 불굴의 집념과 용기가 그의 육체를 책상 앞에 붙잡아놓았다.

1321년, 마침내 그가 운명의 책을 완성했을 때 신은 더 이상 지체하지 않고 그의 영혼을 끌어올렸다. 라벤나에서 최후의 숨을 거두기 직전 그는 문득 바람소리에 섞여 「아이네이스」의 시인이자 그의 정신적 스승인 베르길리우스Vergilius의 목소리가 들려오는 것처럼 느꼈다.

"대체 어떤 운명이 예정되어 있기에 운명은 그토록 많은 위험들 사이로 그대를 추격하는가?"

그 순간, 단테는 자신의 운명을 완벽하게 이해했다. 자신의 전 생애에 걸친 사랑과 고통, 정치적 실패와 비참한 방랑…. 그 모든 것이 그로 하여금 오직 『신곡』 한 권을 쓰도록 운명의 신이 정해놓았던 것임을. 마침내 단테가 눈을 감았을 때 그를 둘러싼 사람들은 이전에 그에게서는 한 번도 본 적이 없던 부드러운 미소를 발견하곤 깜짝 놀랐다.

1321년 9월 13일 밤이었다.

책이 끌어들이는 사랑

책이 끌어들이는 사랑이 있다. 파올로와 프란체스카가 그랬다. 금지된 사랑으로 인해 거세까지 당했던 불행한 남자 아벨라르와 그의 제자이자 연인인 엘로이즈 역시 그랬다. 아벨라르는 한 친구에게 보낸 긴 편지에서 이렇게 썼다.

> 책은 펼쳐져 있었지만 철학 공부보다는 사랑에 관한 이야기가 더 많았고, 학문의 설명보다는 입맞춤이 더 빈번했으며, 내 손은 책보다 그녀의 가슴으로 가는 일이 더 많았네. 사랑은 우리의 눈이 책의 문자 위를 더듬게 하지 않고 서로의 눈망울 속에 머물게 했네.

그들은 책을 통해 만나 서로를 알게 되었고 사랑으로 얻을 수 있는 모든 희열을 맛보았다. 내가 그녀와 가장 행복했던 순간들도 파올로와 프란체스카가 그랬던 것처럼 한 권의 책을 읽던 순간이었다.

J가 심한 감기에 걸려 있던 일요일이었다. 감기약을 먹어서인지 정신이 몽롱하다면서 그녀는 내 무릎을 베고 누웠다. 그녀는 내게 책을 읽어달라고 했다. 그때 나는 토마스 만Thomas Mann의 『베네치아에서의 죽음Der Tod in Venedig』을 읽고 있었다.

그녀를 위해 첫 페이지부터 다시 읽기 시작했다. 그녀는 내 무릎 위에서 눈을 감은 채 귀를 기울였다. 내가 채 몇 페이지도 나아가지 못했을 때 약 기운에 그녀는 스르륵 잠이 들고 말았다. 나는 책을 내려놓고 그녀의 얼굴을 바라보았다. 길고 가느다란 머리카락이 그녀의 얼굴 위로 흘러내려와 있었다. 조심스럽게 머리칼을 쓰다듬자 그녀가 반짝 눈을 뜨고는 나를 바라보며 미소 짓더니, "책 읽는 목소리가 너무 듣기 좋아. 계속 읽어줘." 하고는 다시 눈을 감았다. 나는 그녀가 잠든 후에도 한참 동안 책을 읽었다. 그녀는 아기처럼 새근새근 잠들었고, 나는 그 모습이 너무나 사랑스러워 어쩔 줄 몰랐다.

책을 읽던 순간, 불현듯 어떤 강렬한 욕망이 나를 사로잡았다. 내 입술이 한마디도 말할 수 없게 되는 그 순간까지 그녀를 위해 책을 읽어주고 싶다는 욕망. 아주 늙고 나이든 뒤에도 지금처럼 그녀가 내 무릎을 베고 누워 있고 내가 책을 읽어주는 장면을 상상했다. 그 장면은 너무나 아름다웠고 너무 아름다워서 슬프기까지 했다. 나는 수줍음 타는 그녀의 입술과 책 읽어주는 내 목소리를 사랑하는 그녀 없이는 내 삶이 아무것도 아니게 될 것이라는 것을 깨달았다. 나는 얼굴을 숙여 잠든 그녀의 이마 위에 가만히 입을 맞추었다.

헌책방에서 우연히 발견한 아름다운 책을 불쑥 내밀며 수줍게 미소 짓던 그녀의 입술과 반짝이던 눈빛을 생각한다. 책이라면 나 이상으로 욕심을 내던 그녀. 먼지 가득한 헌책방 구석구석을 헤집고 다니다 시커먼 먼지가 잔뜩 묻은 두 손을 펼쳐 보이며 입술을 샐쭉 내밀던 모습, 구석진 서가에서 느닷없이 내 입술에 키스하곤 깔깔대던 그 모습을 생각한다.

나는 지금도 가끔씩 혼자서 책을 낭송하곤 한다. 마치 그녀가 내 무릎을 베고 누워서 내 목소리를 듣고 있기라도 한 것처럼. 어떤 책을 펼칠 때 그 페이지 안에서 그녀를 발견하기도 한다. 나는 결코 그녀에게서 벗어난 적이 없고, 벗어날 수도 없었던 것이다.

그녀가 책갈피들 사이에 살아 있는 한 나는 결코 그 사랑의 추억에서 벗어날 수 없다. 내 사랑은 수줍어하는 입술과 수줍어하는 책들 사이에서만 존재할 수 있는 것이었다.

누군가를 사랑한다는 것은 사랑하는 대상 속에서 자신을 잃는 것이다. 관계 맺음 속에서 서로를 잃어버리고 그 상실 가운데서 새로운 무엇을 창조하는 것, 그것이 사랑의 독특성이다. 자기를 내주지 않으면서 오직 받기만 하려는 것, 그것은 사랑의 관계가 아니라 소유의 관계에 불과하다. 사랑하는 연인은 결코 내 욕망을 비추는 거울이 아니다.

책을 읽는 독서 행위 또한 마찬가지다. 나는 나를 재확인시켜주는 책을 사랑하지 않는다. 나를 잃어버리는 기쁨을 찾아 책갈피를 넘긴다. 나는 아리아드네의 도움 없이 미노타우로스의 미궁 속으로 걸어 들어간다. 나는 검은 문자들과 흰 여백의 미궁들 사이에서 예전의 나와 결별한다. 내가 가지고 있는 언어들은 실은 이 사회의 속박, 굴레에 불과하다. 세상의 모든 아름다운 책들은 나를 결박하고 있는 문법들로부터 나를 해방시킨다. 일탈도, 결별도 부재한 언어들로 꽉 채워진 책들, 그런 책들은 나를 두터운 감옥으로 밀어 넣을 뿐이다.

사랑, 독서, 글쓰기, 음악, 밤의 어둠, 침묵…. 이런 것들은 모두 우리를 익숙한 세계와 결별하도록 요구한다. 그러나 길을 잃는 방황의 즐거움을 아는 사람들도 있다.

사랑은 항상 존재한다. 사랑하는 사람 없이 혼자일 때조차도 사랑은 거기에 머물고 있다. 사랑이 부재하는 현존 속에 기다림이 머물고, 기다림은 그 자체로 사랑의 순수한 형태가 된다.

또한 연인이 있다 해도 사랑은 부재한다. 두 사람의 육체가 격렬하게 포옹하는 순간에조차 사랑은 부재한다. 사랑은 현존 속에서도 부재의 형식으로써만 존재한다. 그것이 사랑의 아이러니다. 왜냐하면 사랑은 시간의 지고한 비밀에 속하기 때문이다. 우리는 시간의 내밀한 비밀과 신비를 온전하게 지각할 수 없다. 과거, 현재, 미래라는 도식은 산업과 기계, 물질계에 속하는 영토이지, 영혼의 영역에 속하는 것이 아니다. 아우구스티누스처럼 시간이라는 비밀을 알려고 하는 순간, 우리는 아포리아Aporia(통로가 없다는 뜻의 그리스어)에 빠지고 만다.

시간이 그러하듯 사랑 역시 비밀의 핵을 갖고 있다. 사랑은 메마른 시계의 시간에 대립하는 무엇이다. 부재하는 그녀를 떠올리며 회상하는 이 순간조차 시계가 가리키는 시간과는 다른 시간대에 속한다. 기억이 추억과 짙은 향수로 나를 사로잡는 한 나는 시간을 역류하고 거슬러 올라가 내가 추억하는 그 시간, 그 장소에 머문다. 그리스 신화의 에로스 신은 가장 나이 어린 신이자 가장 늙은 신이다. 사랑과 섹스는 시간의 원초적 이미지 자체를 상징한다. 무한이면서 동시에 순간인 그런 시간.

힌두어 '칼kal'은 어제와 내일, 그저께와 모레를 동시에 의미한다. 그 시간은 긴 시간age이자 순간moment인 시간, 현재다. 그리스인들이 무미건조하고, 직선적이고, 순환하는 범속한 시간인 크로노스kronos의 시간에 대립시킨 성스럽고 비범한 어떤 순간을 나타낸다고 믿었던 카이로스kairos의 시간이다.

신데렐라와 왕자는 궁정에서 춤을 추며 사랑에 빠지고 시간을 망각한다. 그들을 갈라놓는 것은 자정을 알리는 시계 소리다. 시계와 사랑은 서로를 배격하고 증오한다. 장 자크 루소Jean-Jacques Rousseau는 참된 시간의 대립물인 시계 차기를 거부했다. 아프리카 카바인족 사람들은 시계를 '악마의 맷돌'이라고 부른다.

그 사람을 위해 글을 쓰지 않으며, 내가 쓰려고 하는 것이 결코 사랑하는 사람의 사랑을 받게 하지 않으며, 글쓰기는 그 어떤 것도 보상하거나 승화하지 않으며, 글쓰기는 당신이 없는 바로 그곳에 있다는 것을 아는 것, 이것이 곧 글쓰기의 시작이다.

롤랑 바르트가 『사랑의 단상』에서 썼던 문장이다. 글쓰기는 부재와 고독의 경험을 새삼스럽게 환기시키려는 은밀하고도 집요한 욕망이다. 그러나 그 욕망은 순수함 자체여서 그 속에 자아는 존재하지 않는다. 그것이 글쓰기의 드러나지 않은 비밀이다. 글쓰기는 결코 부재와 고독을 대체하는 무엇이 아니다.

그러나 어떤 부재는 결핍이 아니라 또 다른 형태의 충만일 수도 있다. 어떤 존재(사람 혹은 사물들)의 부재를 느끼는 순간, 우리는 너무 쉽게 결핍을 느끼고 슬픔에 빠져버린다. 우리는 부재를 메우고자 하는 욕망에 내몰리며 살아간다. 그러나 부재는 단순한 결핍이 아니다. 우리는 지나치게 자기 자신에게 사로잡혀 있다.

무無에서 출발하는 순간이 있다. 우리는 우리 자신이 어머니와 아버지에게 속한 채로 혹은 아직 그런 상태조차 되지 못하던 시절이 있었음을 자주 망각한다. 그저 햇살에, 공기에, 밤하늘의 달빛과 별들에, 흙에 속할 뿐이던 시절이 분명 있었다. 그런 순간들을 깨닫는 순간 불현듯 우리는 원래 내 것이 아닌데도 나에게 덧붙여진 것들이 너무 많다는 사실을 축복처럼 깨닫게 된다.

부재는 채워야 할 무엇이 아니라 오히려 부재라는 형식으로써 출현하는 하나의 세계, 즉 자신이 완벽하게 충만한 세계 자체와 일체임을 새삼 발견하고 그 충만함을 추억해야 하는 무엇이다. 우리 안에는 그 세계에 대한 충만한 기억이 여전히 남아 있다.

내가 사랑한 그녀는 흔들리는 촛불, 밤, 책, 침묵을 사랑했다. 내 방에는 그녀가 사온 갖가지 모양과 크기, 향기를 가진 초들로 가득했다. 그녀가 돌아오지 못할 길로 떠나버린 후, 나는 홀로 그 촛불들을 켜놓고 오랜 시간 흔들리는 촛불을 바라보곤 했다. 그녀는 촛불을 켜놓고 타오르는 촛불과 발그레해진 서로의 얼굴을 바라보는 걸 좋아했다. 촛불이 드리우는 그림자로 인해 한층 더 뚜렷해지는 얼굴과 사물들의 윤곽. 촛불 아래에서는 빛 아래에서 드러나지 않던 존재가 조용히 모습을 드러냈다. 우리는 침묵 속에서 촛불이 타는 모습을 지켜보았다. 촛불은 그저 흔들리며 타오를 뿐, 아무 말도 하지 않았다. 단 한 마디도.

완전한 사랑

누군가 노년에 이른 소포클레스에게 물었다.

"아직도 사랑의 즐거움을 맛보고 있습니까?"

"그런 건 이제 질색이라네. 마치 난폭하고 야만스런 주인으로부터 도망쳐 나오듯이 이제야 겨우 사랑에서 해방되었단 말일세."

사랑은 달콤하고 황홀하지만 동시에 소포클레스의 말처럼 난폭한 야수 같기도 하다. 그래서 사랑은 광기라고도 불린다. 광기처럼 폭발하였다가 비극으로 끝나버리는 그런 사랑이 있는가 하면 또 다른 형태의 사랑도 있다. 화산처럼 분출하며 폭발하지는 않지만 지표면 아래에서 긴긴 세월 들끓는 용암처럼 은근하면서도 질기고, 그러면서도 그 열기는 결코 식지 않는 사랑.

소설과 연극에서는 대개 열렬한 사랑이 결국엔 비극적 파멸로 끝나

버리거나 지리멸렬한 관계의 파탄으로 끝나지만 실제 삶에서는 그와
는 다른 이야기들도 있다.

프랑스 낭만주의 문학의 선구자가 된 샤토브리앙Le Chateaubriand과
나폴레옹 제국 시대를 풍미했던 문학 살롱의 주인 줄리엣 레카미에
부인Madame Récamier. 두 사람은 1817년 죽음을 앞둔 스탈 부인Madame
de Staël의 집에서 처음 만났다. 당시 샤토브리앙의 나이 마흔이었고,
레카미에 부인은 서른이었다.

레카미에 부인은 당시 프랑스 최고의 미인으로 칭송받으며 당대 저
명인사들로부터 숭배와 찬사, 연모를 한 몸에 받던 여인이었다. 고
상하고 우아한 기품과 교양, 거기에다 요부적인 신비감마저 자아내
던 그녀는 유럽의 왕족과 귀족들, 발자크Balzac, 스탕달, 라마르틴느
Lamartine, 콩스탕Constant 등의 작가들로부터 열정적인 사랑을 받았다.
당대 최고의 화가였던 자크 다비드Jacques Louis David와 다비드의 수제자
프랑수와 제라르Francois Gerard는 그녀를 모델로 초상화를 그리기도 했다.

이미 '유혹자'라는 별명을 지닐 정도로 수많은 여성들로부터 흠모의
대상이 되고 있던 샤토브리앙과 레카미에 부인은 10년의 나이 차가
났지만 우정과 사랑 사이에서 줄타기를 했고, 그러다 사랑에 빠지고
헤어졌다 만나기를 반복했지만 평생에 걸쳐 깊은 정을 나누었다. 그
들이 본격적으로 연인관계가 된 것은 샤토브리앙이 50대, 그녀가 40
대이던 때였다. 그들을 사로잡은 것은 더 이상 육체적 정념이 아니었

다. 샤토브리앙은 아내가 죽은 뒤 혼자인 그녀에게 구혼했지만 그녀는 "지금껏 완전하게 지켜온 사랑이므로 이대로 지내는 게 더 좋겠어요"라며 정중하게 사양했다.

그러나 만년에 둘은 한 집에서 살았다. 쇠락과 질병은 샤토브리앙과 레카미에 부인에게도 찾아왔다. 레카미에 부인은 앞 못 보는 장님이 되었고 샤토브리앙은 전신마비에 가까운 중풍 환자가 되었다. 그러나 그들은 여전히 사랑했고, 결국 1년 간격으로 세상을 떠났다.

가 이 아

고독한 사람들, 점성술사들, 천문학자들, 사랑에 빠진 연인들은 시시때때로 밤하늘을 올려다본다. 몇 년 전 어느 한적한 섬에 홀로 머물던 때 나는 밤마다 바닷가로 산책을 나가 깜깜한 밤하늘을 올려다보곤 했다. 안개가 잔뜩 낀 도시의 밤하늘에서는 결코볼 수 없는 무수한 별들을 올려다보며 순간적으로 경이감과 아득한 황홀감에 빠지기도 했다. 그러나 때로는 수 세기 전에 프랑스의 한 쟝세니스트janséniste가 느꼈던 것과 똑같은 두려움과 공허감에 사로잡히기도 했다. 신들도 영혼도 없는 허망한 물질로만 이루어진 우주 앞에서.

『신곡』에서 단테는 정교하게 이루어진 두 개의 공간을 보여준다. 부동의 지구를 중심으로 여덟 번째 하늘까지 물질계로 이루어진 우주 공간이 있다. 그리고 아홉 번째 우주는 '원동천'이라고 부르는 크리스털로 이루어진 공간이다. 그 너머에 시간과 공간, 물질계를 초월하는 영혼의 공간이 존재한다. 그곳이 바로 엠피리우스empirius, 최고천이다. 신과 천사들이 머무는 지복의 하늘. 텅 비고 투명하며 회전하는 구체들로 이루어진 영원의 하늘. 물질계는 신과 천사들이 사는 영혼계에 둘러싸여 있다. 엠피리우스는 인간 존재와 삶의 절대적 기원이요 근거요, 목적이었다. 두 개의 우주, 두 개의 공간, 물질의 공간이 근거하는 영혼과 정신의 공간. 그러나 우리는 그 세계를 잃어버렸다. 코페르니쿠스Nicolaus Copernicus 이래 갈릴레이Galileo Galilei 이래, 우리는 숭고한 우주를 상실해버렸다. 우주는 순수한 물질계로 짜부라졌고 축소되었다. 그만큼 인간의 삶도, 상상력도, 꿈도 축소되었다.

무한과 무 사이에서 고뇌하던 파스칼이 남긴 노트에서 그가 지워버린 문장까지 재생해낸 투르네의 「원전 비평판」에는 'effaroyable (소름끼치는)'이라는 단어가 들어가 있다.

> 소름끼치는 무한한 구체, 그 중심은 어디에나 있지만 원주는 어디에도 없다.

우리가 발 디디고 사는 이 푸른 행성을 우리는 지구라고 부른다. 지구地球는 흙으로 된 구체라는 뜻이다. 영어에는 두 개의 지구가 있다. 'earth'와 'globe'가 그것이다. 독일에서 탄생한 단어인 earth는 지구에서 바라본 지구 자신이다. 고대 라틴어에 기원을 둔 globe는 천상에서 바라본 지구, 지구 혹성이다. earth는 곧 희랍어 가이아Gaea에 해당하는 말이며, 대지 모신이자 흙을 나타낸다. globe의 기원인 고대 라틴어 gleba는 라틴어 중에서도 매우 오래된 단어 중 하나다. '흙의 감촉'을 일컫는 이 말은 경작지의 촉촉하게 젖은 기름진 흙을 의미했다. 그것이 영어로 옮겨가면서 '둥근 물체'를 뜻하는 말이 되었고, 근세 이후에는 지구를 가리키는 말이 되었다. 즉, 우주와 태양을 중심으로 지구를 보는 시선, 코페르니쿠스가 바라본 지구다.

늙은 농부가 허리를 숙여 땅을 바라본다. 검붉은 흙을 만진다. 한껏 흙냄새를 맡아 보고, 흙의 촉감을 느껴보고, 손에 묻어나는 촉촉한 물기를 손가락으로 비벼본다. 가만히 미소 짓던 농부는 허리를 펴고 일어서서 하늘을 한 번 올려다보고는 쟁기를 들어 흙을 일구기 시작한다. 고대 희랍인들은 흙, 즉 가이아를 '넓은 젖가슴을 가진 여신'이라고 불렀다.

여신의 부드럽고 촉촉한 피부 위에 날카로운 철근이 박히고 콘크리트와 시멘트가 발라진다. 땅을 일구던 쟁기와 삽은 간데없고 트랙터가 한꺼번에 땅을 갈아엎는다. 사람들은 각자의 방에서 인터넷으로 위성에 접속하여 지구 곳곳을 내려다본다. 여신의 벌거벗은 몸을 훔쳐보는 악타이온의 모습이다.

엠피리우스의 공간, 물질의 우주 너머에 있는 영적인 우주를 믿지 않는 한 그는 불멸인 영혼의 존재도 믿지 않는다. 냉정한 오성의 소유자, 근대인인 우리는 사실상 하나같이 유물론자이며 무신론자다.

영원한 노스탤지어의 손수건

모든 것은 다 지나간다. 크로노스도 카이로스도. 한 번 지나가버린 것은 붙잡을 수도 되돌릴 수도 없다. 과거라는 이름의 지나간 세월들이 점점 길게 그림자를 늘어뜨릴수록 우리의 시선은 더 자주 뒤를 향한다. 왜 우리는 부재하는 것들에 매혹과 동경을 품게 되는 것일까? 왜 우리는 유일하게 경험 가능한 지금보다 부재의 시간인 과거와 미래 쪽으로 자꾸만 기울어지는 것일까?

'카이로몬kairomon'이란 단어가 있다. 카이로스kairos와 페로몬pheromon을 결합한 단어다. 어떤 물질을 생성한 생물보다 생성된 물질과 접촉한 생물에 더 좋은 영향과 효과를 주는 물질을 가리키는데, 꽃들의 향기를 만들어내는 물질도 그것에 해당된다. 그 반대로 작용하는 경우는 '알로몬allomon'이라고 한다. 우리가 흔히 '향수'라고 번역하는 '노스탤지어Nostalgia'가 있지만, 과거가 뿜어내는 카이로몬은 그 향기가 너무 짙어 때로는 병적인 상태를 초래하기도 한다.

나는 오디세우스를 떠올린다. 아름다운 요정 칼립소의 사랑과 영원한 젊음 그리고 인류의 가장 오래된 갈망인 불멸의 약속조차 거부하고 고향 이타카로 돌아간 오디세우스. 노스탤지어라는 단어조차 없었던 시대에 그는 목숨이 위태로울 정도로 극심한 향수병에 시달렸던 것일까? 길고도 오랜 전쟁과 방황 끝에 당도한 고향 이타카는 그토록 그리던 동경과 그리움을 그에게 보상해주었을까?

17세기 중반 스위스 의사 요하네스 호퍼Johannes Hofer가 '귀향'과 '괴로움'을 뜻하는 희랍어 '노스토스nostos'와 '알고스algos'를 합쳐 'nostalgia'라는 말을 처음 만들어낸 것은 새롭게 발견한 정신병에 부여할 적절한 명칭을 찾기 위해서였다. 그 병은 향수병 혹은 회향병이라고 일컬어졌는데 한 러시아 장교는 군에 그 병이 확산될까 두려워한 나머지 이미 병에 걸린 병사를 서둘러 생매장해버릴 정도였다.

유럽 언어 속에서 새롭게 탄생한 노스탤지어라는 단어는 18세기 중반까지도 정확한 위상을 갖지 못했던 걸로 보인다. 발자크Balzac는 이 단어를 우울, 즉 멜랑콜리Melancholy의 감정으로 이해했고, 19세기를 목전에 둔 시점에도 에밀 졸라Émile François Zola 같은 작가에게서 의미상의 혼란이 여전히 나타난다. 그러나 이질적인 언어 간의 교환이 항상 빈틈을 남기듯, 향수와 노스탤지어라는 단어 사이에는 미묘한 어

굿남이 있다. 이탈리아의 화가 조르조 데 키리코Giorgio de Chirico가 1913
년에 발표한 「무한을 향한 노스탤지어Nostalgia of infinity」라는 작품과 유
치환柳致環이 1935년에 발표한 시 「깃발」에 나오는 시구 "영원한 노스
탤지어의 손수건"을 보면 노스탤지어라는 단어는 의미심장하고 모호
한 형이상학적 분위기를 자아낸다. 해방과 무한을 향한 우수 어린 플
라톤적 동경이다.

플라톤은 모든 지식을 상기anamnesis라고 보았다. 그에게 미래란 되
찾는 과거에 불과했다. 영원의 이데아는 먼 과거에 존재하는 것이었
다. 그러나 우리는 밀란 쿤데라Milan Kundera의 소설 『향수L'ignorance』 덕
에 유럽의 어느 지역에선 노스탤지어가 '무지로 인한 고통'임을 알고
있다. 그 소설의 원제 자체가 'L'ignorance(무지, 무식)'가 아니던가? 그
러나 그 소설에서 펼쳐 보이는 현대판 오디세이아는 귀향이 얼마나
쉽게 기대와 상상을 배반하는 환멸과 허망함으로 변해버리는지를 보
여준다.

니코스 카잔차키스Nikos Kazantzakis는 야심차게 세 권짜리 현대판 『오
디세이아』를 썼다. 그의 오디세우스는 고향 이타카에서 지리멸렬과
권태만을 발견할 뿐이고, 더 높은 삶과 자유를 찾아 다시 모험을 떠난
다. 『신곡』 지옥 편에서 단테가 그려 보인 오디세우스의 모습에 자극
받았음이 명백한 카잔차키스의 현대적인 오디세우스는 첫 시작부터
노스탤지어의 환상성과 기만을 노골적으로 노래한 나머지, 호메로스
의 오디세우스가 그려낸 향수병 걸린 오디세우스가 아둔하고 어리석

은 인간으로 보일 지경이다.

과연 어느 오디세우스가 진짜일까? 날마다 바닷가에서 이타카를 그리워하며 눈물짓는 오디세우스인가, 아니면 세상과 악, 인간의 고귀함을 알고 싶은 격정에 사로잡혀 세상 끝까지 나아가고자 하는 단테와 카잔차키스의 오디세우스가 진짜인가?

상실해버린 과거는 추억의 형태로 미화될 수는 있어도 현재 혹은 미래로 존재할 수 없다. 지나가버린 사랑에 대한 기억은 기억으로 남아 있을 때만 추억이 된다. 현재로 소환되어 재현된 과거의 첫사랑이 행복과 기쁨으로 솟아나기를 기대하는 환상은 현실과의 접촉을 견디지 못한다는 진리를 망각했거나 순진한 탓에 꾸는 낭만적인 꿈이다. 노스탤지어는 달콤하고 아름답지만 위험하기도 한 환상이다.

내 시선은 과거를 향하지만 내 두 발은 미래를 향해 내딛는다. 고대 로마인들은 가장 오래된 것이 가장 새로운 것이라 믿었다. 그들은 새로운 단어에 저항감을 느끼곤 했다. 나에게 과거는 향수의 진원지가 아니라, 무한히 반복되는 우주와 삶의 어떤 형상에 대한 공시태적 노스탤지어의 반향이다. 향수에 대한 노스탤지어는 저 푸른 해원을 향하여 흔드는 영원한 노스탤지어의 손수건인 한에서만 심오한 의미를 갖는다.

그것은 인간 실존의 비극적 조건이기도 하다.

시간의 흰 바람벽

　　기억이 시간과 노스탤지어와 뒤섞여 발효된 것, 그것은 추억이다. 추억은 우리의 가슴속에 흰 바람벽을 만든다. 그리고 흰 바람벽에 새겨지는 환영들은 세월이 흐를수록 점점 더 쓸쓸하고 아득한 색조를 띠게 될 것이며, 그 모습들도 바뀌어갈 것이다.

　　우리는 저마다 과거의 자식들이며 추억의 자식들이다. 그러나 추억은 과거에 남겨놓은 우리 삶의 분신이며 드러나지 않는 형상을 지닌 자신이다. 그 분신에서 한 조각이라도 떼어내 현재로 불러낸다면 그것은 순식간에 부패하기 시작하고 악취를 풍길 것이다.

　　우리는 서둘러 그것을 다시 먼 과거, 추억이 아닌 어두운 장소로 밀쳐버리게 될 것이다.

오르페우스의 아름답고 슬픈 이야기는 그의 호소와 갈망의 애틋함에도 불구하고 추억을 현재로 소환하려 했다는 점에서 필연적으로 초래된 비극이었다. 그것은 추억의 그릇된 사용법에 대한 하나의 알레고리이며 인간의 한계에 대한 비극적 환기다. 하지만 시행착오와 실패와 과오의 연속인 이 삶에 신이 추억을 위한 자리를 배려해놓은 것은 누구에게나 닥치고야 말 결말의 쓸쓸함에 대한 아주 작은 보상이었는지 모른다. 혹은 삶은 축적하는 것이 아니라 비움과 버림의 과정이라는 깨달음을 주기 위함인지도 모른다. 추억의 흰 바람벽을 떠올리는 것은 아름다우면서도 때로는 쓸쓸하고 아득하며 심지어 고통스럽다.

누구나 흘러간 과거보다 현재가, 또 현재보다 미래가 더 낫기를 갈망한다. 그러나 지나가버린 과거보다 현재 이 순간이 더 나을 수 있기란 얼마나 힘든 일인가? 나이가 들수록 젊다는 그 자체만으로도 아름다운 시절이 멀어져가고 추억이 불러일으키는 아득한 그리움과 마음의 고통도 더 커진다. 그런데 우리는 현재가 다가올 미래에 우리가 되돌아보게 될 추억의 재료라는 사실은 종종 망각한다. 현재란 아름다운 추억의 조각상이 되기 위해 우리에게 주어진 대리석 덩어리다. 둔감하고 서툴기 그지없는 우리 추억의 장인들은 게으르거나 무감각하거나 지쳐 있거나 혹은 무지하거나 용기가 부족해 이 멋진 대리석을 방치하거나 서툰 망치질 몇 번 만에 내던져버린다. 우리 생의 뒤편에는 얼마나 많은 삶의 대리석 파편들이 아무런 형상도 이루지 못한 채 무의미하게 흩어져 있는가?

마르셀 프루스트Marcel Proust는 글쓰기를 통해 자기 삶의 전부가 될 과거와 기억들을 영원한 미의 이미지로 형상화하고자 했던 것인지도 모른다. 글쓰기가 된 과거와 추억은 아직 도래하지 않은 미래 시간이 된다. 순수한 과거가 아닌 변형되고 재구축되어 그것을 읽는 모든 이들의 삶에 재접속되어 삶의 경계를 확장하는 시간으로.

사랑을 잃고 노래하는 오르페우스, 흰 바람벽 앞에서 쓸쓸히 미소 짓는 시인. 추억을 회상하는 순간, 우리 모두는 오르페우스이자 시인이 된다.

나를 매혹시키는 손들

깊고 캄캄한 밤, 어둠마저 침묵하는 정적 속에서 나는 촛불에 의지하여 한 문장 한 문장 죽간에 글을 써내려가고 있는 장주莊周의 모습을 생각한다. 높은 원형의 탑에 만든 서재에서 펜을 쥔 손으로 깊은 사색에 잠긴 몽테뉴Montaigne를 생각한다.

나를 가장 매혹시키는 이미지는 글을 쓰는 손이다. 붓을 쥐고 있던 손, 깃털 펜이나 연필을 쥐던 손…. 그렇게 글을 쓰던 손들이 있었다.

흔들리는 촛불 곁에서 혹은 등잔불의 침묵 아래서 밤이 가져다주는 고독과 침묵의 무게로 한 단어 한 단어를 그 단어가 가진 최대한의 밀도와 깊이로 써내려가던 손들.

마치 폭이 넓은 강에 아름다운 다리를 놓듯이 정성과 힘겨움으로 이어 나가던 손들.

오늘날 전깃불과 타자기, 컴퓨터가 침묵 그리고 글을 쓰는 손을 앗아갔다. 투명하게 환한 대낮 같은 불빛과 탁탁 두들기는 타자기의 기계음, 키보드가 톡탁거리는 소리들. 응집된 침묵의 상징처럼 붓과 펜을 단단하게 쥐고 있던 손들은 기계에 속박된 손가락들의 메뚜기 뜀박질 같은 경박한 노동 뒤편으로 사라져버렸다.

때로는 촛불을 켜고, 촛불 아래서 은은한 빛이 반사되는 흐린 종이 위에 붓으로 글을 쓰고 싶다. 번지는 잉크 냄새를 맡으며 바람결에 갈대가 흔들리는 소리 같은 사각거리는 소리를 내는 펜으로 글을 써보고 싶다.

말로 표현할 수 없는 것

서가에서 책을 찾다가 우연히 어느 책갈피에서 오래된 엽서를 발견했다. 오래전 파리로 여행을 갔을 때 들렀던 빅토르 위고 기념관 근처 갤러리에서 산 엽서인데 시인 아르튀르 랭보 Jean-Arthur Rimbaud의 얼굴이 그려져 있다. 그 엽서엔 오직 한 단어가 적혀 있다.

Le indicible.

'말로 표현할 수 없는 것'이라는 뜻이다. 탄생, 사랑, 죽음, 고독, 침묵 그리고 어떤 슬픔…. 말로 표현할 수 없는 것들이다. 그러나 실은 우리 삶과 존재의 모든 것이 언어로 담아낼 수 없는 것인지도 모른다.

2. 잃어버린
사랑의 미학

그럼에도 그러한 불가능한 것의 가능성을 탐색하는 작업이 바로 시학
詩學일 것이다. 동시에 불가능한 것은 불가능한 것으로 남겨두는 것 또
한 시의 정신에 속한다.

　책상 위에 놓인 엽서를 바라보며 랭보와 시를 생각한다. 시란 무엇
인가? 언어란 무엇인가? 시 혹은 언어는 또 다른 사물이다. 한 사물
을 지시하는 데 그치는 것이 아니라 한 사물과 함께 나란히 그 사물의
곁에서 또 다른 세계를 말없이 드러내는 존재. 그것은 마치 밤하늘에
두 개의 달이 떠오르는 것과 같다.

매혹과 황홀경 사이에서

　　　나를 끊임없이 끌어당기며 매혹하는 단어들이
있다. 방황, 고독, 침묵, 심연, 열정, 광기, 사랑, 무한…. 그리고 이러
한 단어들로 인해 느끼는 '매혹' 역시도 나를 매혹시키는 단어 가운데
하나다.

　매혹魅惑의 '매魅'자는 뜻을 나타내는 '귀신 귀鬼'자와 음을 나타내는
'미未'자로 구성되어 있듯이 '귀신에 사로잡히거나 홀린 것처럼'이라는
의미를 내포하고 있다. 발음이 유사한 단어로 '미혹迷惑'이란 단어가 있
는데 여기서 '미迷'는 '길을 잃고 헤맨다'는 뜻이다. 즉 미혹은 '갈피를
잡지 못하고 방황하며 혼란에 빠진다'는 뜻이다. 미궁迷宮에 빠져 길을
잃고 헤매듯이. 그러나 매혹은 한층 강렬한 단어다. 거기에는 인간과

는 무관한 어떤 존재가 결부되어 있다. 인간을 마비시키고 좌절시키고 무조건적으로 복종케 하는 어떤 힘에 대한 두려움의 감정이 깔려 있는 것이다.

매혹은 내가 아는 한 근대에 만들어진 단어다. 영어와 라틴어에서 매혹이란 단어는 한자어 매혹의 기원이 지닌 불가사의한 측면과는 전혀 다른 맥락을 갖는다. 라틴어 'fascinatio(매혹하기)'는 본래 성적인 혹은 동물적인 기원과 관련되어 있다. 이 놀라운 사실을 내게 가르쳐준 사람은 프랑스 작가 파스칼 키냐르다. 라틴어에서 음경은 '파스키누스fascinus', 혹은 '파스키눔fascinum'이라고 불렸다. 다시 말해 라틴어의 매혹은 '매혹당한 음경'에서 기원한다.

언어가 생겨나기 전과 사회가 구성되기 전, 또는 국가가 확립되기 전의 상태에서 말 없는 침묵에 매혹당한 채 경직되어 일어선 음경. 그것은 어찌할 바 모르고 당황하여 마비된 상태다. 매혹에 빠진 자는 조상처럼 뻣뻣하게 굳어버린다. 로마인들은 바로 그런 관계, 즉 두 개의 성 사이에서 수립되는 어떤 관계를 'fascinatio'라 불렀다.

한자어 매혹은 오늘날 우리가 '황홀경'이라고 번역하는 그리스어 '엑스타시아extasia'에 더 가깝다. 접두사 'ex-'가 '밖으로 나가다', '벗어나다'라는 뜻을 함축하므로 자기로부터 나가기, 자기 상실 나아가 신들림이란 뜻에 더 가까워진다. 일상적 자아로부터 벗어난 탈아 상태. 그것은 최초에는 종교적인 개념이었다.

헬레니즘 시대에 알렉산드리아의 유대인 철학자 필론Philōn은 인간이 자기를 상실하고 신과 완전히 합일되는 상태를 '엑스타시스extasis'라고 했다. 구약성경을 최초로 희랍어로 번역한 이들도 '종교적 환상'을 엑스타시스로 옮겼다. 고대 희랍인들의 종교적 의미를 고스란히 물려받았던 것이다. 그런데 과연 무엇이 그런 탈아 상태, 즉 엑스타시스를 불러일으키는가? 희랍인들에게 그 주체는 신이었다. 기도를 통해 얻어지는 것이 아니라 벼락처럼 갑작스럽게 들이닥치는 경험, 신에 사로잡힌 상태가 바로 엑스타시스였던 것이다.

엑스타시스는 오늘날 우리가 '영감inspiration'이라고 해석하는 희랍어 'enthusiasmus'와 연관이 있다. 희랍인들에게 이 단어는 영감이 아니라 순수하게 '신들린 상태', '열광', '법열'에 더욱 가까웠다.

시인과 이 단어를 연결시킨 최초의 인물이 바로 플라톤이다. 그는 시인이 시를 짓는 행위는 인간적인 행위가 아니라고 보았다. 시인은 도구일 뿐, 시를 창작하는 것은 신이라는 것이다. 따라서 시작은 신적인 광기에 사로잡힌 영혼이 수행하는 일이었다.

플라톤은 『디온Dion』에서 이렇게 말한다.

> 신적인 광기에 사로잡힌(enthusiasmus) 시인은 차분한 이성을 모조리 잃게 되며, 이성을 지니고 있는 상태에서는 시를 짓거나 예언을 할 수 없다.

시인이 시를 창작하는 탈아 상태는 '신성한 광기mania mystica'다. 플라톤은 문학을 신적인 광기에 연결시킨 최초의 미학자였다. 라틴어 매혹은 사랑에, 희랍어 매혹은 신에 관련된 개념이었다. 오늘날 우리가 쓰는 한자어 매혹은 희랍적인 것과 라틴적인 의미를 모두 포함한다. 즉 마비와 황홀경 그리고 신에 홀린 듯한 자아 상실의 두려움과 희열을 모두 함축한다.

'매혹당하기'는 전적인 수동성, 일상적 자아의 무너짐, 자기 상실과 좌절을 지시한다. 매혹적인 것들은 단순히 매력적인 것과는 뉘앙스가 다르다. 영어에서는 '매혹적인'이란 의미와 '매력적인'이라는 의미를 거의 구별하지 않지만, 매력적인 것과 매혹적인 것은 엄연히 다른 것이다. 매력적인 것에는 아직 우리의 이성이 남아 있다. 우리는 그 대상을 이성적으로 판단할 수 있고 거리를 둘 수 있으며, 매력의 요인들을 논리적으로 설명할 수 있다. 그러나 매혹적인 것들은 이성을 초월한다. 플라톤이 설명했던 것처럼 매혹은 이성을 마비시키고 좌절시키며 자아를 상실하게 하는 신적인 광기와도 같은 힘을 가진다.

매혹은 '미'가 아닌 '숭고'의 감정에 가깝다. 희랍어로 '숭고'를 뜻하는 '쉽소스hypsos'는 원래 높이의 개념으로, 큰 키를 가리키는 말이었다. 그러다가 의미가 심화되어 '격정적으로 솟아오른 영혼의 고양'이란 의미로 변했고, 칸트가 그 단어를 이성과 상상력의 불일치 감정에서 오는 수동성과 위기로 개념화했다. 미가 이성과 조화하는 질서의 개념이라면, 숭고는 이성과 불일치하는 혼란과 불안, 공포까지도 포함하는 영혼의 격정적이고 고양된 상태를 일컫는 말이다. 이성이 마비되고 영혼이 열정과 열광에 사로잡혀 흥분한 상태, 수동성 속에서 완전히 사로잡힌 상태. 그것이 바로 매력과는 다른 매혹적인 것이다. 불교적 니르바나, 즉 '불이 꺼진 상태의 고요'와는 전혀 다른 것.

오늘날 우리는 이 세계의 매혹을 잃어버렸다. 근대 세계는 매혹을 상실해버린 세계다. 탈근대성을 주창하는 미학자들이 매혹적인 숭고를 제창한 것은 차갑고 딱딱한 이성의 현실이 아니라 있는 그대로의 세계 현실, 즉 뫼비우스의 띠처럼 복잡하게 얽히고 꼬인 불합리한 세계, 모든 객관적 진리의 내적 근거를 상실해버린 니힐리즘의 세계에 걸맞은 미학적 원리의 정립을 요구한 것이었다.

우리는 매혹적인 세계를 되찾아야 한다. 희랍어의 황홀경, 즉 엑스타시스는 라틴어 existensia, 즉 존재와 같은 의미를 가진 것이었다. 그것은 빠져나오는 것이다. 어둠으로부터 빠져나와 빛에 매혹당하기.

태어나는 것은 그 자체로 이미 삶에 매혹당하는 것이다. 삶의 매혹은 어디에 있는가? 우리가 잃어버린 매혹적인 세계의 이미지는 어디로 갔는가? 소시민적 합리성과 안정성을 추구하는 범속한 사랑이 아닌, 자기 파괴적일 정도로 격렬하고 바타이유적으로 과잉소비적인 그런 사랑은 어디에 있는가? 매혹적인 언어, 예술은 어디에 있는가?

The Silence
Of Rilke

3부

삶, 내가 존재하는 순간들

나는 믿는다.
나는 믿는다. 내 사랑, 현실, 내 운명,
향긋한 영혼, 실현되는 정신,
서서히 엮어지는 경이로운 신비를.

– 비센테 알레익산드레(Vicente Aleixandre, El alma)

불가능한 고백

　　작가 고유의 주관적 느낌과 경험을 기록하고 사고를 묘사하는 데 순수 목적을 둔 자서전 문학의 기원은 장 자크 루소의『고백록Les Confessions』이다. 물론 이보다 훨씬 전인 4세기에 서양 문학 사상 최초로 아우구스티누스가『고백록』이라는 자서전 문학을 남겼다. 그러나 아우구스티누스는 신의 위엄과 은총을 증명하기 위한 수단으로써 자신의 삶을 차용했을 뿐이므로 진정한 의미의 자전적 문학의 기원은 장 자크 루소의『고백록』으로 봐야 한다.

　1770년 겨울, 장 자크 루소는 수많은 청중들이 운집한 어느 살롱에서『고백록』의 낭독회를 가졌다. 그는 열다섯 시간에 걸쳐 책의 초고를 낭독했고 귀 기울이던 청중들은 당황하거나 큰 충격을 받았다. 개인의 은밀하고 비밀스런 내면을 그토록 솔직하고 적나라하게 드러낸 책은 일찍이 없었던 데다 외설스런 내용과 당대 인사들의 행태를 노골적으로 비난하는 묘사들이 적잖이 포함되어 있었기 때문이다.

하루도 빠짐없이 계속되던 낭독회는 금세 세간에 오르내리며 스캔들을 일으켰고, 루소는 당국의 제재로 낭독회를 중단할 수밖에 없었다. 마지막 낭독회가 있던 날 루소는 청중들 앞에서 이렇게 선언했다.

"내가 『고백록』에서 말한 것들은 모두 진실입니다. 만약 내가 한 얘기와 반대되는 사실을 누군가 알고 있다면 그들이 그것을 수천 번 증명한다고 할지라도 그들은 거짓말쟁이이며 협잡꾼입니다. (중략) 나의 본성과 도덕적 성향, 취미와 습관을 직접 확인하고도 나를 부정직한 사람이라고 비난한다면 그 사람이야말로 목 졸라 죽여 마땅합니다."

청중들은 놀라움과 두려움으로 순식간에 깊은 침묵으로 빠져들었다.

오늘날 우리는 루소 자신이 공언했던 만큼 그가 그렇게 정직하지 않았다는 사실을 알고 있다. 그의 『고백록』은 아름답지만 공정하다고 말할 수는 없다. 루소는 자기가 놓은 진실이라는 덫에 스스로 걸려들고 말았던 것이다.

자신에 관한 진실이란 도대체 무엇인가? 나는 나 자신에 관해 진실을 안다고 할 수 있을까? 도대체 진실이란 것이 존재하기는 할까?

아무리 내가 나의 내면을 깊숙이 파고든다 해도 영혼이 감추고 있는 모든 것을 드러낼 수는 없다. 기억은 불완전하고 많은 결핍을 포함하고 있을 뿐 아니라, 주관적인 사고와 감정 그 이상은 아니기 때문이다. 그러므로 나는 진실을 추구하지 않는다. 내 언어가 더듬거리고 방황하면서 발견해 나가는 사고와 감정의 조각들, 그 조각들이 언어와 조화를 이루면서 빚어내는 작은 아름다움을 추구할 뿐이다.

나는 몇 폭이 될지 가늠할 수 없는 빈 병풍을 보고 있다. 그 병풍에 나의 감정과 사고, 기억의 조각들을 언어의 붓으로 채워 나갈 뿐이다. 병풍의 풍경들은 진실과는 무관하다.

자서전은 불가능하다. 누구도 자기 자신에 관한 진실을 알 수는 없다. 집단이나 공동체도 마찬가지다. 역사는 진실이란 것과 모호하고 비유적인 관계만 맺고 있을 뿐이다. 그런 의미에서 역사도 본질적으로는 문학, 이야기에 속한다. 무엇보다 언어는 억센 광부의 손에 들린 곡괭이가 아니다. 언어는 그 자체가 고유한 생명과 리듬을 가진 움직임이며, 텅 비어 있으면서도 꽉 찬 물질이며, 스스로 미궁 같은 상징적인 문양을 짜 넣는 수수께끼의 직조물이다. 사물 옆에 나란히 존재하면서 자신의 그림자를 사물에 길게 드리우는 어떤 것이다. 따라서 언어로 이루어지는 모든 인간적 구성물은 넓은 의미에서 문학에 속한다.

'인간'이란 존재 역시 일종의 언어적 구성물이다. 우리가 '세계'라고 알고 있는 것조차도 그렇다. 지금 이 글을 쓰는 '나' 역시 그렇다. 피와 땀과 눈물과 고뇌를 가진 '나'라는 존재는 언어 속에 내재한 뮤즈의 여신이 두드릴 때마다 소리를 내는 작은 북에 불과하다.

골목에서의 사유

　　어느 날 밤, 집으로 들어가는 골목에서 어두컴컴한 담벼락에 기대어 포옹하는 연인을 보았다. 순간 나는 걸음을 멈추었고 행여나 그들이 당황할까 싶어 서둘러 다른 길로 돌아 집으로 들어왔다. 등 뒤로 대문이 닫히는 소리와 함께 나는 아련한 추억에 갇혔다. 풋사랑의 아스라한 장면들이 나를 에워쌌고, 나는 추억의 미로에서 길을 잃었다.

　　고등학교 2학년 때였다. 공부는 핑계일 뿐, 작은 도시에 달랑 하나뿐인 문화원 부속 도서관을 주 무대로 시시껄렁한 무용담을 만들던 철부지 시절이었다. 어느 날 도서관에서 우연히 내 앞자리에 앉은 한 여학생의 얼굴을 마주한 순간 나의 가슴앓이는 시작되었다. 나는 며

칠 간의 궁리 끝에 여학생에게 말을 붙였다. 에로스 신이 도우셨는지 이틀쯤 지나 용케도 나는 그녀의 귀갓길 동반자가 될 수 있었다. 대로변을 지나 어둡고 고요한 골목 끄트머리에 그녀의 집이 있었다.

그 후로 만남이 이어졌고, 그날도 우리는 시내버스에서 내려 가로등이 환히 켜진 대로를 벗어나 그녀의 집으로 가는 어둡고 좁은 골목으로 접어들었다. 골목 어귀에는 전봇대 끝에 매달린 갓 씌운 가로등 하나가 희미한 빛을 뿌리고 있었다. 정류장에서 집 앞까지 가는 동안 무슨 이야기를 나누었는지는 전혀 기억나지 않는다. 다만 눈 깜짝할 새 그녀의 집 앞에 도착했고 그 사실에 둘 다 놀랐던 기억만은 생생하다. 그녀는 잠시 망설이다 몸을 돌렸다. 이번엔 정류장까지 그녀가 나를 바래다주기로 했다. 우리는 걸어온 골목을 되돌아가기 시작했다.

외등 하나만 희미하던 어두컴컴한 골목이 미로처럼 우리를 가두었다. 우리는 그 구불구불한 그러나 열린 미로 속에서 방황했다. 시간이 사라졌고 세계가 사라졌다. 우리가 다시 현실로 돌아온 때는 그녀가 문득 걸음을 멈추고 몸을 돌려 나를 올려다보던 순간이었다.

"집에 들어가야 할 시간이 한참이나 지났어요."

그녀가 시계를 쳐다보곤 아쉬움으로 맥이 풀린 표정을 지었다. 그녀는 짧게 손을 흔들며 집으로 들어갔고 나는 머뭇거리다 발걸음을 돌렸다. 천천히 골목을 돌아 나와서야 비로소 주변의 풍경들을 의식할 수 있었다. 구불구불한 골목을 따라 서 있는 높고 낮은 담장들, 담장 너머의 늙은 나무들과 오래된 지붕들, 내 발소리에 놀라 컹컹 짖어

대는 개들. 바로 그 골목에서 우리는 처음 포옹했고 떨면서 입을 맞추었다. 마치 몇 십 년 후 어느 골목의 낯선 연인이 그랬던 것처럼.

그 어둡고 비좁은 골목은 풋사랑의 꿈 같은 시간들을 깊은 침묵의 시선으로 응시하면서 자신의 기억 속에 간직했을 것이다. 그리고 그 골목을 찾는 누군가에게 소리 없이 이야기를 들려주었을 것이다.

세월이 흘러 다시 그 장소를 찾았을 때는 동네 전체가 사라지고 없었다. 포클레인의 무자비한 팔들이 집과 나무와 골목 그리고 그곳에 켜켜이 쌓여 있던 기억과 추억들까지 모두 파내고 뒤엎고 밀어낸 후에 시멘트와 콘크리트 성곽들을 세워놓은 것이다. 기하학적으로 뻗은 길들, 차갑고 냉정한 입방체 건물들, 밤낮없이 쏟아지는 눈부신 빛들. 그 속에서 나는 거기에 남겨놓았던 시간의 단 한 조각도 발견할 수 없었다. 내 생애 가장 아름다웠던 시간들은 폐허가 되고, 파괴된 시간의 폐허 위에 높이 솟아 있는 오만하고 고집스런 미래들만 보일 뿐이었다. 과거를 살해하고 과거를 부정하고 오직 단 하나의 시간 차원만을 가진 깊이 없는 물질들의 거대한 축적물들…. 시간이 죽고 과거가 죽고 그 자리에는 가차 없는 새로운 시간이 들어선다. 과거는 없고 오직 미래를 향해서만 열리는 시간. 그곳에는 시간과 삶이 아니라 기하학처럼 차갑고 냉정한 대낮의 오성이 들어선다. 나는 그런 장소들을 단호하게 '죽음의 장소들'이라고 부른다. 과거를 완전히 지워버린 장소, 공적인 사무와 냉정한 계산과 시공간을 지배하려는 음흉한 자본의 욕망들만이 난무한 장소다.

어린 시절에 살던 고향집도 깊은 골목 어귀에 있었다. 달빛마저 숨은 캄캄한 밤, 아버지가 술 심부름을 시키면 대문 앞에 하염없이 서 있기만 하던 그 어둑한 골목. 어느 집 담벼락에 온통 낙서를 하고는 줄행랑을 치거나 친구들과 술래잡기를 하며 놀던 그 골목에는 그 시절의 기쁨과 슬픔이 고스란히 적혀 있고, 나의 작은 생은 거기서 이루어졌다.

내가 골목을 사랑하는 까닭은 그런 애틋한 기억과 향수를 불러일으키기 때문이다. 골목에는 흘러가버린 시간들이 흥건하게 고여 있다. 대낮에도 골목 바닥과 맞은편 담장에 드리워진 그림자들은 흘러간 시간이 드리우는 그림자들이다.

비좁은 골목을 걸으면 어느새 길을 잃어버리기도 하고 지금이 아닌 다른 시간과 조우하기도 한다. 골목 여기저기에서 잃어버린 시간들, 기억 속에만 남아 있는 삶의 흔적들 혹은 우리가 경험하지 않은 누군가의 삶의 잔향들이 불쑥불쑥 모습을 드러낸다. 그래서 골목은 어린 시절 연필심에 침을 발라가며 꾹꾹 눌러 쓰던 낡은 일기장과도 같다. 과거 없이 기억 없이 이루어지는 삶은 없다. 나는 삶이 궁극적으로 우리를 위해 예비해놓은 것은 미래가 아니라 과거일 것이라고 믿는다. 돌이킬 수 없는 것은 돌이킬 수 없고, 붙잡을 수 없는 것은 붙잡을 수 없다. 그러나 기억과 추억 그리고 향수는 돌이킬 수 없고 붙잡을 수 없는 것들 너머에 있는 그 무엇에게로 우리를 데려가준다.

내가 과거의 홍대 거리를 사랑했던 이유는 오래된 골목들을 거느리고 있었기 때문이다. 이제는 그 골목들마저도 점점 추방당하고 있다. 가끔씩 그곳에 들를 때마다 과거가 지워지고 있는 것을 본다. 즐겨 찾던 떡볶이 골목들이 철거되고 오래된 집들이 허물어지고, 그 빈자리에 매끈하고 모던한 건물과 가게들이 들어선다. 휘황한 조명과 소음, 온갖 도시에서 몰려온 듯한 들썩이는 사람들의 물결이 고요한 시간들을 지워버린다. 인사동 거리와 북촌 한옥마을이 점점 더 세련되어가는 것을 나는 불편한 시선으로 바라본다. 우리는 속절없이 과거 없는 텅 빈 미래로 내쫓기고 있다.

골목을 사랑하는 사람은 삶을 느끼고 이해하는 사람이다. 그런 사람과 천천히 골목을 걸으며 추억을 이야기하고 싶다. 아니면 오늘 같은 날 혼자 어둠이 내리기 시작하는 골목을 하염없이 걸으며 오래도록 길을 잃어보고 싶다.

나르키소스의 거울

프랑스의 모럴리스트 라 로슈푸코La Rochefoucauld 는 세심하고 끈질긴 관찰과 연구 끝에 인간의 본성을 '자기애'라고 규정했다. 현대의 철학자 에마뉘엘 레비나스Emmanuel Levinas 역시 인간을 '자기애의 십자가에 못 박힌 존재'라고 이해했다.

모든 인간은 자기 자신에게 포로처럼 사로잡혀 있다. 그리스 신화에서 저주받은 나르키소스는 샘물에 비친 자신과 사랑에 빠지고, 자아라는 환영과 자신이 분리되어 있다는 고통을 이겨내지 못한다. 그로 인해 죽지 않는 나르키소스의 삶은 온통 고통과 절망으로 가득 차게 된다.

나르키소스의 이야기는 자신을 의식하는 자아를 가진 인간의 고통에 대한 신랄한 고발이다. 나르키소스적 존재에게 이 세계는 자아의 반사이거나 자아의 연속 혹은 확장에 불과하지만 자아의 연속인 세계가 자신의 통제를 넘어선 객관성으로 압도해올 때 자아는 자기분열적인 고통에 빠진다.

프로이트Freud의 자아 삼각형, '이드id-에고ego-슈퍼에고super ego'라는 구조는 결국 나르키소스 우화의 논리적인 재해석에 불과하다. '에고-자아'는 본능과 세계 사이에서 분열한다. 초자아는 자아의 단순한 확장이 아니라, 자아를 억압하고 불신하고 구속하는 통제 불가능한 거대한 벽이다. 관념적 유아론은 거대한 객관성을 가진 이 세계 앞에서 좌절하고 파산한다.

레비나스는 생의 근원을 붓다나 쇼펜하우어Schopenhauer처럼 '고통douleur'이라고 보았다. 피난처가 존재할 수 없고 도피할 곳이 없다는 것이 고통의 존재론적 조건이다. 그것은 모든 가능성을 좌절시키는 파국적인 재앙과도 같다. 그러나 레비나스는 바로 그러한 도피 불가능성, 일종의 난파에서 자유의 가능성을 발견하고자 했다. 인간은 고통 속에서 전적으로 삶과 존재로 내몰리기 때문이다.

마찬가지로 현상학자인 미셸 앙리Michel Henry에게도 고통은 존재론의 토대가 된다. 그는 이렇게 쓴다.

모든 삶은 수난이다(La Vie est une Passio).

인간에게 고통은 원초적인 것이며 선험적인 조건이기도 하다. 고통은 또한 그 개인에게만 고유하게 내속하기 때문에 삶은 그토록 내밀한 것이다.

고통의 존재론은 고통을 필연적인 것으로 이해하므로 인내하고 견뎌내야 마땅한 시련으로 본다. 미셸 앙리의 표현을 빌리자면 '자기-시험대'다. 이것은 고통의 영웅주의적 정당화. 고통을 겪음으로써 비로소 검증되는 윤리학적 영웅주의. 바로 여기에는 자신의 힘을 시험하기 위해 극한의 고통까지도 요구하는 니체Nietzsche의 목소리가 울려 퍼진다.

그러나 역설적이게도 인간의 본성은 고통보다 쾌락과 향유를 갈망한다. 프로이트가 쾌락 원칙이라고 불렀고, 고대 쾌락주의자들이 윤리학적 원칙으로 삼았던 그것. 결국 삶의 존재론적 딜레마는 쾌락에 대한 주관적 갈망과 쾌락보다는 고통을 강요하는 현실 원칙들 사이에 완전한 화해가 불가능하다는 사실에 있다. 어쩌면 그런 화해 불가능성이 인간의 자유를 제한하는지도 모른다. 자아는 이드와 초자아 사이에서 영원히 흔들리는 것이다.

프로이트의 비관주의가 탄생하는 지점이 바로 여기에 있으며 자크 라캉Jacques Lacan이 실재에 도달할 수 없다고 말한 까닭도 여기에 있다. 그 때문에 유토피아는 영원히 실현할 수 없는 꿈이다. 결국 문제는 자아를 가진 나르키소스의 숙명이다. 삶의 자발성과 능동성을 확보하는 문제는 궁극적으로 그러한 딜레마를 어떻게 조화시키느냐, 어떻게 균형을 잡느냐에 달려 있다.

우리가 생각할 수 있는 가장 훌륭한 존재양식은 삶 자체를 희극적인 연극 무대로 가정하고 스스로를 능란한 배우처럼 타자화 시키는 것인지도 모른다. 자기 자신을 연극배우와 관객으로 분리시키고 연극 무대에서 하나의 연극을 완성시켜가듯 삶을 만들어가는 것이다. 그러면 고통조차도 마치 연극의 한 장면을 바라보듯이 받아들이게 될 테니까.

비록 허구의 인물이지만 그런 삶을 살아갈 수 있었던 유일한 인물은 바로 세르반테스Cervantes의 '돈키호테'가 아닐까? 현실을 살아가는 인간들은 삶에 대해 필요 이상으로 진지하고 자기애와 허영심에서 끝내 벗어나지 못하기 때문이다. 허영심을 완전히 벗어던질 수 있는 인간은 드물다. 자아라는 것은 양파와도 같다. 껍질을 벗기고 나면 거기엔 아무것도 남지 않는다. 그러나 우리는 마치 그리스 신화에서 지구를 떠받치는 아틀라스처럼 자아라는 거대한 짐을 떠받치며 살아간다. 프랑스 작가 에밀 시오랑Emile Cioran은 "우리는 육체를 끌고 다니는 수고를 면제받았어야 옳았다. 자아라는 짐만으로도 충분하니까"라고 말하지 않았던가.

의식을 가지지 않는 것만이 인생을 살아갈 수 있는 요령이고, 삶의 원칙이다. 그것은 자아를, 개체로 분화된 불행을, 오직 차력사에게나 주어졌어야 옳음 직한 대면하기 두렵고 힘든 의식이 깨어 있는 상태를 견뎌낼 수 있는 유일한 구제책이다.

장자는 '좌망坐忘'이라는 단어를 썼다. '앉아서 자기를 잊고 모든 분별과 자아를 망각하는 상태, 꿈도 꾸지 않고 잠드는 것 같은 상태로 존재한다'는 뜻이다. 그러나 불면에 빠진 자는 다시 나르키소스의 운명으로 되돌아간다. 환하게 검은 밤의 매혹에 속박된 채 텅 빈 허공에 비친 자아와 대면하면서 눈을 뜬 채 꿈 아닌 꿈으로 빠져든다. 새벽의 부윰한 빛이 소리 없이 밤의 커튼을 걷어 올릴 때까지.

불빛에 매혹당해 날아드는 불나방들처럼 불면에 매혹당하는 자들이 있다. 샘물 속으로 뛰어들지 않고 고통을 감내하는 나르키소스들이 있다. 일상의 분망함 속에서 잃어버리고 흐릿해져버린 자아의 얼굴을 내보여주는 건 오직 불면뿐이다.

상처받는 존재

전화가 걸려온다. 수화기 건너편에서 눈물을 참느라 억눌린 목소리가 들려온다. 떨리는 목소리는 점차 나지막한 울음소리로 바뀌고 나는 그저 "힘든 일이 있었구나." 하는 말만 하고는 침묵으로 물러난다. 떨면서 건너오는 목소리엔 상처로 인한 슬픔과 아픔, 고통이 켜켜이 쌓여 있다. 그래도 귀를 기울여주는 것만으로도, 누군가가 곁에 존재한다는 사실만으로도 때로는 위로가 된다는 걸 알기에 나는 상대방의 손을 잡아주듯 수화기에 최대한 가까이 대고 귀를 기울인다.

긴 통화가 끝난 뒤 나는 잠시 멍하니 생각에 잠긴다. 우리는 이 짧은 생에서 얼마나 많은 상처를 끌어안고 살아가야 하는가? 나는 타인들과 얼마나 많은 상처를 주고받고 있는가? 상처 없는 생이 불가능하다면 상처와 더불어 어떻게 살아가야 하는가?

　인간은 누구나 영혼의 내벽에 상처를 안고 산다. 아담과 이브가 에덴에서 추방되는 그 순간부터 인간은 상처를 안고 살아가도록 운명 지어졌다. 남자는 먹다 남은 사과 조각이 목 한가운데 박혀 있고, 여자는 자궁 속에 가늠하기 어려운 미래의 상처를 배고 있는 것이다.

　인간은 상처받는 존재다. 상처 없이 존재할 수도 살아갈 수도 없다. 심각한 마음의 상처와 정신적 충격은 트라우마가 되어 병까지 이르게 한다. 치유할 수 없는 마음의 상처는 의식과 무의식 깊숙한 곳에 남아 끈질기게 우리를 괴롭힌다. 실패한 사랑, 결별과 상실, 사랑하는 이의 사고나 죽음 등에서 오는 상처, 부재의 경험에서 받는 마음의 골, 결코 떼어낼 수 없는 가족관계에서 오는 시달림과 스트레스, 사람들에게 당한 배신, 오해, 편견, 예기치 못한 상태에서 맞닥뜨린 온갖 불행한 사건·사고들 혹은 타인보다 못하다고 느껴지는 외모, 신체조건, 경제적·사회적 위치, 성격적인 결함으로 인한 불만, 무능력에 대한 자괴감…. 이 모든 것이 우리 마음을 조금씩 찢어놓는다. 그러나 우리는 필사적으로 그 상처를 숨긴다. 심지어 자기 자신에게조차 상처를 숨기려 애쓴다. 자존심 때문에 혹은 부끄러운 상처 자국을 들킬까 봐, 행여 상처 위에 또 다시 생채기를 내게 될까 봐 두려워서 영혼의 깊고 어두운 무의식 속에 상처를 숨겨버린다. 그러나 아무리 숨기고 또 숨겨도 무의식이 어떤 형태로든 귀환하듯 상처의 흔적은 끝내 드러나기

마련이다.

지금껏 나는 크고 작은 마음의 상처에 시달리는 많은 사람들을 만났다. 나 역시 사람들에게 무수한 상처를 주었고 상처를 받기도 했으며 나로 인해 누군가가 상처를 받았다는 사실을 알고 또 다시 마음의 상처를 받기도 했다. 누구나 의식적으로든 무의식적으로든 타인과 상처를 주고받으며 살아가는 것이 삶이다. 상처는 마음속에서 굳어버린 응어리이며 심장에 박혀버린 돌이다. 돌을 끄집어내기는 결코 쉽지 않다. 때로는 무의식 깊은 곳에 돌이 박혀 있기 때문에 발견하지 못하는 경우도 많다.

마음의 상처는 사람을 바꾸어놓는다. 행동하는 방식과 언어와 태도를 바꾸고 사람들과의 관계마저도 바꾸어버린다. 그런데도 많은 사람들이 적극적으로 상처를 치유하려고 노력하는 대신, 그것을 안으로 숨기고 아무렇지도 않은 척 위장하는 쪽을 택한다. 어떻게 하면 상처의 포로가 되지 않고 극복하거나 혹은 상처와 더불어 살아갈 수 있을까?

상처에 대항하는 방식은 실로 여러 가지다. 그중 상처를 치유하고 극복하는 가장 탁월한 방식은 자기 자신을 끌어안는 것이다. 즉 자기에 대한 자부심을 되찾는 것이다. 상처는 쉽사리 콤플렉스가 되고 우울증과 신경과민, 세상과 타인들에 대한 피해의식을 낳는다. 내면으로만 더욱 침잠하려는 경향, 자기를 고립시키려는 대인공포증으로 나타나기도 한다.

이를 극복하기 위해서는 그 상처를 적극적인 에너지로 전환시켜야 한다. 수많은 예술가와 사상가들은 내면에 각인된 상처를 극복하기 위한 치열한 노력 끝에 위대한 작품들을 남겼다. 괴테는 친구의 약혼녀인 샤를롯데Charlotte를 연모했다. 불가능한 연모의 감정, 이룰 수 없는 사랑으로 인한 마음의 상처와 고통을『젊은 베르테르의 슬픔Die Leiden des jungen Werthers』이란 작품을 쓰며 극복할 수 있었다. 문장과 이야기에 자신의 상처를 전이시켰던 것이다. 정작 이야기 속의 베르테르는 롯데로 인한 상처를 극단적으로 내면화시킨 끝에 격정의 포로가 되어 자살에 이르고 만다.

글쓰기를 하건 다른 창조적인 일을 하건, 진정으로 집중할 수 있는 무언가를 발견하고 최선을 다할 때 그리고 거기에서 성취감을 얻을 때 마음의 상처는 비로소 치유된다. 이것은 상처를 내면화시키는 것이 아니라 외면화시킴으로써 극복하는 방법이다. 사랑의 상처도 마찬가지다. 사랑의 상처를 극복하는 최선의 방법은 다른 사랑을 찾아 열정을 쏟는 것이다. 새로운 대상과 사랑을 주고받음으로써 상처는 치유될 수 있다. 그러나 많은 이들이 상처를 극복하는 대신 오히려 마음속에서 상처를 극대화하는 경우가 많다. 스스로를 사람들로부터 고립시켜버리거나 타인들과 관계에서 수동적이고 방어적인 태도로 일관하는 것이다. 다시 상처받을지도 모른다는 두려움을 공격성으로 표출하는 것 또한 그러하다. 이는 상처받은 그 상태로 마음의 문을 닫아버리는 것이다. 닫혀버린 마음속에서 상처는 더욱 부패하고 증식한다.

3. 삶, 내가
존재하는
순간들

193

마치 바람이 통하지 않는 뜨거운 방 안에 놓아둔 과일처럼 상처는 곪은 끝에 문드러지고, 온몸으로 퍼져 나간 끝에 그 자신을 죽음에 이르게 한다. 그래서 상처받은 영혼은 위험하다. 자기 자신을 위기에 빠뜨리고 타인들에게도 상처를 주게 된다. 누군가 그 상처를 조금이라도 건드리거나 섣불리 다가가면 잔혹한 분노를 터뜨리거나 관계 자체를 단절시켜버리기도 한다. 자존심과 무의식적인 수치심을 건드렸다는 이유로 무의식이 거칠게 투쟁하는 것이다. 그러다 보면 대인관계가 점점 더 어려워지고 스스로를 더욱 더 고립된 섬으로 만들어버린다. 그렇게 해서 얻는 것이라곤 의지할 곳 없는 영혼의 외로움과 고독이다.

마음에 상처가 있으면 있는 대로 상처를 수락해야 한다. 과거와 현재를 끌어안고 상처 또한 나의 일부임을 인정하는 것이다. 그러한 긍정의 태도로 마음의 문을 열고 타인들과 세상으로 걸음을 내딛어야 한다. 상처받기를 두려워해서는 사랑도 일도 사회관계도 아무것도 할 수 없다. 인간의 감정과 열정은 불가피하게 한계에 부딪치게 되어 있다. 인간이 약한 존재인 것은 바로 그 상처받을 가능성 때문이다. 나는 이 상처받음 혹은 상처받을 가능성이야말로 인간이 지닌 가장 근원적인 삶의 조건이라고 생각한다. 인간이 타인과 더불어 살아야 하는 필연적 이유도 바로 거기에서 찾아야 한다. 여기에서 우리는 타자에 대한 고통의 감수성을 가질 보편적 토대를 발견하게 된다. 우리는 상처받을 가능성 속에서 모두 하나다. 또 상처는 어떤 의미에서는 삶을 내면적으로 더 풍요롭게 해주는 열정의 에너지이기도 하다. 신이 인간에게 망각이란 선물을 준 까닭은 인간이 얼마나 쉽사리 상처를 받고 그로 인해 치명적인 고통을 겪을 것인지를 알았기 때문이다. 동시에 신은 인간에게 그 상처를 극복할 내적인 힘도 부여해주었다. '망각하는 능력'과 '노력하는 힘'은 마음의 상처를 지닌 인간이 신에게서 받은 두 가지 선물이다.

인간은 상처와 상처받을 가능성 때문에 누구든 동정과 연민의 가치가 있다. 아리스토텔레스Aristoteles가 비극 장르의 효과를 공포와 연민의 감정에서 찾은 것은 탁월한 판단이었다. 연민의 감정은 타인들도 나와 마찬가지로 고통과 상처를 받는다는 사실을 받아들이는 데서 오는 사회적 감정이다. 나는 신이 인간을 사랑한다면 그 사랑 또한 근본적으로 연민에서 우러나온다고 생각한다. '슬픔과 비탄의 계곡'인 생에서 세상의 모든 타인들은 나처럼 상처투성이다. 이에 대한 자각으로부터 나는 다른 사람들을 사랑할 수밖에 없는 책임감을 느낀다. 이성이 아니라 마음으로.

삶의 선행성과 외재성 원리

어느 시인은 "오, 삶이여. 나는 너를 사랑하지만 매일 같이 사랑하지는 않노라." 하고 노래했다. 하지만 모처럼 촉촉한 비가 내리는 날엔 이 삶을 사랑하지 않을 도리가 없다. 볼테르Voltaire는 『깡디드Candide』라는 소설에서 "인간은 불안의 경련 속에서 살든가 아니면 권태의 마비 상태에서 살아가도록 태어났다"고 말한다.

삶을 끌어당기는 두 개의 극. 어쩌면 인간은 그 두 극의 바깥으로 벗어날 수 없을지도 모른다. 아무리 삶을 사랑한다 해도 모든 날을 사랑할 수는 없다. 시무룩한 날도 있고, 짜증나고 너무 설워 눈물이 왈칵 쏟아지는 날도 있다. 너무 행복한 나머지 딱 그 순간 죽어버렸으면 좋겠다는 날도 있다. 하루하루가 어제와 똑같아서 마치 기계로 찍어낸 붕어빵 같은 느낌에 질식할 것 같은 날도 있다. 걷잡을 수 없는 흥분과 열망에 스스로를 파괴해버리고픈 충동에 휩싸이는 날도 있다. 게다가 우리의 소박한 희망과 소망조차 얼마나 자주 우리를 배신하는가? 루크레티우스Titus Lucretius Carus는 다음과 같은 시구를 남겼다.

> 우리가 소망하는 것을 얻지 못한 동안 그 가치는 모든 것을 능가하는 것처럼 보이지만, 막상 그것을 얻고 나면 곧 그것은 다르게 보이고 비슷한 욕망이 우리를 다시 사로잡고 말아 우리는 언제나 생을 갈망한다.

마치 술과 담배에 중독되듯, 우리는 생에 중독되어 있다. 하루하루가 다르면서도 같고, 같으면서도 다른 나날로 우리의 하늘 위를 지나간다. 우리는 모두 『천일야화千一夜話』의 세헤라자데Scheherazade 왕비가 들려주는 끝없는 이야기를 들으며 불면의 밤을 지새우는 샤푸리야르Schahriar 왕이다.

삶은 거부할 수 없는 유혹이다. 중요한 것은 그 유혹 앞에서 소심한 겁쟁이, 인생의 환관이 되지 않는 것이다. 진부함과 통속성, 안일성 그리고 탐욕에 무릎 꿇지 않는 것이다. 획일적이고 동일하고 평준화된 삶을 강요하는 세상의 편협함에 순응하지 않는 것이다.

러시아의 작가 니콜라이 고골리Nikolai Gogol는 『광인일기Zapiski sumasshedshego』에서 근대 사회의 저속성과 대중성을 격렬하게 비난하면서 그런 인간들을 '하찮은 것들'이라고 이름 붙였다. 고골리에 따르면 특징 없이 왜소하게 평준화된 대중 혹은 개인들은 '잿빛의 인간들' 이다. 왜냐하면 그들의 의복, 얼굴, 머리, 눈 모두가 사물들의 윤곽들 이 안개 속에 희미하게 드러나는, 뇌우도 없고 햇빛도 없는 불확실한 날들처럼 회색빛의 흐릿한 모습을 하고 있기 때문이다.

삶의 선행성과 대립하는 것은 후행성이 아니라 '외재성'이다. 선행 성의 원리만 추종하는 삶은 결국 고골리가 말한 잿빛 삶의 형식으로 굴러떨어질 위험이 있다. 선행성의 원리란 능률과 생산의 합리성만 을 따지는 냉혹하고 계산적인 컨베이어벨트 시스템으로 삶의 시간을 조직하는 형식이다. 그것은 결국 삶 전체를 기계적 차가움, 톱니바퀴 의 냉혹함 속으로 밀어 넣기 때문이다. 선행성의 원리는 마치 대형 행 사장의 안전요원처럼 노심초사하고 전전긍긍하면서 미래를 꼼꼼하고 완전하게 통제하려 한다. 불안과 위험요소를 제거하는 데 심혈을 기 울이지만 그런 완벽주의란 결국 소심함의 발로일 뿐이므로 삶은 불안 과 권태 사이를 끊임없이 오간다. 반면 외재성의 원리는 천 길 낭떠러 지에서 머물 수 있는 용기와 죽음을 두려워하지 않는 박력을 요구한 다. 파스칼 키냐르는 예술가와 비평가의 차이를 죽음을 불사하는 용 기에서 찾았다. 한 걸음 더 내디딜 수 있는 힘, 삶에서 언제 찾아들지 모르는 돌발사태, 위험, 재난 그리고 모험적인 도전을 피하지 않으며 경계인이나 이방인이 되기를 두려워하지 않는 삶, 시스템 바깥에 서 는 삶과 자신을 조직하는 능력이 바로 예술인의 삶이다. 세속적 시간인 크로노스의 지속적인 힘을 단칼에 베어내는 카이로스적 시간성에 속하는 삶의 원리, 그것이 바로 외재성의 원리다.

1850년, 테오필 고티에Theophile Gautier는 이렇게 외쳤다. "갑갑하기보다는 차라리 야만성을!" 야만성이 지나치다면 '야생성'으로 대체할 수 있을 것이다. 삶이 경이로울 수 있는 것은 야생성, 외재성의 원리가 작동하기 때문이다. 삶이 오로지 필연적인 것들로만 채워진다면 거기에 무슨 경이가 있겠는가?

밀란 쿤데라의 말처럼 우연적인 것들만이 신비롭다. 외재성의 원리는 삶 전체를 일종의 주사위 던지기 놀이로 만든다. 생에서 중요한 것은 성패가 아니라 '주사위를 던질 수 있느냐 없느냐?' 하는 것이다. 그런 것이 삶이다.

조제

벽오동 나무 아래 사는 늙은 스승을 찾아온 제자가 있었다. 새들이 지저귀는 벽오동 나무 그늘 아래서 스승과 제자는 대화를 나눈다. 제자가 도道의 미묘한 움직임에 대해 겸손한 어조로 묻는다. 스승은 커다란 그늘을 드리운 늙은 벽오동 나무를 말없이 올려다보다 조용히 입을 연다.

누가 그걸 알겠는가? 그 미묘하고 무궁한 변화를 어떤 말로 설명할 수 있겠나? 꿈에 술을 마시고 즐기던 사람이 아침에는 곡을 하며 울고 꿈에 곡을 하고 울던 사람이 아침에는 사냥을 나가 즐기네. 한창 꿈을 꿀 때엔 그것이 꿈인 줄 알지 못하고 꿈속에서 그 꿈을 점치다가 깨고 난 후에야 그것이 꿈인 줄 안다네. 또한 크게 깨달은 뒤에라야 그것이 큰 꿈인 줄 안다네. 우리는 모두 꿈을 꾸고 꿈을 꾼다고 말하는 나도 꿈을 꾸고 있네. 나는 이런 말을 일컬어 조궤(弔詭)라고 한다네.

『장자莊子』 내편 「제물론」에 나오는 이야기다. '조궤'란 지극히 기이하고 수수께끼 같다는 말이다. 풀이하면 극도의 속임수 같은 기이한 궤변이라는 말이다. 종잡을 수 없는 말, 이치에 닿지 않는 말, 해독 불가능한 고대 문자 같은 말이라는 뜻이다.

기나긴 세월이 흐른 뒤에라도 그 말의 신비를 이해하는 사람이 나타난다면 그것은 아침에 만났다가 저녁에 또 만나듯이 대단히 일찍 만난 것이라고 늙은 스승은 말한다. 이윽고 스승은 입을 다문다. 그러고는 고개를 들어 높고 푸른 하늘을 올려다본다. 제자는 스승을 향해 허리를 한 번 숙이고는 덩달아 하늘을 올려다본다. 새들이 지저귀고 하늘은 구름 한 점 없이 푸르다.

아득하게 길고 긴 세월이 흐른 후, 나도 그 스승과 제자처럼 문득 하늘을 올려다본다. 그들이 보았던 하늘처럼 내 눈에 스며드는 하늘도 푸르다. 천공은 변함없이 침묵하면서 그 자리에 머물고 있다. 나는 그 푸르름 속으로 사라진다.

서로 이해하지 못하는
어휘들의 목록에 관하여

당신은 입술을 열어 단어들을 발음한다. 그 순간 나는 불안을 느낀다. 나는 당신이 입 밖에 낸 그 단어를 오독할까 두렵다. 당신은 손을 뻗어 달을 가리키지만 나는 고작 손가락만을 바라보고 있는 건 아닌지 저어한다. 당신은 난해한 언어를 구사하는 시인이지만 나는 언제나 서툰 독자일 뿐. 나는 주저하고 머뭇거린다. 나 자신이 마치 형편없는 통역사가 된 듯한 절망감에 사로잡힌다.

우리는 서로를 오해하고 있는지도 모른다. 서로의 과녁을 맞히지 못한 채 마구 화살을 쏘아대고 있는지 모른다. 영혼은 저마다 다른 색감으로 이루어진 외국어사전이며 우리는 언어의 그림자들이다. 그래서 영혼의 비밀은 언어의 비밀이다.

살아온 시간의 역사와 기질, 취향이 전혀 다른 영혼들 사이에서 어떻게 소통이 가능할까? 각자의 영혼 속에 들어 있는 고유한 어휘사전을 우리는 어떻게 읽어낼 수 있을까? 사랑, 정치, 신, 종교, 인생, 남자, 여자, 행복, 겨울, 눈, 음악 등 우리는 세상의 모든 단어에 각자 다른 의미를 부여하며 살아간다.

언어의 차이는 매혹의 원인이자 동시에 파국의 원인이기도 하다. 최초의 매혹은 메울 수 없는 심연의 간극을 확인하는 슬픔과 좌절 속에서 스러진다. 밀란 쿤데라의 소설 『참을 수 없는 존재의 가벼움The Unbearable Lightness of Being』을 떠올린다. 연인 사이가 된 프란츠와 사비나. 평화로운 민주주의 사회에서 학문에만 열중해온 프란츠와 사회주의적 통제하에서 갑갑한 삶을 살다 탈출해온 여류 화가 사비나. 프란츠는 '여자'라는 단어에 대해 충실성을 떠올린다. 반면에 사비나는 고통을 떠올린다. 프란츠에게 '음악'은 디오니소스적 열광과 도취를 뜻하지만 사비나에게는 끔찍한 군대식 행진곡이나 도처에 편재하는 소음덩어리를 연상시킬 뿐이다. '행렬'이란 단어에서 프란츠는 저항하는 시위 같은 낭만적인 혁명의 아우라를 보지만 사비나는 힘겹게 탈출해야 했던 잔혹한 체제의 야만성만을 떠올린다. 프란츠와 사비나 사이에서 각각의 단어들은 결코 공유되지 않는다. 너무 다른 환경과 경험이 빚어내는 필연적인 언어적 어긋남이 두 영혼을 사정없이 분리시킨다. 두 사람의 영혼은 쉽게 교집합을 찾지 못하고 결국 사비나는 프란츠 곁을 떠난다.

어째서 사비나는 프란츠에게 언어의 차이를 설명하고 이해시키려는 노력을 하지 않았을까? 차이를 이해시키는 소통이 불가능하고 무의미한 노력이라고 생각했기 때문일까? 혹은 그런 노력을 쏟을 만큼 그를 사랑하지는 않았던 것일까?

버지니아 울프Virginia Woolf는 소설 『댈러웨이 부인Mrs. Dalloway』에 이렇게 썼다.

> 하기야 매일 같이 사는 사람에 대해서도 우리는 아무것도 모르잖아요. 우리 모두는 그저 자기 감옥에 갇힌 죄수일 뿐이죠. 자기가 갇힌 감방 벽을 손톱으로 긁어대는 한 남자에 관한 훌륭한 희곡을 읽은 적이 있어요. 그게 인생이죠. 자기가 갇힌 감옥 벽에다 손톱자국을 내며 사는 것.

나는 엠마 보바리를, 클라리사를, 안나 카레리나를 그리고 나 자신을 생각한다. 자기가 갇힌 감옥 벽에다 손톱자국을 내며 사는 이들. 욕망과 감정이 우리의 내면을 지배할 때 우리는 과연 어디에 있는 것일까? 스피노자는 욕망의 대상보다 욕망이 앞서 존재한다고 이해했다.

현실과 타자는 결국 자아의 욕망과 감정이 빚어내는 환영이다. 그렇다면 우리는 어떻게 타자에게 다가가고 타자와 진정으로 소통할 수 있을까?

나의 욕망과 감정을 앞세우지 않고 먼저 타자의 욕망과 감정에게

다가가 말을 걸 수 있다면, 그 영혼의 깊은 바닥을 헤아릴 수 있다면 우리는 타자에게 진실로 다가서게 되는 것일까? 서로가 그렇게 할 수만 있다면 영혼의 소통이 가능해질까?

만일 사랑이 서로 다른 언어를 이해하고 의미를 조화시키려는 노력이 아니라면 도대체 사랑이란 무엇일까? 우리에게는 사랑의 열정보다 우리를 지배하는 언어의 힘이 더 큰 것일까? 하물며 사랑이라는 이름으로 불리는 이 아름다운 단어조차 의견의 일치를 구하기가 얼마나 어려운가? 우리는 언어의 어느 지점까지 서로를 받아들일 수 있는 것일까?

국화 앞에서

　11월의 첫날, 느지막이 일어나니 찌뿌둥한 몸처럼 하늘도 흐릿했다. 책을 읽다 마당으로 나갔다. 어제는 화단에 물을 주지 않았던 것이다. 고무호스로 해바라기며 아주까리며 크고 작은 국화 화분에 듬뿍 물을 뿌렸다. 작년 봄에 옮겨 심은 국화에 문득 눈길이 머물렀다. 작년 가을에도 겅중거리듯 키만 클 뿐 끝내 꽃봉오리를 터뜨리지 않아 나를 실망시켰던 국화봉오리가 수줍은 듯 선홍빛을 내밀고 있는 것이 아닌가!

　나는 호스를 바닥에 팽개친 채 몸을 기울여 국화를 들여다보았다. 대여섯 개의 꽃봉오리가 터져 선홍빛 꽃이 피어 있었다. 일주일 전부터 봉오리가 맺히기 시작하기에 올해는 한 송이라도 꽃을 피울까 못내 초조하게 기다리던 터였다. 코를 가까이 대고 향기를 맡아보기도 하고, 꽃잎에 살짝 손을 대어보기도 했다. 오랜 기다림 끝에 마침내 피어난 꽃이어서 그 반가움과 기쁨은 이루 말할 수가 없었다. 날씨가 갑자기 추워지지만 않는다면 꽃들은 한층 더 아름다운 자태를 드러낼 것이었다.

탁자 위에 올려놓은 국화 화분들도 다시 살펴보았다. 소담스럽게 피어 있던 백자색의 흰 대국화 꽃이 어느새 가장자리가 보랏빛으로 물들어 있는 게 아닌가! 나는 그 아름다움을 이기지 못하고 아예 화분을 들고 거실로 들어왔다. 물걸레로 흙과 먼지가 낀 화분을 정성스레 닦고, 청자 문양이 들어 있는 접시에 올려서는 책 읽는 교자상 맞은편 자리에 모셔두었다.

그 옛날 국화를 사랑했던 한 선비는 보름달이 휘영청 뜬 어느 가을 밤, 자신이 아끼는 여섯 개의 국화 화분들을 벗인 양 술상까지 내놓고 마주 앉아 대작을 했다던가. 나는 술 대신 녹차를 달여 내놓았다. 한 잔은 국선생에게 또 한 잔은 나에게 그리고 또 한 잔은 오늘에야 처음 꽃을 내민 화단의 국선생을 위하여.

대국선생 뒤 녹색 벽에는 색 바랜 산수화 족자가 걸려 있고 바로 옆엔 천장까지 빼곡히 아끼는 책과 고서들이 꽂혀 있는 서재가 있다. 기이한 인연인지 나는 정조 시대의 선비 이덕무의 『청장관전서青莊館全書』를 꺼내 읽던 참이었다. 나는 천천히 차를 마시면서 건너편에 마주 앉은 대국선생과 눈을 맞추었다. 네 개의 줄기 끝에 각각 네 손바닥을 활짝 펼친 듯 커다란 꽃이 한 송이씩 맺혀 있다. 눈부시게 희지도 않고 그렇다고 우윳빛도 아닌 그 중간의 흰빛. 백자 달항아리에서나 볼 수 있는 흰빛이라고나 해야 할까. 거기에다 가장자리 꽃잎들이 보랏빛으로 살짝 물들어 더욱 신비로운 아름다움을 보태고 있다. 줄기마다 진녹색 이파리들을 수십 개씩 달고 있는 것이 마치 수십 개의 날개를 쫙 펼쳐 창공으로 비상할 듯한 기상이 느껴지기도 한다. 초겨울에 접어들어 새벽녘이면 서리마저 끼는 이 계절에 오롯이 꽃을 피워내는 어기참은 둘째 치고, 바라볼수록 풍겨나는 그 고아한 자태가 황홀하다. 하긴 국화야말로 매화, 난초, 대나무와 함께 군자의 미덕을 상징하던 사군자 중 하나가 아니던가. 국화는 그중에서도 가을의 덕을 상징하는 꽃이었다.

나는 상에서 조금 멀찌감치 떨어져 앉았다. 깊은 산중 계곡에서 한가롭게 낚시를 드리운 외로운 은일군자隱逸君子가 그려진 고서화를 배경으로 피어난 국화 그리고 바로 그 옆 공간에서 또 다른 운치를 더해주는 서재와 상 위에 펼쳐진 옛 선비의 책을 완상하고 있자니 가슴속에서 무언가가 꿈틀거렸다. 마주 앉은 국화가 한 떨기 식물이 아니라 내가 읽고 있던 책의 작가인 청장관 선생인 듯 환영이 아른거린다. 그제야 나는 옛 선비가 국선생들과 마주 앉아 들창으로 내려앉는 달빛을 받으면서 술잔을 주거니 받거니 했던 풍류를 진정으로 이해할 것 같았다.

종회鍾會는 『국화보菊花譜』에서 국화의 다섯 가지 미덕을 이렇게 말한다.

국화에는 다섯 가지 아름다움이 있으니, 둥근 꽃송이가 위를 향해 피어 있는 것은 하늘에 뜻을 두고, 순수한 밝은 황색은 땅을 뜻하며, 일찍 싹이 돋아나 늦게 꽃을 피우는 것은 군자의 덕을 가졌음이며, 찬 서리 속에서도 꽃을 피우는 것은 고고한 기상을 뜻하고, 술잔에 동동 떠 있으니 신선의 음식이라.

중국 전국 시대, 초나라의 굴원은 국화를 정절의 꽃으로 찬양했다. 회왕懷王의 조정에서 쫓겨나 택반에서 노닐면서 "朝飯木蘭之墜露兮 夕餐秋菊之落英(아침에는 목련꽃에 떨어진 이슬을 마시고 저녁에는 떨어진 국화 꽃잎을 먹는다)"며 국화를 빌어 궁핍한 삶 속에서도 꺾이지 않는 고절한 기개를 노래했다.

중국 동진의 도연명은 벼슬을 내던지고 향리로 돌아와 그 유명한 「귀거래사歸去來辭」를 지어 "三徑就荒 松菊猶存(세 갈래 오솔길에는 잡초가 우거져도, 소나무와 국화는 여전히 그대로네)."하고 노래했다. 유난히 국화를 사랑했다고 알려진 도연명은 궁벽한 시골에서 고독하게 살아가는 자신의 모습을 종종 국화에 빗대어 노래했고, 그가 노래한 시의 한 구절은 수많은 화가들이 화제로 삼았다.

採菊東籬下 悠然見南山(동쪽 울타리 아래서 국화를 꺾어 드니 멀리 남산이 바

라보이네).

　이 시구는 시인의 마음과 풍경이 자연스레 일치되는 천하의 명구로 오랫동안 손꼽혀왔다. 새삼스레 다시 읽으니 이제야 시인의 마음이 폐부 깊숙한 곳에서부터 짠하게 전해져온다. 생각난 차에 불현듯 서가에서 세종조의 탁월한 학자이자 화가, 시인이었던 인재 강희안姜希顔이 저술한 한국 최초의 원예수양서인 『양화소록養花小錄』을 펼쳐 국화편을 찾아본다. 거기에 범석호范石湖가 쓴 「국보菊譜」 서문을 다음과 같이 인용하였다.

　　산림에 묻혀 사는 사람들이 국화를 군자에 비유하여, 가을이 되면 모든 초목이 시들고 죽는데 국화만은 홀로 싱싱히 꽃을 피워 풍상 앞에 거만스럽게 버티고 서 있는 품격이, 산사람과 은둔선비가 고결한 지조를 품고 비록 적막하고 황량한 처지에 있더라도 오직 도를 즐겨 그 즐거움을 고치지 않는 것과 다름이 없다고 말한다.

　강희안의 『양화소록』과 함께 조선 시대를 대표하는 유박柳璞의 화훼 전문서 『화암수록花菴隨錄』에서는 꽃들을 9등품으로 나누었는데 국화를 매화, 연꽃, 대나무와 함께 1등품에 등재해놓았다. 황색이 54품종, 백색 32품종, 홍색 41품종, 자색이 27품종으로 모두 154품종이 기록되어 있는데 국화를 일우逸友라 하고 금원황禁苑黃, 취양비醉楊妃, 황백학령

黃白鶴翎을 가장 우수한 품종이라고 했다. 옛 선인들의 화품평론을 다시 읽으니 그 맛이 새롭고 지극한 감흥이 절로 일어난다.

그러나 국화에 관련된 수많은 일화며 지식들이 다 무슨 소용인가. 정작 한 송이 국화를 마주하면서 도연명과 같은 시심을 갖지 못할 바에는. 유박이 말하듯 기이하고 고아한 꽃들을 스승으로 삼는 그 마음을 가슴으로 느끼지 못할 바에는. 강희안의 『양화소록』이며 도연명의 시들을 그토록 아끼고 즐긴다 한들 그것들은 백지 위에 늘어선 한갓 검은 먹물의 그림자들에 불과한 것이다.

그리 오래지 않은 때에 나는 우연히 도연명의 시들을 필사해놓은 아주 아름다운 고서 필사본을 구하게 되었다. 연대를 짐작키로는 두 세기 전이나 될까 한 귀한 필사본이다. 필시 도연명을 흠모했던 어느 선비가 수고로운 손품을 팔아 직접 만든 책일 것이다. 이름 모를 그 선비는 보는 사람이 감탄을 금치 못할 아름다운 필체로 한 수 한 수 시들을 베껴 적었고 도연명의 초상과 각각의 시에 연관된 그림까지 직접 그려 넣은 것을 보면 품이 이만저만 정성을 기울인 것이 아니다. 그 선비는 분명 많은 옛 선비들이 그러했듯 그 시들을 몽땅 외우고 있었으리라. 그럼에도 필사본을 만든 정성은 그 흠모의 정이 깊고도 깊었음을 느끼게 하고도 남는다. 오늘날, 어떤 독자가 자기가 흠모하는 작가의 시들을 직접 베껴 책을 만들 정성을 가졌을까? 나만 하더라도 도연명을 흠모해왔으면서도 필사는 고사하고, 그가 한 수 한 수 시를 지을 때마다 마음에 품었을 생각과 감정을 전혀 이해하지도 마음으로 느끼지도 못했다. 시를 그저 시로써만 이해하려 든 먹물의 고질적인 병폐라고나 할까. 시는 문자로 쓰인 것이지만 그 이전에 시인의 살아 숨 쉬는 감정이요, 느낌이 아니던가. 무엇보다 '시'라고 불리는 노래 속에는 오직 그 경지에 도달한 품격에 걸맞은 무엇인가가 또한 담겨 있지 않던가.

한 떨기 꽃을 대함에 있어서도 옛 선비들의 고아한 품격은 현대를 속되게 살아가는 우리들과 얼마나 큰 차이가 있는지. 내 정신의 비천함과 속됨에 그저 부끄러움과 자괴감을 느낄 따름이다. 또한 그것은 이 시대를 탓해야 할 일인지도 모른다. 품과 격을 상실해버린 시대, 살아 숨 쉬는 자연의 아름다움을 상실해버린 시대. 오로지 금전만능의 속물성과 대중적 범속함만이 출렁대는 속되고 속된 시대임에랴.

국화의 고매한 운치에 취해 있는 사이에 먹물 같은 어둠이 집을 에워싸고 겨울을 앞당기려는 비가 축축하게 내리고 있다. 오늘도 나는 한 문장도 얻지 못했지만 국선생과 마주 앉아 차를 나누니 계절도 잊고 나도 잊고, 심지어 연모의 정마저도 잊어버릴 수 있을 것 같다. 하물며 까짓 한 문장쯤 오늘 하루 까맣게 잊어버린들 또 어떠리.

잃어버린 코뿔소를 찾아서

훗날 『동방견문록東方見聞錄』을 써서 유명해질 베니스의 상인 마르코 폴로Marco Polo는 17년간의 원나라 생활을 마치고 바닷길을 통해 유럽으로 돌아가던 중 동남아시아의 자바 섬에 들렀다가 그곳에서 난생처음 기괴하게 생긴 동물, 코뿔소를 만났다.

마르코 폴로는 그 놀라운 충격을 『동방견문록』에 생생하게 기록해 놓았다. 그는 외계인처럼 낯설고 해괴한 그 동물을 무엇이라고 불러야 할지 몰랐다. 최초의 놀라움과 당황했던 순간이 지나고 마르코 폴로는 그 낯선 생명체에 이름을 지어주고 싶다고 생각한다. 자신의 경험과 언어를 총동원하여 상상적 추론을 하며 한참을 궁리한 끝에 겨우 찾아낸 이름은 '일각수—角獸'였다. 유럽에 '유니콘unicorn'이라고 알려져 있는, 뿔 달린 환상의 말과 같은 동물의 이름을 코뿔소에게 붙여주었던 것이다. 오늘날 코뿔소는 이름이 '소'인데도 '말'목으로 분류되어 있다.

　우리말에 '표상表象'이라는 단어가 있다. 영어의 리프레젠테이션 representation, 독일어의 '포르스텔룽vorstellung'이라는 단어를 번역한 말이다. 그 단어들은 모두 라틴어 '리프레젠타티오repraesentatio'에서 유래하였다. 리프레젠타티오는 '다시(re) 현전케 하는 것(praesentatio)'이라는 의미를 갖는다.

　표상이란 우리의 감각·지각에 들어온 어떤 대상을 의식 속에 다시 불러들여 정립시키는 대상정립 작용이다. 이것은 어떤 대상을 순수하게 있는 그대로 의식에 수용하는 행위가 아니다. 의식 자체의 내적 작용으로 대상을 해석하고 변형시킨다. 그런 점에서 지극히 인간중심적인 지각작용이다.

　서양의 근대 철학 전체는 대상의 주관화, 즉 대상을 인간이라는 주체 의식으로 해소시키는 과정이었다. 쇼펜하우어는 세계 전체를 표상으로 해석함으로써 그러한 근대정신을 가장 직접적으로 표명했다고 할 수 있다. 그에게 세계는 '표상으로서의 세계'였던 것이다.

　그런 면에서 칸트Kant는 차라리 겸손했다고 할 수 있다. 그는 물자체Das ding an sich가 무엇인지 인간은 알 수 없다고 선언했다. 하긴 인간의 지각작용이 수동적인 감각작용을 통해 이루어지는 한 칸트는 사태를 정확하게 보았다고도 할 수 있다. 코뿔소를 코뿔소라고 부르든 유니콘이라고 부르든 어떤 이름으로 명명하든 간에 그 이름과 코뿔소 자체는 결코 일치하지 않는다. 하지만 인간은 사물을 자기 식으로 해석하기를 멈추지 않는다. 쇼펜하우어가 세계를 표상으로 환원시킨 것은 역설적으로 인간의 부단한 해석학적 욕망을 드러낸 것이다. 우리는 코뿔소를 코뿔소라고 명명함으로써 그 동물을 인간의 지배하에 놓는다. 그 동물을 인간의 편의와 자의에 따라 만든 특정한 분류체계에 집어넣음으로써 질서화시킨다. 그러나 인간이 코뿔소를 어떤 식으로 분류하든 어떤 식으로 규정하고 정의내리든 간에 코뿔소 자체와는 결코 일치하지 않는다. 왜냐하면 그 동물은 스스로 존재하는 생명체이므로. 코뿔소는 코뿔소라는 이름과 무관한 살아 있는 한 생명일 뿐이다. 나도, 당신도, 세상에 존재하는 모든 것이 그렇다.

사람 사이에서도 표상작용은 작동한다. 우리는 타자에 대해서 그 사람의 이름을 통해 혹은 그 사람을 둘러싸고 있는 이런저런 특징들, 생김새, 인상과 성격, 학력, 경력, 직업 등 외적인 조건들로 독특하고 고유한 개체를 해석하고 규정지으려 애쓰지 않는가? 칸트의 지혜를 빌리자면 각각의 타자들은 고유한 물자체이며 인간의 어떤 지각능력으로도 그 고유한 물자체를 완전하게 알 수는 없다. 각각의 고유한 물자체인 인간, 그 인간의 고유성은 무엇으로 드러나는가? 그것은 각자가 가진 고유한 내면성이다. 동일한 포유류에 속하는 인간 종으로서 나와 타자가 구별되는 것은 인종이나 민족, 계급, 외모, 지위, 혈액형

따위가 아니라 고유한 내면성에 의해서만 구별될 수 있다.

내면성이란 개인마다 조금씩 다른 기질이나 성격, 취향 등을 말하는 것이 아니다. 성격 차이나 취향처럼 외적으로 즉각 드러나는 것들은 내면성의 희미한 그림자일 뿐이다. 내면성이 한 개인의 고유한 특질을 표현하는 것이라면 그것은 결국 집단의 언어와 구별되는 독자적인 시선과 감수성을 얼마나 표현해내느냐에 근거한다. 집단의 목소리, 타자의 목소리가 아닌 자신만의 고유하고 독특한 목소리를 갖는 것, 즉 개인어를 갖는 것. 그것이 내가 말하는 내면성이다.

개인어 갖기와 집단의 담론, 집단의 유행, 집단의 열정, 집단의 가치, 집단의 감수성 또 타자들의 그것들과는 다른 어떤 독특한 무엇, 그런 것들만이 내면성을 구성한다. 그런 내면성은 마치 마르코 폴로가 처음 코뿔소를 만났을 때 느끼는 당혹과 매혹처럼 신선한 느낌과 충격을 준다. 어떤 이들에게는 낯선 것이 본능적인 거부감과 공포를 줄 수도 있겠지만(집단적 가치에 매몰된 사람들일수록 더욱 그러하다) 개방된 마음과 열린 생각을 가진 사람들에게는 그런 낯섦에 매혹을 느끼고, 더 알고 싶어 하고, 느끼고 싶어 하는 욕망을 불러일으키기도 한다. 사람과 사람 사이에서 일어나는 매혹적인 이끌림이란 결국 그런 고유한 내면성의 신비에서 비롯되는 것이리라. 마치 우연히 한 권의 낯선 아름다움을 가진 책을 만났을 때처럼.

불행히도 그런 신비를 마주하는 일이 점점 더 줄어들고 있다. 지금 우리가 살고 있는 시대는 문화라는 것 자체가 평준화와 획일화로 치닫고 마치 롤러코스터를 타고 활강하는 것처럼 빠른 속도로 내달리고 있기에 우리는 세상과 분리되어 대상에 대해 깊이 생각할 여유조차 없다. 이런 때일수록 내면성을 갖기는 점점 더 어려워진다. 대중 매체나 상업광고들이 인간의 욕망, 취향들 심지어 행복 같은 개인적 가치조차 전범처럼 제시해주는 시대에 고유한 개별성을 유지하기란 결코 쉽지 않다. 고유한 목소리를 만나기가 점점 더 어려워지는 것이다.

지금의 세계는 영화 「매트릭스」가 보여준 그런 세계다. 매트릭스의 세계에서 깨어난 사람은 매트릭스의 입장에서는 일종의 '버그'다. 매트릭스 세계와 대적하는 네오와 트리니티 그리고 그의 동료들이 바로 버그들이다. 우리가 자기 속에서 그리고 타자들 속에서 발견하고 찾아야 할 것이 바로 그런 인간 버그들이다. 혹은 아직 시스템에 의해 명명되지 않은, 그 자체로서 존재하는 이 세상이 잃어버린 아름다운 코뿔소들이다.

꿈꾸다 죽은 늙은이

1453년, 약관 19세의 야심찬 청년 김시습은 북한산 중흥사의 작은 암자에 틀어박혀 있었다. 과거를 준비하고 있던 그는 수양대군의 왕위 찬탈 소식을 들었다. 조선 왕조 최초의 왕위 찬탈 사건이었다.

김시습은 방문을 걸어 잠근 채 통곡하며 사흘 동안 바깥출입을 하지 않았다. 나흘째 되던 날, 그는 방 안에 있던 책들을 꺼내 모조리 불살라버렸다. 그 순간부터 그는 미친 방랑자, 생의 망명객이 되었다. 그해부터 김시습은 세상과 영원히 결별하는 날까지 40여 년의 세월을 떠돌면서 살았다. 방랑과 은둔 속에서 시를 짓고 소설을 쓰고, 때로는 가슴속에 맺힌 울분을 통곡으로 쏟아내면서.

그는 경주 남산 깊은 산중에 초막을 짓고 6년을 숨어 살았다. 그리고 서울 외곽 수락산 깊은 곳에 폭천정사瀑泉精舍를 짓고 거기서 다시 10여 년을 보냈다. 50대에 이르자 그는 노쇠한 몸을 강원도로 옮겼다. 강릉에서는 한때 차디찬 감옥을 집 삼았고, 기근이 든 해에는 험난한 설악산 산줄기 근처에서 풀뿌리와 나무껍질로 연명하며 7년여를 살았다.

1493년, 그는 다시 유랑을 떠났고 충청도에 있는 무량사에 당도했다. 바로 그 절에서 기나긴 방랑을 함께했던 짚신과 삿갓, 지팡이를 영원히 내려놓았다. 59세의 나이였다. 죽기 전 그는 자신의 인생을 돌아보면서 회고하는 글을 남겼다. 그는 자신의 비문에다 "꿈꾸다 죽은 늙은이"라고 써주기를 원했다.

김시습이 북한산 암자에서 방문을 걸어 잠근 채 울며 괴로워하던 사흘 동안의 시간을 떠올려본다. 비통한 슬픔과 절망 속에서 세상과 어긋나버린 자신의 운명을 예감하는 한 청년을 생각한다. 나흘째 되던 날, 방문을 벌컥 열고 뛰쳐나온 것은 김시습이 아니라 이미 이승을 벗어나 더 이상 이승에 속하지 않는 어떤 존재, 다른 세계에 속하는 김시습의 혼백 같은 것이 아니었을까. 다른 세상에서 온 사람, 이곳이 아닌 저 먼 곳에서 와 잠시 머물다 가는 사람 혹은 다른 세상에서 잠깐 이 세상을 떠도는 허랑한 꿈을 꾸었는지도 모른다.

평생에 걸쳐 방랑하는 나그네 같은 영혼들이 있다. 한 번 세상의 어둡고 구석진 모퉁이에 서본 자는 그 장소가 은밀하게 보여주는 매혹을 결코 뿌리치지 못한다. 방랑에 대한 감수성은 치명적으로 영혼을 사로잡는다. 그런 영혼은 점점 더 깊은 침묵을 찾아서, 더 내밀한 영혼의 은둔처를 찾아서 영원토록 방랑할 수밖에 없다.

경험과 외험

도서관에 들렀다가 곧장 집으로 가는 길 대신, 오랫동안 도서관을 드나들면서 한 번도 가보지 않았던 도서관 오른쪽 작은 길을 따라 걸어보았다.

도시들은 그 자체가 끊임없이 살아 움직이는 미로다. 미로의 모든 길들은 서로 통하게 되어 있다. 좁고 넓은 낯선 길을 따라 방황하는 사이 어느덧 나는 익숙한 시내 중심거리에 당도했다. 시내에 있는 대형 서점에 들를 때마다 마주치는 소음과 매연, 상업과 유흥이 넘실대는 그 거리. 우리나라의 모든 도시들은 어디서나 똑같은 얼굴, 똑같은 복장을 하고 똑같은 포즈를 취하고 있다.

대한민국의 근대화와 부의 상징이 되어버린 거대한 아파트 단지들, 독일의 조형학교 바우하우스Bauhaus에서 고안해낸 국제적 양식을 모방하여 지은 기하학적 모양의 특색 없는 빌딩들, 어지럽고 현란한 간판들로 빼곡한 백화점과 상가들, 가게들과 리어카에서 쏟아져 나오는 굉음들, 밀고 밀리는 차량들, 그 사이를 헤엄치며 몰려다니는 얼굴 없는 군중들…. 그러나 사실 지난 한 세기 동안 지구의 표면 위에 건설된 모든 도시들이 똑같은 얼굴과 제복과 포즈를 취하고 있음을 나는 알고 있다. 라스베이거스 혹은 뉴욕의 복제품들이 지구의 표면 위를 뒤덮고 있다. 천 년 전이라든가 혹은 5백 년 전만 해도 세상 풍경은 사뭇 달랐다. 아시아와 유럽, 아메리카, 아프리카의 모든 대륙들은 제각기 다른 얼굴과 옷과 표정과 삶들을 갖고 있었다. 지금은 어딜 가나 똑같은 풍경과 마주칠 뿐이다. 루이뷔통 핸드백을 전 세계 어디서나 볼 수 있는 것처럼.

언제부터인가 나는 조악한 물질들로 만들어진 이 세계에 대해 거의 무감각하게 되었다. 식상하고 싫증나고 나아가 혐오감까지 지니게 되었다. 거대하게 상업화된 도시와 세계는 원숭이 종족에서 우연히 돌연변이로 출현한 인간이라는 새로운 종이 북적대며 들끓는 동물 우리로밖에 보이지 않는 것이다.

19세기 중반의 시대를 살다 간 대도시의 시인 샤를 보들레르Charles Baudelaire는 이 근대적인 도시를 천국이자 지옥으로 묘사했다. 역사상 최초로 출현한 거대한 산업 도시와 군중들에게 혐오감과 매혹을 동시에 느꼈던 것이다. 그러나 이제는 모든 것이 오래 입어 낡을 대로 낡은 외투가 되어버린, 21세기를 사는 나에겐 단지 염증과 환멸의 대상일 뿐이다.

매연과 소음에 시달리고 낯선 군중들 사이에서 어깨를 부딪치며 거리를 걷는다. 길바닥에는 버려진 전단지들이 낙엽처럼 뒹굴고, 도로변의 신장개업한 가게 앞에서는 쌀쌀한 날씨에도 배꼽을 훤히 드러낸 채 짧은 미니스커트를 입은 도우미들이 구경꾼들에 둘러싸인 채 귀를 먹먹하게 하는 요란한 음악에 맞추어 허리를 비틀며 춤을 추고 있다. 또 다른 거리 입구에서는 힙합 밴드까지 동원된 길거리 마케팅 행사가 벌어지고, 수백 명의 군중이 그 앞을 가득 메우며 구경을 하고 있다. 어딜 가나 유혹적인 볼거리들이 기다리고 있는 세계, 소음과 매연, 현란하게 번쩍이는 네온사인에 스스로 도취된 세계.

이 거리들을 휩쓸고 지나가는, 처지도 다르고 나이도 다른 수많은 인간의 물결이 어디에서 와서 어디로 가는지 당신은 아십니까? 영원에서 와서 영원으로 갑니다! 이들은 모두 유령이요, 환영입니다. 그렇지 않습니까? 눈에 보이는 형상을 가진 영혼들이 아닙니까? 그들의 몸은 일시적으로 형상을 갖고 있으나 곧 그것을 잃고 허공에 사라지고 말 존재들입니다. 그들이 걷는 단단한 길은 감각의 영상에 지나지 않습니다. 그들은 허무의 한복판을 걷고 있습니다. 그들의 앞에도 뒤에도 있는 것이라곤 공허한 시간뿐입니다. 저기 붉고 노란 옷을 걸치고 걷는 사람, 구두 뒤꿈치에 박차를 달고 머리 꼭대기에 깃을 꽂은 채 한껏 멋을 부린 저 사람에게는 다만 오늘만 있을 뿐, 그에게는 어제도 내일도 없다고 생각하지 않습니까? 친구여, 당신은 여기서 모든 존재를 씨줄과 날줄 삼아 짠, 역사라고 부르는 직물의 살아 움직이는 고리 하나를 보고 있는 것입니다. 잘 보십시오. 그것은 곧 당신을 스쳐 지나갈 것이고, 그러면 다시는 눈에 보이지 않을 것입니다.

ㅡ토머스 칼라일(Thomas Carlyle), 『의상철학(Sartor Resartus)』 중에서

독일어에는 우리말의 '경험經驗'에 해당되는 독특한 두 개의 단어가 있다. 'erfarung(에르파룽)'과 'erlebnis(엘레브니스)'가 그것이다. 이 두 단어는 경험은 경험이되, 전혀 다른 종류의 경험을 뜻한다. 영어에서 두 단어는 모두 'experience'로 번역된다. 우리말 '경험'과 영어의 experience에 해당되는 단어는 전자, erfarung이다. 이 단어는 원래 '여행하다'라는 의미를 지닌 동사 'faren'에서 유래됐다. 경험이란 많이 여행하고, 많은 일들을 직접 관찰하여 그것을 숙고와 성찰을 통해 지성적으로 내면화시킨 것을 의미한다. 지속적이고 응집된 감각적 경험이 지적이고 내면적인 반성을 통해 고유한 특성을 획득하게 되는 것이다.

반면 우리말로 정확하게 옮길 단어가 없는 erlebnis는 전혀 다른 경험이다. 나는 이 경험을 '외험外驗'이라고 부르고 싶다. 외험은 대단히 감각적이고 표피적인 인상적 반응에 불과한, 그래서 혼돈된 지각 경험이다. 대도시의 시내버스를 타고 지나갈 때 창밖으로 스치는 도심의 풍경처럼 불규칙하고 우연적이며 무계획적인 경험들이다. 그런 외

험들은 감각을 지나 곧장 무의식의 영역 속으로 흡수되거나 순식간에 스쳐 지나감으로써 쉽사리 망각된다. 한 마디로 외험은 '망각의 체계'다. 그런 의미에서 외험이란 실제로는 반경험反經驗의 체계다.

서울과 북경, 상해, 동경, 홍콩, 뉴욕, 로스앤젤레스, 런던, 파리, 베를린 등 세상의 거대 도시들을 떠올려본다. 도시야말로 인간의 삶이 경험에서 외험으로 이동하는 장소다. 도시는 외험이 발흥하고 경험이 사망하는 장소, 경험이 파편화되고 즉각적이며 무차별한 이미지로만 남게 되는 그런 장소를 의미한다.

무감각한 태도와 표피적인 외험의 가장 큰 특징은 무엇인가? 그것은 궁극적으로 자신이 접촉하거나 만나는 모든 관계나 사물들 사이의 구별이 사라져버린다는 데 있다. 구별에 대한 무관심이야말로 현대인의 삶에 있어서 본질적인 특성이다. 고속버스를 타고 달릴 때 바깥 풍경들의 고유한 차별성이 사라져버리듯이 무감각한 외험 속에서 사물들은 고유성을 상실한다. 그래서 어떤 사건이나 충격들마저 평범하고 무의미한 일상적 사건과 구별되지 않는 무미건조한 것으로 전락해버린다. 이런 삶은 결국 자기 상실로 이어진다.

하루하루의 삶을 경험으로 내면화하고 그로부터 삶의 지혜나 고유한 개성적 특질을 끌어내는 것이 아니라 그저 즉각적인 작용-반작용의 순환 속에서 내면은 사라지고 무의미한 것이 되고 만다. 단어와 문장의 고유한 개성이나 질감을 느낄 겨를도 없이 순식간에 읽어 해치우는 독서법처럼 말이다. 삶은 표피적인 것이 되고 그만큼 가볍고 하찮은 것이 되며 의미 없는 시간의 축적이 된다. 인터넷이라고 불리는 사이버 세상이 이런 공허한 경향성을 한층 가속화시킨다. 그리하여 고유한 개인들은 소음과 빛 속에서 사라지고 익명의 다수, 집단만이 남는다.

높고 거대한 빌딩들과 그 사이를 흘러 다니는 군중들 사이에서 나는 그리스 신화에 나오는 아이아이에 섬의 마녀 키르케와 그녀의 마법에 걸린 오디세우스의 선원들을 떠올린다. 이 시대를 사는 현대인들은 누구나 키르케의 주술에 빠져 있다. 마법에서 구출해줄 헤르메스의 묘약은 어디에 있는가? 누가 가지고 있는가? 오디세우스의 지혜는 어디에 있는가?

나는 서둘러 사람들 사이를 빠져나온 뒤 버스를 탄다. 버스에 올라타 자리에 앉자마자 지친 눈을 감는다.

고독의 품격

외로움과 고독. 그 둘은 얼마나 가깝고 먼가? 혹은 동일한가 아니면 다른가? 우리는 무엇을 고독이라고 표현하는가? 고독孤獨이라는 단어는 일본식 한자어다. 19세기까지 한국과 중국에서는 라틴어의 'solitas'나 영어의 'solitude'에 해당하는 정확한 단어가 존재하지 않았다. 연애, 철학, 자유, 평등, 박애 같은 말들과 마찬가지로 고독 역시 일본 학자들이 solitude를 번역하기 위해 만들어낸 일본식 조어다. 외로울 고孤, 홀로 독獨 두 글자를 결합하여 절묘하게 만들어냈으니 참으로 탁월한 번역이 아닐 수 없다.

우리말에는 '외로움'이라는 단어가 있다. 외기러기, 외나무다리, 외길에서처럼 '하나 혹은 혼자'를 나타내는 접두사 '외'가 쓰인 단어는 제법 많다. 그러나 그 외로움이라는 단어는 solitude가 함축하는 뉘앙스를 올바르게 포착하지 못한다. 한시에는 '고孤'를 쓴 시들이 많다. 그 어원은 사실 '아비를 여읜 아이', 즉 고아를 뜻하는 것이었다. 또한 외로움, 홀로임, 하나라는 뜻을 내포하고 있기도 했다. 그 한자는 '외롭게 홀로임'을 의미하는 단어였다. 그러나 그 단어 역시 solitude와는 뉘앙스가 다르다.

라틴어 solitas에 기원을 둔 영어 solitude는 서구 문학사에서 18세기 낭만주의의 도래와 함께 과거와는 전혀 다른 의미를 가지고 화려하게 등장한다. 고독은 낭만, 즉 로맨틱romantic과 연루되면서 그와 함께 비로소 뚜렷한 하나의 감정으로 인식되었다. 서구 문학사에서 '고독'이라는 제목을 단 최초의 문학 작품은 17세기의 스페인 시인 공로라 이 아르고테Luis de Gongora y Argote의 작품 『고독soledade』에서였다. 바로크적 화려함과 뛰어난 기교로 충만한 그 작품에서 고독이라는 단어는 사실 전원풍의 고즈넉한 삶을 지시하고 있었다.

1776년 장 자크 루소가 쓴 책 『고독한 산책자의 몽상Les Rêveries du Promeneur solitaire』은 진정으로 낭만주의적 고독의 기원을 보여준다. 또한 그 책에서 루소는 오늘날 '낭만적'이라는 뜻으로 사용되는 'romantique'라는 단어를 최초로 사용했다. 고독은 이렇게 처음부터 낭만성과 결합되어 출현한 것이었다. 루소가 그 책에서 썼던 낭만적이라는 단어는 당시에 경이로운 것, 기이한 것, 냉정한 합리성이나 현실성과는 조금 다른 어떤 것을 가리키는 것이었다.

계몽주의적 계산과 합리주의에 반발하여 일어났던 유럽의 낭만주의자들은 고독을 귀족적인 당당함과 자부심, 창조적인 천재와 연결시켰다. 그리고 자연에 대한 낭만적 숭배와도 결합시켰다. 낭만주의자들에게 solitude는 단순한 외로움이나 고립, 단절과는 다른 무엇이었다. 그것은 스스로 혼자이기를 추구하는 것, 혼자가 됨으로써 창조적이 되고 자연과 합일하거나 혹은 꿈과 환영, 사색과 성찰의 지고한 정신세계로 들어가는 것을 의미했다.

장 자크 루소는 그래서 이렇게 외쳤다.

> 사막에서 혼자 사는 것이 사람들 사이에서 혼자 사는 것보다 훨씬 덜 힘들다.

18세기 중반의 작가 드 티봉빌은 밤의 침묵과 고독에 대해 또 이렇게 썼다.

> 밤의 정적은 내가 이전까지는 전혀 알지 못했던 종류의 행복을 알게 해주었다.

고독은 수동적인 외로움이나 고립이 아니라 당당한 외로움, 당당한 홀로 있음이 되었고 밤의 정적과 침묵, 자연, 시, 철학과 결합되었다. 그것이야말로 낭만주의가 고독에 부여한 고귀한 명예였으며 동시에 낭만주의가 스스로에게 부과한 엄격하고도 고통스러운 시련의 과제이기도 했다. 고독은 고통스럽고 때로는 절망적일 정도의 외로움이지만 그것은 창조적인 지성과 예술이 지불해야 할 당연하고도 마땅한 심지어 특권이라고까지 할 정도의 명예가 되었다. 그런 자부심 넘치는 고독에는 부정적인 것이라곤 조금도 섞여 있지 않았다. 니체는 그런 낭만주의적 고독의 개념을 이어받아 초인 개념을 만들어냈다.

높이 홀로 나는 독수리는 기러기들처럼 때를 지어 날지 않는다.

너무나 고독했던 인간 니체는 그런 식으로 자신의 고독을 정당화했고, 또 그런 고독 속에서만 자신의 철학을 길러낼 수 있었다. 높은 산정에서 홀로 사는 차라투스트라Zarathustra. 그에 비하면 우리말 '외로움'과 한자어 '고孤'는 이러한 낭만주의적 고독과 얼마나 거리가 먼가. 그러나 우리는 1920년대에 영어 'love'를 일본식으로 번역한 '연애戀愛'라는 단어를 일본에서 들여와 열광적으로 죽음과 결합한 사랑을 흠모하고 낭만적 사랑의 포즈를 취했듯이 '고독'이라는 단어를 들여오면서도 그 실체가 아닌 고독의 낭만적 포즈를 적극 취했다. 치열하고 고통스럽기조차 한 고독이 아니라 타인의 부재로 인해 발생하는 수동적 감정으로써의 외로움을 고독으로 오인하면서 그것을 감상적인 사랑의 비애나 우수의 감정과 결합시켰다. 그래서 고독은 어느덧 멜로드라마화 된 고독, 즉 포즈만 남은 고독이 되고 말았다. 고독과 낭만은 마치 한 쌍의 짝처럼 쉽게 입에 오르내리는 말, 청춘의 특권으로써 남용할 수 있고 전유될 수 있는 어떤 것으로 변질되고 말았다. 고독은 이제 낭만적 사랑의 필수 장식품이 된 것이다. 그리하여 또한 고독은 낙엽 지는 우수의 계절 가을과 결합하여 가을의 고독이 되고 가을과 고독과 낭만이 하나로 뭉쳐지면서 가을이 되면 누구나 조금씩 고독해지고 낭만적이 되는 것이다.

에마뉘엘 레비나스는 고독을 '주체의 홀로서기' 기반과 연관지었다. 그러면서 그는 고독을 낭만적인 고독, 즉 당당하고 귀족적인 고독으로 한정지었다. 수동적인 고독이 아닌 스스로 찾아드는 고독 속에서만 주체는 비로소 홀로서기를 시작한다고 말했던 것이다. 우리는 여기서 다시 밤의 정적과 침묵, 세상으로부터 홀로 떨어져 나와 자신의 내면과 당당하게 부딪치며 성찰하고 사색하는 루소적이고 니체적인 고독과 만난다. 그런 고독은 감상적인 외로움과는 전적으로 무관한 고독이다.

비록 수동적인 외로움에서 시작한다 할지라도 절망과 슬픔, 비애와 우수로 흘러가는 것이 아니다. 강인한 정신과 투지로 외로움을 버텨내면서 스스로와 대면하고 자기 자신을 극복해냄으로써 보다 창조적인 방향으로 궤도를 바꾸는 힘을 요구하는 고독이다. 도회적 삶의 번잡함, 일상의 산만함, 이런저런 복잡다단한 관계망들에 얽매어 사는 현대인들에게 그런 고독이란 깎아지른 듯 높은 산을 혼자 힘으로 정상까지 등반하는 것만큼이나 어려운 것이다. 무엇보다 자신만의 시간과 공간 없이는 그런 고독에 결코 도달할 수 없다. 낭만주의적인 고독을 만나기 위해서는 오늘날 너무나 많은 대가를 지불해야 하는지도 모른다.

그런 이유로 현대인들은 그저 고독의 언저리에만 머물다 우수와 향수에 젖은 채 번잡한 일상의 세계로 쓸쓸히 발걸음을 되돌리고야 마는지도 모른다.

우리는 고독은커녕 외로움조차 견디지 못한다. 자기 자신과 자발적으로 마주하지 못한다. 끊임없는 소음, 수다, 볼거리들, 먹을거리들의 어지러운 소란 속으로 자기를 던져 넣는다. 자기를 잃어버리기 위해서 혹은 자신의 외로움을 감당할 자신이 없어서. 외로움은 고독이 아니라 지긋지긋한 심심함, 권태로 곤두박질쳐버리기 때문이다. 아마도 오늘날 홀로임은 곧 권태의 동의어가 되었는지도 모른다. 오늘을 살아가는 우리들에게 권태는 마주하고 싶지 않은 두려운 상대, 끔찍한 적이다. 그러한 감정을 몰아내기 위해 우리는 온갖 재밋거리를 찾아 헤매고 그것들 속에서 자신은 점점 더 망각되어 사라지고, 영혼의 빈 껍데기만 남게 된다.

파스칼은 말한다.

인간의 갖가지 격동, 그들이 궁정이나 전장에서 자기 몸을 내맡기는 위험이나 노고, 거기에서 생기는 투쟁이나 욕정, 대담하고 때로는 사악한 기도, 그 외의 여러 것들을 종종 생각해볼 때 나는 인간의 모든 불행이 한 방 안에 가만히 틀어박혀 있지 못한다는 이 단 하나의 사실에서 생겨나는 것임을 깨달았다. ─『팡세』 중에서

가까이 하기엔 너무 먼 당신이 되어버린 고독이 있다. 하이데거 Martin Heidegger가 지적한 것처럼 현대 세계의 가장 큰 역설 중 하나는 세계가 물리적으로나 시간적으로 가까워지면 가까워질수록, 인간과 인간 사이의 거리는 점점 더 벌어진다는 사실이다. 결국 사람들은 점점 더 홀로되는 상태, 외로움의 상태로 내몰리고 있다. 늘 시간에 쫓기고 무언가로 분주하지만 실은 늘 외로운 것이다. 늘 외롭기 때문에 삶이 공허하고 삶이 무의미한 듯 느껴진다. 그리고 이러한 느낌이 축적되고 증식된 결과 우울증이나 신경증마저 생겨난다. 이런 항상적으로 지속되는 외로움의 상태 때문에 건강하고 당당한 자신감 넘치는 고독은 아예 들어설 자리조차 없어지고 있다. 이것이 현대의 근원적인 비극이다.

외로움과 고독은 너무 가까운데도 지금은 점점 더 멀어지고만 있다. 외로움이 깊어지자 고독의 품격도 사라져버렸다.

침묵에 관하여 말하기

말할 바가 많으면 많을수록, 그만큼 더 고요하며

고요하면 고요할수록, 그만큼 더 표현하기에 이른다.

– 프리드리히 횔덜린

침묵이 무엇인지 알기란 어렵다. 침묵에 관해 말하는 건 더더욱 어렵다. 침묵에 관해 무언가를 말하려는 순간, 우리는 그에 관해 아무것도 말할 수 없다는 불가능성에 직면하여 절망을 느낄 뿐이다. 그것은 이미 끔찍하게 현기증 나는 궁지이고 곤경이다. 빠져나가려고 발버둥치면 칠수록 더욱 깊이 끌려들어가는 심연. 탄생 이전의 암흑과 죽음 이후의 암흑 혹은 모든 것이면서 동시에 아무것도 아닌 무엇. 부재이자 완전한 충만으로 자기 충족적인 고독 속에서 홀로 존립하는 경계

없는 경계.

휠덜린은 침묵의 시어를 통해 침묵 자체에 다가갔던가? 침묵에 관한 아름다운 산문을 쓴 막스 피카르트Max Picard나 르 클레지오Le Clezio는 우리에게 침묵의 가늠할 수 없는 깊이를 드러내는가? 미소 지으며 한 송이 연꽃을 건넨 붓다 혹은 손가락으로 달을 가리키던 선승만이 진정한 침묵의 깊이를 이해했을지도 모른다.

나는 결코 침묵이 무엇인지 말할 수 없다. 다만 말해진 것에 관해서만 다시 말할 수 있을 뿐. 침묵하지 않고서 어떻게 침묵에 관해 말할 수 있단 말인가? 오디세우스처럼 튼튼한 돛대에 몸을 묶지 않고서 어떻게 사이렌의 노랫소리를 들을 수 있단 말인가? 침묵에 관한 글쓰기는 스스로를 끊임없이 철회하는 운동, 텅 빈 백지로 되돌아가는 절망적인 순환일 뿐, 더 이상의 의미는 없다. 그것은 백지 앞에서 느끼는 시인의 공포다. 그러므로 침묵의 글쓰기는 모든 글쓰기의 불가능한 가능성이다. 나는 달아난다. 퇴각한다. 침묵 자체로부터 무한처럼 먼 장소로. 침묵에 관해 말하려 했던 모든 이들이 그랬던 것처럼 다만 침묵에 관한 언어들만이 아우성치는 장소로. 말했지만 아무것도 말하지 못했던 비탄들이 11월 거리의 낙엽처럼 쓸쓸하게 뒹굴고 있는 그런 장소로.

우리는 몇 개의 언어를 가지고 있다. 결코 지시할 수 없는 존재를 지시하는 몸부림들을 기억하고 있다. 나는 하나의 시구를 떠올린다.

解組誰逼(관직을 사직하고 돌아가니 누가 있어 핍박하리).

索居閑處(자리를 물러나 한가로운데 머무르니).

沈默寂寥(물에 잠긴 듯 잠잠하고 고요하다).

求古尋論(옛것을 구하며 걱정을 흩어버리고 노닐며).

散慮逍遙(세상일 잊고 소요하노라).

중국 남조 양나라의 선비 주흥사周興嗣가 지은 천자문에 나오는 구절이다. 주흥사는 사언고시 중에서 250구를 뽑아 모두 1천 자를 만들었다. 그 천자문의 250구 중 아흔두 번째 구에서 위에 인용한 '침묵적요沈默寂寥'라는 문장이 나온다. 여기서 침묵이란 단어는 무언가가 깊은 물에 잠긴 듯이 잠잠하다는 뜻이다. '침沈'은 무언가가 물속 깊이 가라앉은 모습을 본뜬 것이고, '묵黙'은 개가 입을 다물고 있는 모습 그리하여 말하지 않고 잠잠하게 있음. 즉 '묵음黙音'을 지시한다. 나는 여기서 의미의 모호함과 이중성을 포착한다. 침묵이란 단어는 침묵에 관해 말하기의 불가능성을 오로지 시적 비유로써만 어렴풋하게 포착할 수밖에 없다는 절망이 아로새겨져 있다. 이 단어는 '고요함沈', '말없음黙'의 두 의미 사이에서 전율하며 진동한다. 아마도 고대 중국인들은 그 두 개의 단어를 구별하여 사용했을 것이다.

고요함과 말 없음은 결코 동일한 것이 아니다. 과연 어느 시인이 그 분리된 단어를 결합시켰는지 지금으로써는 알 길이 없다. 그러나 두 단어가 결합됨으로써 그 단어는 침묵이 가지는 복잡성과 모호함을 더욱 증식시킨다. 그런 양가성은 중국의 저 반대편에서 라틴어를 사용하던 고대 로마인들이 그들의 절망 가운데서 끝내는 침묵을 분리시키고 대립시켰던 방식과는 다른 세계상을 지시한다.

키케로 시대를 전후한 고전 라틴어에서는 뉘앙스가 다른 두 가지 종류의 침묵을 '실레오Sileo'와 '타세오Taceo'로 구분하였다. 이 단어들의 동사형인 '실레레Silere'는 움직임과 소리의 부재, 즉 고요함을 의미하는 반면 '타세레Tacere'는 언어적 침묵을 의미한다. 실레레는 사물이나 밤, 바다, 바람의 상태 등을 표현할 때 사용될 수 있다. 예를 들어 밤의 고요함, 바다의 고요함, 나무의 고요함 등. 기울어 보이지 않는 달, 아직 돋아나지 않은 새싹, 부화되지 않은 달걀 등에도 역시 실레레가 쓰인다. 요컨대 실레레는 아직 사물들이 태어나기 전이나 사라진 뒤(죽은 자들), 혹은 비시간적인 처녀성 등 신이나 자연에 귀결된다. 신은 '고요하고 말 없는 영원'이다. 그런 의미에서 실레레, 타세레는 대립하는 두 항이다. 주흥사가 사언고시에서 가져온 한자 '침묵'은 라틴어 'Sileo'에 더 가깝다. 가라앉은 듯 잠잠한 고요와 적막, 깊은 연못에 잠긴 듯한 고요. 그것이 주흥사가 해석한 침묵이었다. 오늘날의 영단어 '사일런스silence'는 언어적 고요함을 자체 내에 통합한 침묵이란 단어가 원래 갖고 있던 의미의 양가성을 그대로 지니고 있다.

이로써 우리는 침묵에 관해 더더욱 알 수 없게 되어버렸는지도 모른다. 실체와 분리된 기호들의 계열로 마치 관절이 어긋나듯 침묵 자체의 다양성과 깊이가 단일한 기호 속에서 모호하게 증발되어버리고 만 까닭이다. 침묵에 관한 한 표현은 더욱 빈곤해졌다. 그것은 인간적 세계 속에서 침묵 자체가 쪼그라들고 축소되어 사라져버리는 과정과 분리될 수 없다.

침묵의 사라짐. 그것은 삶의 연약화와 쪼그라듦, 세계와 인간의 분리를 역설적으로 증명한다. 과거에 우리는 하늘에서 내리는 비 하나도 다양하고 풍부하게 표현할 수 있는 여러 종류의 어휘를 갖고 있었다. 소낙비, 이슬비, 여우비, 보슬비, 색시비, 실비, 작달비, 는개 등…. 눈과 얼음의 왕국에서 살았던 에스키모들 역시 눈을 가리키는 100여 개의 어휘들을 갖고 있었다. 이토록 많은 비와 눈에 관한 표현들은 인간이 언어를 통해서 저 침묵하는 대지와 어렴풋하게나마 소통하고자 한 방식이었다. 자연을 표현하는 풍부한 언어 속에서 고대인들이 가졌던 감정, 즉 침묵하는 세계와 말을 건네고 소통하고자 하는 의지의 충만함과 집요함을 본다. 침묵에게 말 건네기. 침묵을 유혹하고 포획하고 싶은 강렬한 열망. 이는 곧 세계를 장악하려는 의지라고 볼 수도 있겠지만 그런 의지 속에는 매혹의 수동성 또한 절박하게 들어 있는 것이다. 동시에 말 없는 자연의 고요함을 닮으려는 모방의지가 배어 있다. 침묵과 동화됨으로써 침묵이 가지는 신적인 무한성과 영원성을 내면화함으로써 스스로 침묵 자체가 되고자 하는 무한한 동경. 자신이 태어난 침묵의 세계로 되돌아가고자 하는 동경 말이다.

오늘날 우리가 침묵을 잃어버렸다고 한다면 그것은 곧 세계를 상실했다는 것을 의미한다. 막스 피카르트가 고뇌 속에서 발견한 것은 바로 그것이었다. 모든 존재하는 것들의 원형이자 생성의 근거인 침묵을 상실했다는 것은 세계의 상실이자 삶의 상실이며, 그것은 곧 인간 스스로가 자신이 누구인가를 망각하고 스스로를 소외시킨 결과의 생생한 표식인 것이다. 무한한 세계는 무한한 인공물로 대체되고, 붓다의 연꽃은 공허한 수다와 잡음들로 대체된다.

우리 인간이 침묵으로부터 추방되었다면 이젠 그 누구도 침묵이 무엇인지 알지 못한다. 오늘날 에덴동산의 모습을 누구도 알 수 없듯이 우리는 이제 그 잃어버린 세계로부터 아무것도 가져올 수 없다. 이것이야말로 아마도 비트겐슈타인이 진정으로 말하고자 했던 바(말할 수 없는 것에 관한 침묵)일지도 모른다. 적어도 우리는 아직 입을 다물 수는 있기 때문이다.

홀로 어두운 사람

　나는『노자老子』의 한 페이지를 읽을 때마다 가슴이 시큰해지며 아득한 느낌에 사로잡히곤 한다. 그 페이지를 읽어 내려가다 보면 수천 년의 시간이 쌓아 올린 세월의 두터운 성벽은 나팔 소리에 힘없이 무너져버리는 예리고Jericho 성벽이 되어버린다. 나는 무너진 시간의 장벽을 뛰어넘어 곧장 그 문장을 쓴 이름 없는 누군가의 영혼과 합치된다.

　우리는 시간의 바깥에서 그도 나도 아닌 누군가로서 어우러지고 우리는 다만 먹과 붓으로 써내려간 시구들 사이로 사라진다.

　衆人熙熙, 如亨太牢, 如春登臺(뭇사람들은 희희낙락하여 큰 제사의 고기를 맛보는 듯 봄날 누대에 오르는 듯하지만)

我獨泊兮其未兆, 如嬰兒之未孩(나 홀로 담백하니 아직 웃지 못하는 갓난아이
모습과 같구나).

乘乘兮若無所歸(고달프구나, 지친 몸 돌아갈 곳 없고)

衆人皆有餘, 而我獨若遺(뭇사람들은 다 여유로운데 나 홀로 부족한 듯하고)

我愚人之心也哉, 沌沌兮若無所別(나는 어리석은 사람의 마음처럼 무지하구나).

俗人昭昭, 我獨若昏(세상 사람들은 모두 밝으나 나 혼자 어둡고)

俗人察察, 我獨悶悶(세상 사람들 다 똑똑하나 나 혼자 어리석네).

澹兮其若海, 兮若無止(일렁이는 바다처럼 흔들리고, 드높이 부는 바람처럼 정
처 없다).

衆人皆有以, 而我獨頑且鄙(사람들은 모두 쓸모가 있는데, 나는 홀로 완고하고
비루한 것 같구나).

– 「도덕경」 중에서

노자는 주나라가 쇠퇴하자 함곡관을 지나려다 현령 윤관에게 소매
를 붙잡혔다. 그는 단 하룻밤 사이에 5천 언슓을 쓴 후에 동트기 전에
아무도 모르게 검은 소의 등에 올라앉아 함곡관을 빠져 나갔고 이 세
상에서 자취를 감추었다. 그가 어디로 사라졌는지는 아무도 모른다.

나는 다만 그가 『노자』라는 책 속으로 시구들 사이로 단어와 문장들
이 숨기고 있는 또 다른 세계로, 아니 모든 말들과 행위들의 기원이자
그것들이 궁극적으로 회귀해 돌아가길 갈망하는 내밀한 침묵 속으로
숨어들었을 것이라고 생각한다.

메두사의 슬픈 눈

눈. 인간의 눈. 사물들을 구별하고 알아보며 이름을 붙이는 눈. 눈은 명명하기의 주체다. 시각에 예민했던 희랍인들은 '보는 것이 곧 아는 것'이라고 믿었다. '나는 안다'라는 말은 곧 '오이다 oida'였다. 오이다는 '나는 본다'의 과거형 'eidon'에서 따온 것이다. 나는 보았으므로 아는 것이다. 보지 않으면 알 수 없다. "나는 생각한다. 고로 존재한다"라고 했던 데카르트Descartes의 명제는 이렇게 수정되는 것이 마땅하다. "나는 본다. 그러므로 존재한다."

영어의 'see'와 불어의 'voir'는 모두 '본다'와 '안다'라는 의미의 양가성을 지닌다. 상형문자는 본 것을 그대로 본떠 그린 문자언어다. '도道'는 원래 '길'이었지만 어느새 형이상학적이고 추상적인 개념이 되었다. 가시적인 길이 비가시적인 은폐된 길로 변한다. 인간의 눈은 사물을 훔쳐보고 그것을 지배하는 폭력이다.

라틴어 '힘vis'과 '시각visus'은 둘 다 '나는 본다'라는 의미의 'video'에서 온 말이다. 보는 것이 힘이다. 로마 시대에 힘이라는 단어는 폭력, 적대적 세력이라는 의미로 자주 사용되었다. 보는 자는 인간, 특히 남자다. 역사 시대의 주체인 남성의 시선이 곧 힘이자 폭력이었다.

사냥꾼 악타이온이 친구들과 숲으로 사냥을 떠난다. 그는 우연히 숲 속 깊은 연못에서 알몸으로 목욕을 하는 아르테미스 여신을 본다. 그는 붉게 충혈된 눈으로 여신의 벌거벗은 몸을 훔쳐봄으로써 눈으로 범한다. 달의 여신이자 여성성의 상징인 아르테미스는 자신을 훔쳐보는 남자의 시선을 느낀다. 여신은 악타이온을 사슴으로 만들어버린다. 사슴이 되어버린 악타이온은 동료 사냥꾼들에게 쫓기던 끝에 죽음을 맞는다. 보는 눈, 지배하려는 '나쁜 눈'은 결국 벌을 받는다. 악타이온과 아르테미스 여신의 이야기는 보는 시선의 주체가 된 역사 시대에 권력적 시선을 거부하는 사물과 자연의 저항이 담긴 이야기다. 특히 보는 것보다 느끼고 듣는 다른 감각을 우선시하는 여성들의 최후의 저항이 이 이야기에 담겨 있다. 태양에 대한 달의 저항, 인간의 폭력적인 시선에 저항하는 자연의 육체들. 눈이 만들어낸 인간의 언어에 저항하는 사물의 육체들.

사물과 자연, 육체에 진정으로 다가가기 위해서는 눈을 감아야 한다. 태양이 아닌 달에, 대낮이 아닌 밤에, 언어가 아닌 침묵에 다가가야 한다. 시각만이 아니라 청각, 촉각, 후각, 미각에 집중해야 한다. 목소리, 냄새, 몸이 닿을 때의 감촉. 사랑은 시각이 남긴 이미지보다는 냄새와 목소리로 더 오래 기억되는 어떤 것이다.

예언자 테이레시아스, 그는 시각을 잃고서야 내면의 눈을 떴고, 호메로스 역시 앞을 보지 못하는 시인이었다. 보들레르는 내면의 비의를 상실케 하는 표면적인 시각이라는 이유로 사진을 거부했다. 낭만주의는 눈의 독재에 대한 반항에서 시작되었다. 바다의 신 포세이돈이 바닷가에서 천진하게 뛰어노는 메두사를 본다. 포세이돈은 길고 치렁치렁한 머릿결을 가진 아름다운 소녀 메두사에게 매혹당한다. 메두사는 포세이돈의 유혹에 넘어가고 그와 사랑에 빠진다. 그들은 환한 햇빛으로부터 몸을 숨기기 위해 하필이면 아테나 신전 깊은 곳에서 사랑을 나눈다. 아테나는 그 광경을 지켜보며 분노로 몸을 떤다. 자신의 집에 몰래 침범해 들어온 연인들을 아테나는 벌하기로 한다. 아테나는 찬란한 빛의 베일을 휘감은 자신을 드러내고, 메두사에게 치명적인 저주를 퍼붓는다. 메두사의 아름다운 머리칼은 어느새 무서운 독을 품은 뱀들로 변하고, 천진한 웃음을 머금고 있던 그녀의 얼굴은 흉측한 마녀의 얼굴로 변해버렸다. 아테나의 저주로 인해 메두사와 시선을 마주치는 자는 그 즉시 돌로 변해버렸다. 그녀의 매력적인 눈이 죽음을 부르는 악마의 눈이 되고 만 것이다.

희랍어로 '악한 눈'은 '바스카노스bascanos'다. 라틴어로는 '파스키누스_{fascinus}'다. 그것은 유혹하고 홀린다는 의미를 가졌다. 홀리는 눈, 유혹하는 눈, 사랑에 빠지게 만드는 눈. 유혹하는 자는 바로 눈이다. 눈은 사랑의 점화 스위치다. 첫눈에 반항조차 할 수 없이 곧장 사랑에 빠져들게 만드는 것은 시선, 즉 눈이다. 그리고 이제 저주받은 메두사의 눈은 생명을 죽이는 눈, 죽음을 부르는 눈이 되었다.

프로이트는 메두사의 눈에서 남성들의 여성에 대한 근원적 공포, 거세 공포를 보았다. 여성의 미소, 여성의 눈빛은 매혹이면서 동시에 두려움의 대상이다. 너무나 매혹적이기에 죽음마저 초래하게 만드는 여성이 저주받은 메두사로 이야기 속에 등장한 것이다. 그녀들의 또 다른 이름은 '팜므 파탈_{Femme fatale}'이다. 남자들은 『카르멘_{Carmen}』을 위시한 수많은 이야기와 그림, 노래를 통해 매력적인 여성에 대한 공포를 드러냈다. 그것은 세계를 지배하는 남자들이 권력을 빼앗기게 될지도 모른다는 보다 원초적인 공포에 닿아 있다. 그래서 남자들은 끊임없이 여성에 대해 상징 조작을 한다. 악마로, 마녀로, 시선이 마주치는 순간 돌로 변하게 만드는 메두사로.

메두사는 원래 '여왕'이란 뜻을 가진 말이다. 또한 메두사는 생명과 풍요, 창조의 여신을 지칭하는 이름이기도 하다. 고대 사람들은 메두사를 '풍요로운 황금빛 소나기'라고 불렀다. 사람들이 선한 마음을 잃기 시작하고 남자들이 권력을 잡기 시작했을 때, 남자들은 메두사를 전혀 다른 반대의 이미지로 조작하고 꾸미기 시작했다.

신은 빛이다. 빛은 태양이다. 태양은 신의 눈이다. 구약성경에서 여

호와는 '벌하고 구원하고 치유하는 태양신'이라 묘사된다. 헬라스의 신 제우스. '제우스'라는 이름은 '빛나는 하늘'이라는 뜻을 갖는다. 제우스는 번쩍이는 번개다. 메두사를 저주받은 마녀로 만든 헬라스 남자들은 신의 눈과 빛을 자궁이 아니라 남근phallus에 일치시켰다. 아리스토텔레스는 『동물의 발생』에서 정액이 가장 많이 모인 곳이 바로 눈이라고 말했다. 정액이 머리에서 나오는 한, 남자들의 머리는 이성적 능력, 즉 로고스logos를 상징하게 되었다. 아리스토텔레스는 바로 그러한 정액의 힘으로 남성 우월을 선언했다. 창조하고 생명과 풍요를 낳는 힘은 이제 자궁, 대지의 여신, 메두사가 아니라 제우스, 아폴론과 아폴론의 분신인 아테나, 로고스, 남근이 되었다. 메두사에 저주를 퍼붓는 신이 바로 지혜와 지식을 상징하는 아테나 신이었다는 대목을 주목해야 한다. 헬라스 남자들은 아폴론 대신 아테나를 등장시킴으로써 자신들의 가책을 중화시켰을 뿐이다.

자신의 우뚝 선 성기를 내려다보며 매혹에 빠지는 남자들. 남근 숭배자들. 그리스와 로마인들은 악한 눈에 대항하기 위해 집집마다 현관과 문 앞에, 공공장소들에 발기한 남근상을 부적으로 세워두었다. 로마의 유적에서 남근상이 그토록 많이 발견되는 것도 이 때문이다. 역사 시대는 대지모신 메두사가 마녀로 변모하는 과정 그 자체다. 불뚝 선 남근과 정액이 태양과 신과 지상의 왕으로 변신하는 과정이다. 본다는 것은 지배한다는 것이며, 역사 시대 내내 보는 자들은 남성이었다. 그러나 저주받은 메두사는 이시스 여신으로, 성모 마리아로 끊임없이 변신하며 불우한 역사 속에 자신의 존재를 드러내곤 했다. 아테나는 잘린 메두사의 머리를 자신의 방패 위에 걸었다. 잘려진 머리를 되찾고, 아테네 여신의 저주를 풀어주는 것, 메두사에게 잃어버린 사랑을 되찾아주는 것은 누구의 몫인가? 그리고 포세이돈은 어디에 있는가?

몇 개의 장면들

　　　사랑의 장면들, 방랑의 장소들, 몇 권의 책과 음악, 혼돈스런 꿈, 몇 방울의 눈물, 기나긴 기다림…. 바로 이런 것들이 인생의 전부다. 큰 강과 작은 시냇물들이 흐르면서 갈라지고 흩어졌다가 결국 거대한 바다에서 합쳐지듯 모든 생들은 레테Lethe의 강으로 흘러든다. 재와 먼지를 재료로 빚어진 형상들인 우리는 율리시즈가 키클롭스에게 말했던 이름, 즉 '이름 없는 이름no name'인 '아무도 아닌 자'다.

　아무도 아닌 자들이 있다. 율리시즈는 알키노오스 왕의 궁전에서 음유시인 데모도코스가 자신의 모험담을 노래하는 것을 듣고는 소맷자락으로 얼굴을 감춘 채 뜨거운 눈물을 흘린다. 그 순간 율리시즈는 자신이 이미 쓰인『율리시즈』라는 모험담 속에서 떠도는 하나의 단어 또는 기표에 불과하며 그 책 속에는 앞으로 자신이 겪어야 할 모험이 기록되어 있다는 사실을 깨닫는다. 자신이 살아 있는 현실적 존재가 아니라 허구적인 존재, 환영에 불과하다는 것을 새삼 인식하게 되면 서 율리시즈는 참을 수 없는 슬픔과 공허함을 느꼈던 것이다.

사랑과 질투, 배신, 복수, 전쟁, 고독, 방황, 왕조와 도시의 흥망성 쇠, 이런 모든 것들은 시간의 흐름과 인간의 영원한 미성숙과 미몽迷夢 속에서 끝없이 되풀이될 것이다.

『일리아드』와 성경 속에서 되풀이되는 이야기들도 바로 그런 이야 기들이며, 구전으로 혹은 문자에 기록된 그 모든 기나긴 역사서 속에 서 끝없이 반복되어온 사건들도 다르지 않다. 모든 것은 사라지고 새 롭게 도래한다. 기억은 망각을 불러들이고 망각은 기억을 지우고는 또 새롭게 재생시킬 것이다. 시간은 단지 무너진 성벽의 잔해들과 폐 허로 남는 신전들, 몇 권의 책들과 이야기의 파편들만을 흔적으로 남 겨둘 것이다. 긴 방랑의 길을 돌고 돈 끝에 시간은 영원을 지나 다시 처음부터 시작할 것이다. 혼란스럽고 어처구니없는 몇몇 사건들의 총 합이거나 혹은 먼지 낀 낡은 거울에 비친 누군가의 반영에 불과한 '역 사'란 것도 강바닥의 모래가 강물에 쓸려가듯 쓸려갈 것이다. 그리고 마침내 강물마저 말라버린 후엔 어떤 그림자의 희미한 흔적들만 남게 될 것이다.

시간은 흐른다

　　젖먹이 어린아이가 제 어미의 젖가슴에 매달리듯 나는 끊임없이 시간에 매달린다. 시간이야말로 우리 생의 본질에 속하기 때문이다. 결코 속살을 드러내 보이지 않는 불가해한 비밀과 신비의 베일 너머에 존재하는 시간. 아우구스티누스는 『고백록』에서 신에게 "시간이 무엇인지 알고 싶어서 제 영혼은 불타오릅니다." 하고 호소했다.

　시간이란 무엇인가? 내가 그 질문을 받지 않았을 때는 시간이 무엇인지 알고 있었다. 내가 그런 질문을 던졌을 때 나는 그것이 무엇인지 모른다. 분명한 것은 우리는 어떤 흐름을 지각하고 있고 그것을 시간으로 표상한다는 사실이다. 봄, 여름, 가을, 겨울 같은 계절의 변화 또는 육체가 점차 쇠락해가는 변화의 징후를 자각할 때 우리는 슬픔과 두려움으로 시간을 다시 생각하게 된다.

시간 속에서 태어나고 시간 속에서 사라지는 존재들. 우리가 바로 그런 존재들이다. 파우스트가 그랬듯 "멈추어라, 그대는 참으로 아름답구나!" 하고 외치며 아름답고 황홀한 순간을 붙잡으려 해도 멈출 수 없는 것이 시간이란 것 아닌가. 우리의 간절한 소망을 비웃으면서 모든 순간들은 브왈로Boileau의 시구처럼 우리를 떠나버린다.

시간은 흐른다. 그리고 그 순간에 어떤 것은 우리로부터 이미 멀어져 간다.

덧없음, 현재의 순간들이 남김없이 과거로 흘러가버린다는 점에서 궁극적으로 시간은 덧없이 느껴진다. 아니, 시간이 풍화시켜버리는 우리의 삶 자체가 덧없이 느껴진다. 나는 수천 년간 인류가 상상해온 온갖 형태로 시간의 이미지를 머릿속에 떠올려보곤 한다. 영원토록 멈추지 않고 돌아가는 수레바퀴의 이미지, 시작은 있지만 끝은 무한한 날아가는 화살의 이미지, 먼지 낀 흐릿한 거울의 이미지, 시작과 무시무시한 끝이 있는 직선의 미로와 같은 이미지, 한낮의 잠이 빚어내는 꿈, 백일몽의 이미지가 있다.

신비주의자였던 윌리엄 블레이크William Blake는 시간을 '영원이 준 선물'이라고 보았다. 세계 자체가 일종의 악몽이나 다름없었던 카프카에게 시간이란 현실인지 환상인지도 알 수 없는 끔찍한 미로나 다름 없었다. 세계 자체를 고행으로 파악했던 붓다에게도 시간은 비어 있는 것, 해탈을 통해서만 완전히 벗어날 수 있는 공허하고 고통스러운 무엇이었다. 시간은 깨달음을 위한 수행과 영혼의 정화를 위한 수도의 계기가 된다는 의미에서만 긍정적인 가치를 갖는 존재였다.

우리는 불타는 수레바퀴에 매인 채 끝없이 윤회를 거듭하게 될 것이다. 우리가 쌓은 카르마karman, 업의 빚을 다 청산할 때까지 말이다. 나는 기독교적 시간, 무시무시한 심판의 시간을 떠올리면 숨이 턱 막힌다. 우리에게 주어진 삶은 말 그대로 직선의 미로 속을 방황하는 것이다. 우리는 매순간 하늘에서 우리의 모든 행위를 굽어보며 죄를 따지는 신의 엄중한 시선을 의식해야만 한다. 마치 그들에게만 보이는 유리 너머로 용의자의 심문 과정을 지켜보는 형사들처럼, 신은 시간 속에서 이루어지는 우리의 모든 행위들을 낱낱이 지켜보고 있다.

이런 시간 속에서 우리가 순간순간 보고 듣고 경험하는 사건은 결코 물릴 수도, 반복할 수도 없는 단 한 번의 사건이 되고 만다. 그 유일한 단 한 번의 사건은 그대로 신의 명부에 선과 악이라는 잣대에 따라 엄격하게 기록될 것이다. 따라서 매 순간은 우리에게 감당하기 벅찬 무게로 짓눌러온다. 우리는 늘 긴장해야 하고, 신의 뜻을 헤아려야만 하고, 죄의 여부를 심사숙고해야만 하고, 사후에 우리 영혼의 무게를 잴 저울을 떠올려야만 한다. 이 얼마나 두렵고 끔찍한 시간인가!

내가 행하는 모든 행위의 심판자가 나 자신이며, 그 모든 행위가 고스란히 자신의 업, 카르마로 기록되는 불교의 시간은 차라리 견딜 만한 것으로 여겨진다. 한평생 살아가면서 빚어내는 모든 행위의 궁극적인 판관이므로. 플라톤이나 피타고라스Pythagoras의 영혼 윤회설에 기반한 시간관도 불교적 시간관과 그리 멀지 않다. 자기 영혼을 스스로 심판하게 된다는 점에서.

과연 '영원'은 존재하는 것일까? 나는 그 답을 알지 못한다. 만일 플라톤이나 파르메니데스Parmenides가 상상하던 영원이 실제로 존재한다면 시간과 시간 속을 흐르는 모든 것은 가상이나 환영에 불과할 것이다. 영원이 지속을 통해 스스로를 비춰보는 흐릿한 거울, 그것이 이 세계일 것이다. 그노시스트gnosist(영지주의자)들이 상상하던 시간의 이미지도 그런 것이었다. 우리의 영혼은 타락한 죄를 짊어지고 이 끔찍하고 불쾌한 시간 속으로 추락한 것이다. 시간은 부패이고, 타락이고, 비탄과 슬픔, 눈물의 계곡을 방황하는 여행이다. 근본적으로 덧없고 공허한 것이다. 백일몽처럼….

헤라클레이토스Heraclitus of Ephesus는 그 누구도 같은 강물에 두 번 발을 담글 수 없다고 천명했다. 나는 "멈추어라!" 하고 소리치며 붙잡고 싶은 모든 순간이 강물 흐르듯 나를 스쳐 지나가버린다는 사실을 의식할 때마다 눈물이 왈칵 쏟아질 것만 같은 슬픔과 상실감을 느낀다. 빙하에 갇힌 수만 년 전의 고대 생물체처럼 붙잡고 싶고 영원히 매달리고 싶었던 그 모든 순간은 나를 비껴 흘러가 지금은 어디에 머물고 있을까? 영원히 사라졌을까? 아니면 내가 알지 못하는 다른 세계에서 영원토록 그 순간을 반복하고 있을까?

언제까지나 영원히 머물고 싶어지는 그런 순간이 있다. 때로는 사건이 일어나는 바로 그 순간 이 같은 감정이 솟구치기도 하지만 이미 저 먼 과거로 흘러가버린 뒤에야 그때 그 순간이 그토록 소중하고 영원히 붙잡고 싶을 만큼 아름다운 순간이었음을 뒤늦게 깨닫기도 한다. 지난날 무심하게 떠나보냈던 연인이 다시 없을 진정한 사랑이었음을 뼈저리게 깨닫게 될 때와 같은 그런 순간, 우리는 얼마나 가슴 찢어지는 고통을 느끼는가? 되돌릴 수 없고 돌아갈 수 없음에 우리는 밤마다 눈물짓는다.

청춘 또한 그런 것이리라. 청춘이 지나가고 나서야 우리는 새삼스레 비탄에 젖곤 한다. 완벽하게 되풀이되는 영원회귀를 믿었던 피타고라스는 제자들 앞에서 이렇게 말했다고 한다.

나는 언젠가는 다시 지팡이를 든 채 너희들 앞에 나타나 다시 너희들을 가르치게 될 것이다.

만일 이번 생에서 잃어버린 돌아가고 싶지만 돌아갈 수 없는 애틋한 사랑이 있다면 다음 생에 다시 그 순간으로 돌아갈 수 있으며 또다시 반복할 수 있다고 말하는 피타고라스의 사상이 반갑지 않겠는가? 그렇다면 단테의 『신곡』에 나오는 연인 파올로와 프란체스카는 다음 생에서 또 다시 책을 읽다가 최초의 입맞춤을 하게 될 것이고, 아벨라르와 엘로이즈는 다시 편지를 주고받게 될 것이다. 단테는 다리 위에서 베아트리체를 다시 만나게 될 것이며, 니체는 다시 루 살로메Lou Andreas-Salome의 집에서 그녀를 만나게 될 것이고, 보들레르는 다시 잔느 뒤발Jeanne Duval과 사랑에 빠져 그녀에게 시달리게 될 것이고, 우리의 시인 이상도 다시 금홍이를 만나게 될 것이다. 그리고 그 사건들은 영원토록 무한한 생들 속에서 무한히 반복될 것이다. 그와 같은 무한한 반복은 비록 이 세계가 덧없는 환상이고 환영에 불과하다 할지라도, 어떤 꿈은 실제보다 더 실제처럼 느껴진다는 단순한 이유만으로도 충분히 반복할 만한 가치가 있는지도 모른다.

하루살이와 같은 짧고 보잘것없는 생에서 다른 모든 순간은 고통스럽고 불행하다 할지라도 영원토록 반복하고 싶은 단 한 순간, 운명처럼 여겨지는 단 한 순간을 다시 살기 위해서라면 이 삶을 다시 반복하기를 소망할 만큼 강렬한 한순간을 과연 나는 경험하고 있는가? 어떤 순간을 영원토록 반복하고 싶을 정도로 사랑하고 추억하며 살았다고 말할 수 있을까?

나는 생각한다. 인간에게 가장 좋은 것은 고대의 현자들도 말했듯이 이 세상에 태어나지 않는 것이다. 그러나 기왕에 이미 태어나버렸고 어떻게든 살아가야만 한다면 우리는 어떤 시간의 이미지를 그려야

3. 삶, 내가
존재하는
순간들

255

할까? 누군가는 플라톤적 시간의 이미지든 붓다의 시간의 이미지든 자신의 삶에 영원토록 반복하고 싶을 정도로 애착을 갖는 몇몇 순간이 있다는 단순한 이유만으로 영원토록 돌아가는 수레바퀴의 이미지를 원할 것이다. 그 수레바퀴가 실재적인 것이거나 가상적인 것이라도 내가 삶을 진실로 느끼는 한 그것은 그다지 중요하지 않다.

속죄를 위해서도 아니고 한평생 지은 카르마의 빚을 청산하기 위해서도 아닌 너무나 소중하여 되찾고 싶은 몇 개의 추억을 다시 만나기 위해 영원토록 그 순간들로 다시 되돌아가고 또 되돌아가고 싶어 하는 것. 이런 선택을 위해서라면 모든 업을 청산하여 해탈해버리지 않기 위해서라도 더욱 부지런히 카르마를 쌓아야 하지 않겠는가?

만일 오르페우스라면, 이번 생이 끝나 다시는 에우리디케를 만나지 못하는 것보다 차라리 하데스의 동굴 속에서 에우리디케를 절망적으로 놓쳐버리는 고통을 다시 감수하는 한이 있더라도 에우리디케와 나누었던 달콤하고 황홀한 짧은 순간들을 다시 만나기 위해서라도 영원히 생을 반복하길 원하지 않겠는가?

우리는 어떤 시간의 이미지를 원하는가? 이번 생, 단 한번으로 영원히 끝나버리는 시간 혹은 이번 생이 완벽하게 반복되는 피타고라스적 시간 혹은 최후의 심판이 기다리고 있는 기독교적 시간 아니면 변형된 형태로 반복되는 해탈의 가능성을 배제하지 않는 불교적인 수레바퀴의 시간. 그에 대한 답은 죽음을 맞는 최후의 순간에 가서야 내릴 수 있을지도 모른다.

나는 한 마리 개에 불과했다

　　　　모든 집단은 자신을 위한 언어체계를 갖는다. 관습, 법, 도덕, 종교, 심지어 예술의 규범에 이르는 모든 것을 '진리의 체계'라는 이름으로 아우르는 언어의 체계가 있다. 스피노자는 모든 존재하는 것들은 자기 자신으로 머무르길 갈망한다고 썼다. 그는 그것을 '코나투스Conatus'라고 불렀다.

　돌멩이는 돌멩이로, 호랑이는 호랑이로, 집단은 그 집단 자신으로 머물길 갈망한다. 그러한 코나투스가 인간 공동체에서는 그물망처럼 얽힌 언어망들의 체계로 나타난다. 모든 신화, 법률체계, 도덕체계, 종교, 예술의 규범을 말하는 화자는 집단이다.

　한 집단이 문명을 형성하고 성숙해 나가는 시기에 아직 집단의 중개자로써의 언어체계는 유동적이고 물렁물렁하다. 그럴 때 그 집단은 어떤 창조적인 개인들을 통해 그 집단의 정신이 도달할 수 있는 최고의 경지를 예술 언어의 형태로 표현한다. 호메로스나 아이스킬로스Aescylos가 그랬고, 단테나 괴테가 그러했다. 니체는 괴테를 '한 문화의 초상화'라고 말했다. 괴테가 창조한 파우스트의 형상은 자부심에 넘친 부르주아 사회의 욕망과 정신이 가장 높은 경지에서 자기 표현을 발견한 것이었다. 그러나 성숙기와 절정기를 지나버린 모든 집단의 언어는 마침내 말라비틀어진 빵처럼 딱딱하게 굳어버리고 집단이 발견하고 발전시켜온 언어체계를 불변의 성스러운 진리의 체계로 고정시킨다. 그럴수록 집단은 이미 내부에서부터 서서히 피로에 지치고 균열이 생기기 시작하면서 집단 언어로부터 이탈하는 예민한 개인들을 만들어낸다. 집단과 시대와 불화하는 개인들, 다시 말해 '고뇌하는 개인들'의 시대는 이렇게 온다.

기원전 6세기, 동서를 막론하고 갑자기 출현하는 개인들이 있었다. 공자와 노자, 묵자墨子, 프로타고라스Protagoras와 소크라테스, 플라톤 같은 개인들은 이미 돌이킬 수 없이 회의에 빠진 고뇌하는 개인들이었다. 그들은 강고한 집단의 언어들로부터 완전히 자유롭지는 못하지만 이미 반시대적 정신으로 무장하고 자기가 속한 시대와 돌이킬 수 없는 반정립 상태에 들어가버린 정신들이다. 그런 시대에 출현하는 '자유로운 정신들'은 어쩔 수 없이 이방인이 될 운명을 타고난다. 그들의 운명은 방랑자가 되거나 유배를 가거나 추방당하거나 옥에 갇히거나 혹은 니체처럼 고뇌 끝에 스스로 파멸하거나 소크라테스처럼 집단 언어에 의해 죽임을 당한다. 나는 집단의 균열기나 해체기, 격변기, 붕괴가 운명이 되어버린 시대에 집단 언어에 의해 배척당한 사람들의 목록을 끝없이 써내려갈 수 있다.

모든 집단은 자유롭고자 하는 개인들에 대해서는 하나의 '프로크루스테스의 침대Procrustean bed'가 된다. 나는 개별성의 문제를 다시 생각한다. 개별성indivisuality은 라틴어 '인디비둠individuum'에서 왔다. 이 단어는 에피쿠로스주의자들이 말하던 '원자atomos'를 번역한 단어다. 에피쿠로스는 군중과 개별성을 확고하게 분리시켰다. 에피쿠로스는 "군중은 폭풍우와 같다"고 말했다. 동시에 그는 개인의 고유한 자주성인 '아우타르케이아autarkeia'를 옹호했다. 자긍심 넘치고 독립적인 개별성, 대체 불가능한 고유한 개별성을 의미하는 그것은 근대 자유주의와 개인주의의 이상이기도 했다.

독립적이고 이성적이며 대체 불가능한 고유성을 가진 원자로써 움직이는 합리적인 개인의 이상. 그러나 현실의 역사가 진행해오는 흐름 속에서 그것은 파산했다. 오늘날 개인들은 정치적이고 독립적인 원자 개인인 아토모스atomos가 아니라 언제나 대체 가능한 부품으로 기능하는 개인, 즉 혼자를 뜻하는 '모노스monos'일 뿐이다. 불어로 수도사는 'moine'이다. 탈정치화되고 대체 가능하며 파편화되고 고립되어 외로운 모노스. 정치화되고 대체 불가능하며 고립이 아니라 스스로 고독 속에서 사유하고 깨어 있는 자주적인 개인 아토모스.

우리가 자본주의Capitalism라고 부르는 사회는 그 탄생 초기부터 스스로 고안한 집단 언어에 반대하는 또 다른 집단의 언어들과 무수한 반정립적 개인 언어들을 산출하면서 출현한 역사상 유례를 찾을 수 없는 유일한 형태의 공동체다. 이 체제는 개인들을 모래알처럼 흩뿌려놓은 뒤 그들의 욕망을 전면적으로 해방시켜 그 해방된 욕망들을 '시장'이라는 맷돌 속으로 흘려 넣고 빙글빙글 돌린다. 시장은 하나의 겟세마네Gethsemane, 즉 기름 짜는 틀이다. 욕망을 짜서 기름진 돈을 짜내는 틀.

벌거벗은 욕망의 유토피아. 시장이라는 교환의 신을 숭배하는 이 독특한 체제는 그 신전의 파괴와 집단 자체의 존속 부정을 도모하지 않는 한, 자유와 사생활이라는 이념하에 어떤 욕망이라도 허용한다. 포르노가 하나의 유용하고 가능한 산업이 될 수 있는 까닭도 거기에 있다. 교환 가능한 무한한 욕망의 자유는 시장이라는 신이 더욱 번창할 수 있는 가장 기름진 토양이다. 욕망이야말로 시장이 가장 선호하는 일용할 양식인 것이다.

개인이 된다는 것은 무엇인가? 그것은 일차적으로 집단의 언어를 발화하지 않을 수 있음을 뜻한다. 집단 언어의 체계를 능가하는 독특하고 고유한 자기 세계를 갖는다는 것이다. 어느 시대이건 전통과 관습, 진리로 굳어진 집단 언어의 그물망을 벗어나는 것은 예외적인 사건에 속한다. 인간은 집단 언어 속에서 태어나 비로소 하나의 생물체에서 인간으로 형성되기 때문이고, 집단과는 다른 언어를 발화한다는 것은 죽음을 무릅써야 할 만큼 위험천만한 일이기 때문이다.

16세기 명나라의 사상가 이탁오李卓吾는 『분서焚書』라는 책에 이렇게
썼다.

> 나는 어릴 적부터 성인의 가르침을 배웠지만 정작 성인의 가르침이
> 무엇인지는 알지 못한다. 공자를 존경하지만 공자의 어디가 존경할
> 만한지 알지 못한다. 이것은 난쟁이가 사람들 틈에서 연극을 구경하
> 면서 다른 사람들의 잘한다는 소리에 덩달아 따라 하는 장단일 뿐이
> 다. 나이 오십 이전의 나는 한 마리 개에 불과했다. 앞에 있는 개가
> 자기 그림자를 보고 짖으면 같이 따라서 짖었던 것이다. 만약 누군가
> 내가 짖은 까닭을 묻는다면 벙어리처럼 입을 다물고 쑥스럽게 웃을
> 수밖에.

이탁오가 살았던 16세기 중국의 명나라는 500년 조선 시대와 마찬
가지로 주자학이 집단의 유일하게 성스러운 진리체계로 신봉되던 시
대였다. 그는 집단 언어와 다른 목소리를 냈던 죄를 추궁당해 투옥되
었고 옥중에서 자살해야만 했었다.

나이 오십 이전의 자신은 한 마리 개에 불과하다고 말한 그는 50세
가 넘어서야 비로소 유일무이한 개별자가 되었다. 나는 평생을, 이탁
오가 말한 그런 '개'가 되지 않기 위해 동서와 모든 시대를 가로지르며
시대와 집단의 언어로부터 자유로워지길 꿈꾸었다. 내가 태어나고 살

앗던 시대에 빚지고 인정할 수 있는 미덕이 있다면 그것은 오로지 모든 시대의 책들과 역사, 언어에 자유롭게 접근할 수 있는 가능성을 부여해주었다는 사실에 있다. 책과 독서는 인간이 짐승이 되지 않기 위해, 인간다운 자유를 위해 일차적으로 의존할 수 있는 가장 강력한 무기다. 나머지는 물론 개인들의 자유롭게 열린 상상력과 사유의 몫이다.

오늘날 대중들이 선호하는 '개인주의'라는 것은 진짜 개인이 되는 것과는 무관하다. 그것은 욕망의 무정부주의이거나 혹은 획일적인 유행에 자발적으로 동참한다는 의미에 지나지 않는다. 그것은 개인이 되는 것과는 아무런 상관이 없다.

스피노자는 『윤리학Ethica』의 마지막 문장에 이렇게 썼다.

Sed omnia praeclara tam difficilia, quam rara sunt(모든 고귀한 것은 어렵고 드물다).

예수 그리스도의 수난

'JESUS XPI PASSIO(예수 그리스도의 수난).' 이것은 이탈리아의 성 바올로San Paolo 수도사가 1720년에 창설한 '예수 수난 수도회'의 공식 문장이다. 수난과 고통의 구세주.

모든 단어에는 인간의 욕망과 상상력과 감정, 한마디로 세계 감정이 담겨 있다. 아무리 엄격하게 정의되는 개념이라 하더라도 그 정의는 과학적인 정의가 아니라 세계 감정의 논리적 서술에 불과하다.

서양의 '로고스logos'라는 단어와 동양의 '도道'라는 단어는 개념으로 표현되기 이전에 이미 하나의 감정이다. 개념으로 전환되는 것은 그 이후의 단계에서 출현한다. '우시아ousia'나 '기氣'라는 단어도 마찬가지다. 그 각각의 단어에 담긴 근원적인 감정은 그 세계를 살았거나 그 세계의 후예가 아니면 결코 이해할 수 없다.

어떤 언어들은 한 세계와 인간이 상호작용하는 가운데 일어나는 근원적인 감정들을 포착한다. 그러한 언어가 한번 출현하게 되면 이후의 인간들은 결코 그 언어의 그늘에서 벗어날 수 없다. 오직 그 언어의 휘장을 통해서만 세계를 느끼고 이해하게 된다. 인간은 결코 언어를 넘어 민얼굴의 세계에 다가갈 수 없다.

세계 자체가 되고 인간 자체가 되어버리는 근원적인 언어들이 있다. 희랍어 '파토스pathos' 또한 그런 단어에 속한다. 예수의 삶은 수난의 삶이었다. '수난受難'은 고통을 받아들이고 겪는다는 수동태적인 의미를 갖는다. 수난은 라틴어 'Passio'를 번역한 한자어다. '수난' 혹은 '고난' 또는 '고통'으로 번역하기도 한다.

영어에는 동일한 한 단어가 전혀 다른 의미를 나타내는 기이한 동음이의어가 있다. 대문자로 시작하는 'Passion'은 예수의 수난과 고통을 의미하는 고유명사다. 소문자로 시작하는 'passion'은 열정, 정념, 격정을 가리키는 보통명사다. 신의 수난과 인간의 정념, 열정을 동시에 의미하는 것이다. 천국과 지옥만큼의 거리가 있는 의미의 차이가 동일한 철자들로 이루어진 하나의 단어 속에 응축되어 있다. 그 의미의 까마득한 괴리감만큼이나 길고 긴 역사의 우여곡절이 단어에 녹아들어 있다.

영어의 'passion'과 'Passion' 라틴어의 'passio.' 이 단어들의 기원은 고대 희랍어 파토스에서 시작한다. 나는 아리스토텔레스의 『시학』 제11장에 나오는 이 단어의 복잡한 의미망을 제대로 이해하지 못해 무

척 어려움을 겪었다. 이 단어를 이해하지 못하는 한 고대 희랍인들의 감정 세계, 그들이 남긴 노래와 비극 작품들을 결코 이해할 수 없다. 고대 희랍어에서 파토스는 대개 '드라마drama'라는 단어와 함께 등장한다. 오늘날 '희곡, 방송극'을 의미하는 드라마는 원래 '행위'를 뜻하는 말이었다. 우리말로는 '짓'에 해당하는 단어다. 어떤 행위가 고통스런 결과를 초래하여 그것이 행위자를 덮칠 때, 즉 비극적인 고통을 '당함' 혹은 '겪음'이다. 라틴어 Passio가 수난과 고난의 의미를 갖는 것도 바로 그런 희랍어의 의미를 충실히 따른 것이라 할 수 있다.

Drasanta pathein (행한 자는 당하게 마련이다).

아이스킬로스가 쓴 『아가멤논Agamemnon』에 등장하는 문장이다. 고대 희랍 사회에서 파토스는 비극적 사건이나 상황, 조건, 처지, 고통, 일반을 가리키는 넓은 뉘앙스를 갖고 있었다. 인간의 모든 행위drama는 인간의 불가피한 조건인 지성의 한계, 실수, 악덕, 과오 등으로 인해 반드시 어떤 상황을 겪게pathos 마련이다.

인간 존재의 근본적인 제약, 굴레들이 파토스를 겪게 한다. 호메로스의 작품과 고대 모든 비극 작품의 등장인물들이 그런 것처럼. 인간이란 근본적으로 고통과 고난을 겪어야만 하는 존재다.

붓다는 인간의 근본 조건을 고苦, 즉 산스크리트어로 두카duhkha라고 보았다. 생로병사 희로애락, 즉 태어나고 살고 죽는 것, 이 모든 것이 그에게는 고통이었다. '두카'는 수동적으로 당하고 겪는다는 의미에서 희랍적 의미에 맞닿아 있다.

윤회와 업의 수레바퀴에 끼어 있는 존재. 윤회를 벗어나지 못하고 생로병사의 생을 거듭 당하고 겪어야만 하는 고통. 그 고통이 불러일으키는 마음의 고뇌가 바로 클레사klesa다. 중국 불승들이 클레사를 번역하여 '번뇌煩惱'라는 단어를 썼다. 번뇌란 뇌가 불에 타듯이 괴로워하는 것이다. 번뇌는 인간 존재가 겪어야만 하고 당해야만 하는 근원적인 조건이지만, 치유 불가능한 것이 아닌 그릇된 환영, 집착이 빚어내는 미몽이다. 그 미몽에서 깨어나는 것이 바로 깨달음, 보리bodhi다. 인간, 세계 이 모든 것은 환영이요, 그림자에 불과하다. 파토스가 '겪음'에서 수난의 의미로 그리고 오늘날 열정, 정념, 격정이란 뜻으로 변한 것은 고통스런 사건을 겪는 것은 결국 격정적인 행위들이 원인으로 작용했기 때문이라는 논리에서다.

로마의 스토아 학자들은 '아파테이아apatheia'를 최선의 훌륭한 삶으로 인정하고 추구했다. 그것은 무감동 즉, 감정이 전혀 움직이지 않는 고요하고 평정한 마음 상태를 가리키는 것이었다. 아파테이아를 거친 고요하고 평정한 마음, 그것이 바로 '아타락시아ataraxia'였다.

원인과 조건에 의해 형성된 모든 것은 꿈과 같고, 물거품 같고, 허깨비 같고, 그림자 같다. 또한 이슬과 같고, 번갯불 같으니 응당 그와 같이 보아야 한다.

기원전 2세기에 나온 불교 경전 『밀린다팡하Milindapanha』의 「나선비구경那先比丘經」에 나오는 한 구절이다.

고대 인도와 고대 희랍인들이 인간의 근본조건을 비극적으로 보았다는 사실은 의미심장하다. 복음서들조차 인간은 구원받기 위해서는 고난의 십자가를 짊어져야만 한다고 말하고 있다. 예수를 모방하며 사는 것, 그것이 참된 신앙인의 삶이다. 이 세계는 죄와 비탄의 계곡이다. 에덴의 동쪽. 하느님은 신의 명령을 어긴 최초의 남자와 여자에게 "흙에서 난 몸이니 흙으로 돌아가기까지 이마에 땀을 흘려야 낟알을 얻으리라. 먼지에서 왔으니 먼지로 돌아가리라"라고 말했다.

그런 뒤 그들을 에덴에서 추방하고, 반은 사람이고 반은 사자인 날개 달린 괴수와 회전하는 불의 칼을 두어 생명나무의 길을 지키게 했다. 이승에서 인간이 에덴으로 귀환하는 길은 영원히 차단되었다.

미국의 소설가 허먼 멜빌은 서른여덟 살이던 1856년 절필을 선언했다. 역작인 『백경』을 비롯한 작품들이 철저히 외면당하고, 습속에 어긋난다는 비난과 조소에 직면하자 깊은 절망에 빠졌던 것이다. 글쓰기를 포기한 그는 20여 년 동안 평범한 세관원 생활을 했고 세상은 작가 허먼 멜빌을 완전히 잊었다.

그러나 어렴풋이 죽음을 예감하기 시작한 멜빌은 다시 책상 앞에 앉았고, 죽기 한 달 전까지 단 하나의 작품에 매달렸다. 마치 자신의 생과 명예가 온통 그 작품에 달려 있기라도 한 듯이. 그렇게 해서 탄생한 그의 최후의 작품이 중편소설 『빌리 버드Billy budd』다.

이 작품은 한 무죄한 인간의 비극적인 파멸을 다루고 있다. 영국 해군에 강제 징집된 순진무구한 수병 빌리 버드. 그는 악의와 시기심으로 가득 찬 선임 위병 하사관 클래가트의 음모에 휘말려 언쟁을 벌이다 그만 실수로 클래가트를 죽이게 된다. 함장은 빌리 버드가 음모와는 무관하다는 사실을 알지만 군대의 질서와 안정을 위해 그 살인 사건을 하극상으로 규정하고, 빌리 버드는 교수형에 처해진다.

그 소설은 마치 현대판 「욥기」 혹은 현대판 『오이디푸스 왕』으로 읽어도 좋을 것이다. 빌리 버드가 바로 욥이자 오이디푸스다. 무죄하거나 우연하고 사소한 실수로 너무 큰 당함pathos을 겪어야만 하는 인간. 인간 세상 도처에는 그런 욥 혹은 오이디푸스 혹은 빌리 버드들이 얼마나 많은가? 어처구니없는 교통사고로 목숨을 잃은 그녀 L도 그러했을 것이다.

비탄을 뜻하는 엘레오스eleos와 전율을 뜻하는 포보스phobos는 아리스토텔레스가 『시학』에서 비극의 심미적 효과로써 '카타르시스katarsis'의 개념을 설명할 때 썼던 단어들이다. 카타르시스는 여전히 논란이 많은 개념이다. 흔히 엘레오스와 포보스를 각각 '연민'과 '공포'로 옮겨 쓰지만 이러한 번역에는 기독교적인 뉘앙스가 개입되어 있다. 고대 희랍적 뉘앙스로는 '비탄'과 '전율'이 더 정확하다. 비탄이란 탄식을 토해내는 깊은 슬픔의 감정이고, 전율이란 머리털이 곤두서고 소름이 돋는 무서운 체험이다.

우리는 오이디푸스처럼 탁월한 영웅적 인물의 비극이 아닌 평범한 동류의 인간들이 겪는 비극적인 사건들에도 비탄과 전율을 느낀다. 운명의 급변과 추락, 사소한 실수나 과오로 인해 치러야 하는 거대한 고통, 인간이면 피하기 어려운 변덕스런 운명의 희롱에 인간들의 삶은 쉽사리 파괴되고 영혼은 고뇌를 겪는다.

단 하루도 앞날을 내다볼 수 없는 인간은 자신에게 그리 우호적이지만은 않은 이 세계에 속한 채 갖은 드라마를 엮어간다. 아무런 파토스도 겪지 않고 조용히 생을 지나칠 수는 없다. 인간의 계획과 의도, 소망과 기대를 뒤틀어버리거나 전혀 다른 방향으로 몰아가버리는 것, 그것이야말로 운명의 여신이 진정으로 즐기는 변덕과 짓궂음인 탓이다.

제우스께서는 사멸하는 자들로 하여금 지혜를 갖도록 인도하시는 분으로 당함(pathos)를 통해 배움(mathos)를 갖도록 그렇게 단호히 정하셨도다.

정의의 여신은 고통을 겪는 자들이 배우게끔 하시니라.

아이스킬로스는 비극 『아가멤논』에서 고통과 지혜의 상관관계에 대해 반복적으로 설명한다. 번뇌와 고통의 겪음을 통해서 얻는 삶의 지혜를. 붓다는 인간을 불난 집에 비유했다. 그 불이란, 마음이 빚어내는 온갖 망념들이다. 번뇌가 발생하고 머무는 장소는 마음이다. 번뇌의 불을 꺼트려야 할 장소도 바로 마음이다. 인간의 행위가 결국 마음이 움직여 일어난다는 점에서 결국 고통의 기원은 동일하다.

순진무구하게 젊었던 시절, 인간성에 신뢰를 보냈던 나는 인간의 어리석음과 탐욕과 사악함, 잔혹성을 알게 된 후로는 인간을 혐오하고 냉소하게 되었다. 하지만 세월이 더 흘러 인간에게 부과된 고통과 하마르티아hamartia의 굴레를 알고부터는 무한한 연민의 감정을 품게 되었다.

전쟁터에서 칼을 부딪치며 싸우던 아킬레우스와 프리아모스 왕이 부둥켜안고 통곡하던 심정을 진심으로 이해할 수 있게 되었다. 우리 인간이란 고대 희랍인들이 말했던 것처럼 신들이 보기엔 그저 가엾은 하루살이들에 불과하지 않은가?

밤과 페르소나

　　지친 태양이 하늘을 붉게 물들이며 서쪽 산으로 기울어지고 이윽고 먹물 빛의 어둠이 지상을 뒤덮는다. 학교에서, 직장에서 각자 집으로 서둘러 돌아간다. 우리는 사회적 인간에서 자연인으로, 한 마리의 짐승으로 회귀한다. 투명한 사회적 공간에서 내밀하고 비밀스런 자신만의 사적 공간으로 숨어 들어간다.

　집은 이 사회로부터 숨어들 수 있는 유일한 사적 세계다. 그러나 가족관계로부터 벗어날 수 없는 집들이 있다. 그 공간은 여전히 절반은 사회적 세계의 연장이다. 아버지와 어머니 그리고 자식 사이에는 위계와 도덕률이 여전히 작동한다. 그런 공간에서는 완전하고 절대적인 자연이 성립하기는 불가능하다.

　혼자만의 공간, 그 세계는 절대적으로 자연이 스며드는 세계다. 나는 그 공간에서 비로소 태초의 아담과 이브의 상태로 돌아갈 수 있다. 연인 혹은 신혼부부들은 단 둘만 있을 때 종종 벌거벗은 상태로 지낸다. 혼자이거나 사랑의 열정에 사로잡힌 연인들만의 공간. 그런 공간만이 우리가 추방당했던 에덴동산의 멀고도 아득한 감미로운 추억을 되살릴 수 있다. 부끄러움이나 두려움 없이 벌거벗을 수 있는 자유야말로 사회적인 규칙들과 금기들로 이루어진 이 세계에서 유일하게 벗어날 수 있음을 의미한다. 우리는 가면을 벗어던진다. 사회에 나갈 때 썼던 가면, 가짜 인격인 페르소나persona를 출근할 때 입었던 양복을 벗어버리듯 던져버릴 수 있다.

그리스어 페르소폰persophon을 번역한 라틴어 페르소나는 원래 연극 용어였다. 고대 세계에서 배우들이 연극을 할 때 썼던 가면이 페르소폰이었고 페르소나였다. 여기에서 등장인물, 배역 등으로 의미가 확장되었다. 한 배우는 여러 개의 가면, 페르소나를 쓰고 연기를 할 수 있었다.

오늘날 심리학에서 페르소나를 사회에 투영된 가짜 인격으로 해석할 때 그 원래의 의미가 희미하게 남아 있다. 인물을 의미하는 영어의 person, 인격을 의미하는 personality는 그 어원인 페르소나의 의미에서 한참이나 멀어져버렸다. 그 흔적만 남아 있을 뿐. 그러한 분리의 양극이 커지면 커질수록 사회적 세계의 압력과 강도, 비중이 강화되었음을 알 수 있다.

오늘날의 우리는 진짜 얼굴personality를 잃어버렸다. 환한 낮의 세계, 노동의 세계, 조금도 빠져나갈 틈 없이 촘촘히 짜인 사회적 관계망의 그물조직 속에서 개인들은 가짜 얼굴인 페르소나를 진짜 얼굴인 양 '연기하면서' 살아간다. 언제나 페르소나로 연기를 하다 보면 마치 가면이 진짜 얼굴인 것처럼 스스로를 기만하게 되기도 한다. 너무나 자연스러워진 가면들. 얼굴에 찰싹 달라붙어 얼굴 자체가 되어버린 가면들.

프로이트는 페르소나의 문제를 무의식 이론의 토대로 삼았다. '리비도libido'는 가면 뒤에 감추어진 진짜 얼굴이다. 슈퍼에고는 사회가 강요하는 규칙에 복종하고 적응하기 위해 꾸며낸 가짜 얼굴, 사회도덕의 얼굴이다. 우리의 자아는 리비도와 슈퍼에고 사이에서 끝없이 진동한다. 그러나 사회의 구성력이 강력해지고 개인을 짓누르는 사회의 무게가 커질수록 자아의 진짜 얼굴은 점차 축소되고, 위축되고, 흔적만 남긴 채 소멸해간다. 그리하여 오늘날 이 세계는 온통 가짜 얼굴들, 페르소나들로 넘쳐난다. 생존경쟁이 치열해질수록, 과학과 기술의 발전 속도가 빨라질수록 개인들은 페르소나에 대한 편집증적 강박관념에 시달린다. 낮이 점점 더 길어진다. 전기의 발명은 밤에 대한 낮의 승리이자, 자연에 대한 사회의 승리다. 휴식에 대한 노동의 승리, 인간에 대한 비인간의 승리다. 전기의 발명과 함께 본격적인 기계시대가 도래하였고 우리는 점차 비인간적인 인간, 원래의 자연적인 자기를 상실해버리는 인간이 되어간다.

그러나 밤을 완전히 소멸시킬 수는 없다. 24시간 내내 태양빛을 대체한 전깃불 아래, 사회체제에 개인들을 묶어둘 수는 없다. 밤만이 빛의 폭력, 사회의 폭력, 페르소나의 폭력으로부터 우리를 구제해준다. 밤이 되어야 우리는 얼굴에 들러붙어 있는 페르소나를 떼어버릴 수 있다. 감추어진 것들이 귀환하고 무의식의 세계가 돌연 출현한다. 리비도가 분출하고 우리는 벌거벗은 채 각자의 내밀하고 비밀스런 세계를 만들어간다. 존재의 빗장이 풀리고 우리는 휴식을 취하거나 사랑을 나눈다.

인간이 사회라는 집단적 조직체를 구성하고 온갖 규칙들로 스스로를 짐승이 아닌 사회적 존재로 묶어버린 그 순간부터 밤의 매혹은 더욱 두드러지기 시작했다. 가짜가 아닌 진짜 얼굴을 되찾으려는 인간들, 온순한 양떼가 아닌 야생성을 되찾은 야수들이 출현한다. 비밀스런 사랑의 세계가 열린다. 컴컴한 밤에 홀로 있을 때 혹은 연인과 단둘이 있는 그 순간 사회적 규칙에 얽매인 언어들마저 소멸된다. 거기에는 낮과 전혀 다른 또 하나의 세계가 열린다.

신비주의자들은 침묵을 숭배하고 언어를 금했다. 그 결과 침묵을 뜻하던 단어 mysticos가 신비mystery로 바뀌었다. 밤은 사회적인 모든 것을 침묵시킨다. 전기가 발명되기 전 자정이 넘은 시간의 대지에는 오직 깜깜한 어둠과 침묵만이 존재했다.

우리가 여전히 밤에 매혹을 느끼는 이유는 밤의 어둠만이 우리에게 잃어버린 진짜 얼굴을 되찾아주기 때문이다. 마스크가 아닌 얼굴을. 타자로 변해버린 자기가 아닌 진짜 자기를. 거추장스런 옷 대신 벌거벗은 진짜 육체를.

벌거벗을 수 있는 자유를 가진 자들만이 진정으로 행복하다. 우리는 사회인으로서의 역사와는 비교조차 할 수 없을 정도로 훨씬 더 길고 오랜 세월을 야생의 동물로 살았다는 사실을 망각해서는 안 된다.

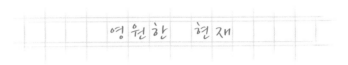

영원한 현재

어느 봄날 오후, 작은 숲길로 산책을 갔다. 어느새 연둣빛으로 물든 숲속의 싱그럽고 향긋한 내음이 정신을 몽롱하게 할 정도였다. 숲의 향기에 취한 채 나는 구불구불한 오솔길을 홀로 걸었다. 숲의 정적과 고요가 영혼 속으로 가득 밀려오는 것을 느끼며 깊은 행복감을 느꼈다.

어느 한적한 벤치에 앉자 가슴속에서 말로 표현하기 어려운 어떤 떨림 같은 것이 느껴졌다. 한없이 펼쳐진 녹음 속에서 시간의 흐름을 잊을 수 있었고 그 자리에서 영원히 잠들어버리고 싶은 욕망마저 느꼈다. 그야말로 황홀한 고독이었다. 그 순간 예전에 어떤 책에서 읽었던 라틴어가 떠올랐다. nunc aeternitatis, '영원한 현재'라는 뜻을 가진 단어였다.

나는 혼자일 때 깊은 고독 속에서 발견할 수 있는 시간의 무중력 지대를 알고 있다. 그동안 나는 얼마나 고독을 깊이 사랑했던가? 나와 함께 머물면서 선사해준 고독의 축복들을 기꺼이 사랑할 수 있었기 때문에 나는 덜 외로울 수 있었다. 크로노스를 의식할 때마다 나를 엄습하는 고통스런 무의 감정으로부터 자유로울 수 있었다. 나는 그 고독의 지대에서 꿈과 사유의 도취적인 매혹으로 이끌린다. 홀로 몽상에 젖는 사이 내 영혼은 나를 속박하던 시간과 장소를 떠나 어디에도 있을 것 같지 않은 장소, 나만이 알고 있는 은신처로 숨어든다.

중세 시대의 신비주의자들은 그 장소를 '영원한 현재'라고 불렀다. 플라톤은 『파르메니데스Parmenides』에서 이런 순간의 이미지를 '아토폰 atopon'이라 불렀다. 운동과 정지 사이의 기묘한 그 무엇. 정확한 의미로는 '장소를 갖지 않는' 무엇. 그래서 그런 순간은 크로노스적 시간과는 무관한 시간 바깥에 위치하는 존재라고 하였다

장소 없는 장소, 시간 없는 시간의 거주지. 먼 과거로부터 달려오는 시간들과 먼 미래로부터 닥쳐오는 시간들의 무거운 압박으로부터 벗어난, 움직임도 동요도 없는 적막한 시간의 장소. 나는 그 속에서 모든 시간과 장소를 자유롭게 넘나들고 신들의 정원과 요정들이 뛰노는 숲과 아직 존재하지 않는 다른 세계들을 배회한다. 인간의 사유하는 정신과 상상력이 진정으로 새로운 것을 창조하는 장소가 바로 그곳이다.

오직 고독을 사랑할 수 있고 기꺼이 자발적으로 고독 속으로 걸어

들어가는 이들에게만 모습을 드러내는 장소. 맑은 물에 검은 잉크가 번지듯이, 존재하지 않던 하나의 세계가 이 세계로 흘러들면서 환상이 현실과 뒤섞이고 다른 세계가 출현한다. 영원한 현재가 시간의 연속체의 흐름 속으로 끼어들어 시간의 성격을 바꾸어놓는다.

창조가 가능하려면 그 순간을 발견해야 한다. 오르페우스의 수금은 하늘의 천공 높은 곳에 영원히 머물면서 밤마다 오르페우스와 에우리디케의 슬픈 사랑 이야기를 들려준다. 그 세계는 이미 오르페우스 이전의 세계와는 다른 세계다.

영원한 현재, 그 장소는 하데스로 내려간 오르페우스가 지하세계의 왕과 왕비 앞에서 수금을 타며 노래를 부르는 순간 머무는 장소다. 한 개인이 도달할 수 있는 가장 아름다운 망각의 세계이자 초월의 세계. 신과의 신성한 합일을 추구했던 모든 현자들이 추구했던 세계이기도 하다.

장자는 영원한 현재에 도달한 상태를 '좌망坐忘'이라고 썼다. 장자는 방 안에 고요히 앉아 세상을 잊고 자신도 잊는다. 13세기 서양 중세의 기독교 신비주의자였던 에크하르트Eckhart는 신성과 합일한 인간의 능력을 '영혼의 불꽃scintilla animae'이라고 불렀다.

예술 역시 고독 속에서 자신과 세상을 잊고 또 다른 세계에 몰입한다. 예술은 술에 취해 자신을 잊고 시를 읊는 도연명이다. 도연명이 환상 속에서 보았던 도화원은 현실 세계에서는 결코 발견할 수 없다.

도화원은 영원한 현재의 순간에 있는 것이었다. 유토피아utopia란 말은 '어디에도 없는 장소'란 뜻이다. 혼자만의 고요한 침묵과 고독 없이 영원한 현재의 천국에 도달할 수 있는 사람은 아무도 없다.

릴케의 침묵

초판 1쇄 인쇄 2013년 11월 20일
초판 1쇄 발행 2013년 11월 25일

지은이 김운하
펴낸이 김남중
책임편집 이수희
마케팅 이재원

펴낸곳 한권의책
출판등록 2011년 11월 2일 제25100-2011-317호
주소 121-883 서울 마포구 합정동 411-12 3층
전화 (02)3144-0761(편집) (02)3144-0762(마케팅)
팩스 (02)3144-0763
종이 월드페이퍼 **인쇄·제본** 현문인쇄

값 14,500원   ISBN 979-11-85237-02-2 03800

국립중앙도서관 출판시도서목록(CIP)

릴케의 침묵 / 지은이: 김운하. --서울 : 한권의책, 2013
p. ; cm

ISBN 979-11-85237-02-2 03800 : ₩14500

도서 비평 [圖書批評]

029.1-KDC5
028.1-DDC21   CIP2013023408